「レフィーヤ……？」
そちらを振り返った瞬間、
大食堂は静まり返った。
JN131586
ダンジョンに出会いを求めるのは間違っているだろうか外伝
ソード・オラトリア13
Sword Oratoria
Fujino Omori
大森藤ノ
illustration
はいむらきよたか
キャラクター原案
ヤスダスズヒト

CONTENTS

Fujino Omori
大森藤ノ

Illustration
はいむらきよたか

キャラクター原案
ヤスダスズヒト

カバー・口絵　本文イラスト
はいむらきよたか

プロローグ

喪失と覚悟のSEQUEL

Гэта казка інша[illegible] сям'і.

Апошняя сцэна, якую ўбачыла дзяўчына

とある勇者が語ったように。

迷宮都市の存亡（そんぼう）を巡る一連の戦いは、語り継がれることのない物語だ。

『都市の破壊者（エニュオ）』を名乗った神の暗躍はおろか、『精霊の分身（デミ・スピリット）』の存在さえ世に伝えられることはない。

ギルドの記録には、『地下組織掃討（そうとう）』という一文だけが残されることとなる。


【ロキ・ファミリア】を中心とした派閥連合軍が『人造迷宮クノッソス』の完全制圧を成し遂げ、三日。

その間の日々は目まぐるしかったと言っていい。

まず都市の修繕（しゅうぜん）と、都市民への説明。

狂乱の使者（オルギア）のごとく地上に出現した無数の食人花は、都市の全域にわたって被害を出した。鍛冶神（ヘファイストス）を始めとした各派閥、迷宮の宿場街（リヴィラ）の冒険者達、更に港街（メレン）から駆けつけた【ニョルズ・ファミリア】の尽力によって犠牲者こそ出なかったものの、街路や建物に破壊の傷跡を残したのである。修繕作業はギルドが中心となって迅速に進められ——建築も司（つかさど）る鍛冶神（ゴブニュ）や他の【ファミリア】が協力したことも手伝って——事件前のオラリオの景色を取り戻しつつある。

都市民への対応も日夜続けられた。モンスターの出現はもとより『精霊の六円環』による地震と、都市中を包み込んだ赤い魔力光は隠しようがない。オラリオの外からも観測されたそれらは多くの不安を生み、市民からの説明を求める声が相次いだ。

これにはギルド長のロイマン自ら対応し、『情報操作』を行った。

曰く、

「先日、オラリオを脅かした『武装したモンスター』の事件は記憶に新しいだろう。都市から追放した神イケロスの件も然り。我々は彼の神の棲家を突き止め、地下組織の撲滅を行った。モンスターの地上出現を含めた一連の騒動は、全てそれにまつわるものである」

と。

詰まるところ、『嘘と本当』を織り交ぜた発表をしたのである。

『異端児』の地上進出の発端となった【イケロス・ファミリア】――既に都市から姿を消した派閥に原因があるとし、『ダイダロス通り』地下に存在する棲家を強襲、まだ大量に存在したモンスターの殲滅に手間取った、そう主張したのだ。

「【イケロス・ファミリア】は新種のモンスターを数多く保有しており、冒険者達も対応できず、それが今回の事態に発展してしまった。『武装したモンスター』の件も含め、都市に住まう多くの者に不安を与えたこと、慚愧の念に堪えない。この場を借りて謝罪させてもらう」

全ては予想外の『異常事態』のせい。

地震は、あくまで偶然が重なったもの。

都市を包んだ赤い光は、新種の食人花（モンスター）が発散した魔力の残滓（ざんし）。

【ロキ・ファミリア】と【フレイヤ・ファミリア】に協力を要請したことで、存外に厄介な事態も鎮圧（ちんあつ）した。市民が集まる本部前の発表で、『ギルドの豚（ぶた）』と呼ばれる彼は、ぬけぬけとそうのたまったのだ。

ロイマン達管理機関（ギルド）上層部からすれば、『真実』など言えるわけもない。

ダンジョン第二の出入り口である人造迷宮（クノッソス）の存在は公（おおやけ）にできないものだ。多くの【ファミリア】が迷宮街（ダイダロスどおり）に『何かある』と察しているとはいえ、認めてしまえば混乱の種になるし、悪用しようとする者が必ず出てくる。

何より、『迷宮都市が危うく滅びかけた』などという情報は外界を刺激しかねない。それこそ男神（ゼウス）と女神（ヘラ）がいなくなり、闇派閥（イヴィルス）が『暗黒期』をもたらした時のように、『世界の中心』であるオラリオの乱れは下界中に波及する。

同時に『闇派閥（イヴィルス）』という単語は、混沌（こんとん）の時代がつい五年前まで続いていた迷宮都市にとって恐怖の象徴だ。市民の多くは当時の無秩序状態や、激しい大抗争のことを覚えている。必要以上の恐慌（パニック）をもたらすことに意味はない。

故に、ロイマンは決して闇派閥（イヴィルス）という言葉を用いなかった。

彼の説明に納得できない者は勿論（もちろん）いたが、

「港街（メレン）でも同じことがあった。大方、その棲家（アジト）ってやつから地下水路を通じて、大汽水湖（ロログ）に出てきたんだろう」

「私の眷族(けんぞく)が最近見えないって心配してくれた子は沢山いたと思う。実は私達も、事件に巻き込まれていたからなの」

ニョルズ、そしてデメテルの言葉が信憑性(しんぴょうせい)を高める一役を買った。

怪物祭(モンスターフィリア)の不手際から『武装したモンスターの地上進出』など、事件の連続にギルドの信用は著しく落ちていたが、彼等の言葉となれば話は別だ。

都市の食糧事情に大きく関わる派閥、とりわけ慈愛の女神として多くのオラリオ住民に愛されるデメテルへの信は厚く、市民の大半が憐憫(れんびん)と理解を示した。

「たくさん、迷惑をかけてしまったし……。せめて都市から混乱をなくさないと、天へ還(かえ)ってしまった眷族達(こども)に顔向けができないわ……」

というのはデメテルの談だが、なんだったら彼女は自分の責任だと言い出しかねない雰囲気だった。

ともかく胸を撫(な)でおろしたのはギルドだ。特にロイマン。

フィンを始めとする第一級冒険者や有力派閥の口裏合わせも大きかった。

「棲家(アジト)には神イケロスの共犯神(きょうはんしゃ)もいた。これの調査に当たっていた【ディオニュソス・ファミリア】が主神とともに犠牲となり、『ダイダロス通り』の神ペニアも巻き込まれた。先日立ち上った送還の柱は、その抗争によるものである。二柱の神には我々の無力を詫びると同時、都市の平和のための尊い犠牲に感謝を捧げたい」

空に突き立った送還の柱にも触れた際、ロイマンは巧みだった。

静かに涙を流しながら、ディオニュソス達に哀悼の意を示し、それを皮切りに都市の空気を同情の雰囲気にすげ替えたのだ。多大な心労で絶えず腹を痛め続けていた彼の名演技であり、渾身の話術である。

「——都市から危険は去った。オラリオの平和は、今後も揺るがない」

主神のウラノスも、ロイマンの大量の胃薬購入の経費申請を、今回ばかりは咎めなかった。

顔を上げ、ロイマンははっきりと宣言した。

その声と彼の眼差しに嘘がないことを、不審を抱いていた者達でさえ認めた。

こうして迷宮都市は禊を済ましたのである。

「おとーさん、ディオニュソスさまに、もう会えないの？」

「……ああ、そうだ。悲しいな、悲しいよなぁ。……俺ももう、新しい酒を飲んでもらえねえんだなぁ……」

「そんなの、やだよぅ……！」

「……大丈夫よ。あの方は空から私達のことを見守って下さるわ。ずっと……ずっと」

真の黒幕の所業は、ついぞ語られなかった。

ロイマンの説明に矛盾が生じるのと、神への恐怖と眷族達の尊厳を顧みてのことだった。皮肉にも、彼は【ファミリア】とともに戦死した正義の神になったのである。下町で交流していた者達、そしてとある家族が、男神の送還を悲しめることは幸福なのか、あるいは不幸なのか、それは誰にもわからない。

最後に、死者の埋葬。

言うまでもなく、人造迷宮で散っていった冒険者達の弔いだ。

『精霊の分身』がもたらした『超砲撃戦』は【ガネーシャ・ファミリア】を始め、【ヘファイストス・ファミリア】の上級鍛冶師、【ディアンケヒト・ファミリア】の治療師、そして【ロキ・ファミリア】の団員達と、少なくない命を奪った。『第二進攻』の先鋒部隊は文字通り、命を尽くして魔城攻略の礎となったのである。死者の中には、人質として『都市の破壊者』に囚われていた【デメテル・ファミリア】の眷族も挙げられる。彼等の埋葬は各派閥の人間が粛々と済ませた。『第一進攻』で全滅した【ディオニュソス・ファミリア】の分は、【ロキ・ファミリア】が。

砲撃に消し飛ばされた者も、『祭壇』の緑肉に取り込まれた亡骸も、できる限り回収した。それでも、空っぽの棺は多かった。だから、できる限りの遺品がかき集められた。しかし冒険者のほとんどはびっくりするほど物持ちが悪く、同僚達をうんざりさせ、笑わせた。

刹那的な生き方を気取る冒険者らしいと、彼等と彼女等は空を見上げながら散々笑った。空は晴れていて、少し雨が降っていた。

いなくなった者達に気付き、それぞれの【ファミリア】と面識がある人々は尋ねるだろう。

「あの人はどうしたの？」

と。

聞かれる度に、団員達は寂寥を隠し、笑うだろう。

「ダンジョンでくたばっちまった」

と。

迷宮都市の住人は、慣れたように、それだけで理解してくれるだろう。

そうですかと呟くかもしれない。

涙を流してくれるかもしれない。

素っ気なく、興味を失くした振りをするかもしれない。

しかし、この都市に住まう無辜の民が、なんてことのない日常の中で笑ってくれるなら、人知れず戦った者達は報われる。

だから、冒険者達はいつも通り馬鹿騒ぎをして、笑うのだ。

自分達だけは、天の葬列に加わった者達を──『名もなき英雄達』を決して忘れることなく。

語り継がれることのない物語、破壊者の騒乱──『狂乱の戦譚』はこうして幕を閉じた。

その戦いは、どれだけ取り繕っても、どんな綺麗事を並べても、多くの者に傷跡を残した。

人々にも、神々にも。

そして、一人の少女にも。


時間の感覚はなかった。

枯れることのない涙を流し続け、慟哭(どうこく)の歌を奏で続けた後、自分の足は静かに立ち上がっていた。

光の円環が消えようとする空間に背を向け、前へと歩き出していった。

それからはやるべきことをやり、やり終えた。

師(リヴェリア)と首領(フィン)達には自分が見たものを全て報告した。ことの顛末(てんまつ)を語った。同情も憐憫(れんびん)もなく、そうか、ご苦労、とそんな少ない言葉だけをかけてくれた彼等に感謝した。

少ないとはいえ、犠牲が出た派閥の仲間を弔った。

そして、決して多くの者が許さないだろう美醜(びしゅう)の少女を——自分にとって生涯の友を、一人で弔った。

多くの冒険者が眠る『第一墓地』に埋葬しては、きっと顔をしかめる者がいる。

自分に別れを告げた彼女自身も望まないだろう。

だから主神(ロキ)に願い、都市の外に出て、妖精(エルフ)の霊峰(れいほう)である『アルヴ山脈』に向かった。どんなにかき集めても、不思議と僅(わず)かしかなかった彼女の灰を持って。

澄んだ冷たい空に包まれながら、標高の高い山頂で、灰を風に乗せた。

墓は、作らなかった。

あるいは作れなかったのかもしれない。

物言わない一族の霊峰で、ただ静かに、しばらくたたずんだ。

日が沈み、月が出て、再び日が地平線の奥から現れて。

眩(まぶ)しい朝日に目を焼かれ、夜を跨(また)いでたたずみ続けていたことに、そこでようやく気が付いた。峰を下り、急いで都市に戻った。

都市の復興や後始末に手を貸せず、【ファミリア】の仲間には悪いことをしたと思う。

けれどヒューマンの先輩は「気にしなくていいっす」と何てことないように手をひらひらと振ってくれた。

大切な同室者(ルームメイト)には「帰ってこないと思った！」と泣きつかれ、抱きしめられた。

憧憬(しょうけい)の少女は、「おかえり」と淡く微笑んでくれた。

時間の感覚はなかった。

ただ、やるべきことをやろうと、体は動くことをやめなかった。

新たな魔法衣を作っていた。
それまでの自分と決別するように。
新たな杖を作っていた。
自分の長杖と彼女の短杖を合わせて。
彼女の短剣を握っていた。
彼女に返さず、思い出にも変えず、未練と言われようが共に在ることを誓って。

そして。
日がまだ見えない黎明。
薄暗い部屋の中、たった一人。
魔法衣を纏い、杖を腰に差し、彼女の短剣をもって。
その長い山吹色の髪を、切り裂いた。

一章

少女革命

Гэта казка іншага сям'і.

дзявочая рэвалюцыя

【ロキ・ファミリア】本拠(ホーム)、『黄昏の館』。

朝の大食堂は喧騒(けんそう)に満ちていた。

多くの団員が挨拶(あいさつ)を交わしては椅子を引き、食器の鳴る音を響かせる。

『破壊者(エニュオ)の騒乱』から時間が経ち、【ロキ・ファミリア】も日常の風景を取り戻そうとしている。少なくなった席の数を想いつつ、いつまでも立ち止まっていることは天に還(かえ)った戦友達のためにならないことを、冒険者である団員達は知っている。誰もがまだ塞(ふさ)がりきっていない傷を抱えながら、それでも明るく笑って食事を頬張(ほおば)っていた。

そんな時だった。


「遅れました」


両開きの扉が音を立てたのは。

一同がそちらを振り返った瞬間、大食堂は驚愕(きょうがく)とともに静まり返った。

扉を開けて今まさに姿を表したのは、エルフの少女だった。

「レフィー、ヤ……?」

それはアイズの呟きだった。しかし、彼女もまた自分の目を疑っていた。

華奢(きゃしゃ)な体を包んだ服は、少女の特徴(トレードマーク)でもある桃色の戦闘衣(バトル・クロス)ではない。

白と赤を基調にした魔法衣。

織り込まれた糸の一本一本に『魔力』を流し込んで作成される魔術師(メイジ)泣かせの衣装で、その代償(だいしょう)として優れた魔法耐性と軽量性を誇る。リヴェリアの《妖精王の聖衣》も素材は違えど同じ魔法衣だった筈(はず)だ。他にも魔道具(マジックアイテム)なのか右腕には腕輪がはめられており、細い両脚には腿(もも)の半ばまで隠す純白のブーツを履(は)いている。

腰には二本の杖(つえ)。

まるで剣士のように、新調された短杖(ワンド)と長杖(ロッド)を腰帯(ベルト)に差していた。

そして腰の真後ろに挿しているのは、一振りの短剣(ソード)。

その姿を見て、アイズが真っ先に思い浮かべた言葉は『魔法剣士』。

白巫女(フィルヴィス・シャリア)の遺志とレフィーヤの静かな激情(ほのお)が混ざり合った白と赤。それを象(かたど)る魔法衣。

アイズにはそう思えた。

だが——団員達は、レフィーヤが装備を一新したから驚いているのではない。

アイズも違う。ティオナもティオネも、ラウルやアナキティ達第二軍メンバーも、その一点を見て呆然(ぼうぜん)としている。

レフィーヤは、ばっさりと己(おのれ)の髪を切っていた。

同世代の団員達が羨(うらや)む美しい山吹色の髪は、少女のひそやかな自慢だった筈だ。

身だしなみに疎(うと)いアイズでさえ目を奪われたことがある。

髪留めで一つにまとめられていた山吹色の長髪は、今やうなじが見えるほどの短髪(ショートヘアー)になっていた。

「…………」

誰もが開いた口が塞がらない。

まるで別人のようだった。

装備と髪型だけでなく、身に纏う空気までもが今までの柔和(にゅうわ)なものとは異なり、清冽(せいれつ)な泉のような雰囲気を帯びている。テーブルの間を歩く彼女に声をかけられる者はおらず、ロキだけが面白そうに口笛を吹いた。

「レフィーヤ」

そんな動けない団員達の中で、立ち上がったのはリヴェリアだった。

歩み寄り、正面で立ち止まると、レフィーヤも足を止める。

「有事の際でもなければ団員一同で朝食を取る。ロキが定めた【ファミリア】の規則(ルール)だ。連絡もせず、どこへ行っていた？」

どんな時も副団長(リヴェリア)はやはり副団長(リヴェリア)だった。

姿や雰囲気が一変したところで、規律を乱した者には叱責(しっせき)の姿勢を崩(くず)さない。

対するレフィーヤは——少々の戸惑いを表情に浮かべた。

「エルフィ宛の伝言(てがみ)を、部屋に置いてきたんですけど……」

「えっ！　あれ⁉」

名を出されたエルフィが素っ頓狂(すっとんきょう)な声を上げる。

団員達の視線が集中する中、「そういえば、手紙が机の上に置いてあったような……」としどろもどろに愛想笑いを浮かべた。

そんな同室者(ルームメイト)に、もう、と細い眉を吊り上げたレフィーヤは、リヴェリアに向かって素直に腰を折る。

「魔術師(レノアさん)に依頼していた装備ができたと使い魔の便りが来たので、朝一番に取りに行っていました。勝手な真似をして、申し訳ありません」

殊勝(しゅしょう)な態度で非を認められては、怒鳴ることもできない。

リヴェリアは嘆息(たんそく)し、「以後は気を付けろ」と席に戻る。

思わず固唾(かたず)を呑(の)んで見守っていた団員達の空気も弛緩(しかん)する。

それを機に、静まり返っていた大食堂がようやく喧騒を取り戻していった。

「レフィーヤがあんなにばっさり切るなんて……」

「驚いたわね。亜人(デミ・ヒューマン)の中でも、エルフは髪を大切にするって聞いたことがあるけど」

「神様の言う、いめーじちぇんじ、ってやつ？」

ちらちらと見やりながら、同じ卓で食事を取るアナキティ、ティオネ、ティオナが口々に言う。あぐあぐとパンと塩漬け肉(ベーコン)を頬張るティオナを除いて、つい声をひそめる形になってしまったのは少女が髪を切るだけの理由が思いあたるからだ。ティオナの隣に座るアイズも、心配の眼差しを向けてしまった。

他方、レフィーヤは顔色一つ変えず、歩みを再開させていた。

朝食の時間は既（すで）に終わりが近付いている。ほとんどの団員が食べ終え、皿が空（から）になっている中で、彼女は空いている席に座ろうとはしなかった。

好奇の視線、案ずるざわめき、それら全てを無視して——まるであらかじめ決めていたように——一人の人物のもとへ向かう。

「ベートさん」

「……あぁ？」

灰髪が揺れ、狼人（ウェアウルフ）の耳が立ち上がる。

椅子に行儀悪く腰掛けていたベートは、すぐ側にたたずむ少女を億劫（おっくう）そうに見上げた。

朝食の席ではまず一緒にならない組み合わせ。

レフィーヤは大概（たいがい）アイズ達かエルフィ達と食事をともにするし、ベートはベートでやかましいティオナ達を嫌って食堂の奥を陣取る。

ベート自身、声をかけられるとは思っていなかったのだろう。胡乱（うろん）そうな目を向けてくる。

彼と同じ卓にいるラウルとクルスも、はっきり困惑の表情を見せた。

そんな彼等の内心を知ってか知らずか、少女は唇（くちびる）を開く。

「私に、戦い方を教えて下さい」

そして、その申し出が、再び全ての音を奪った。

「…………えっ？」

それはアイズの呟きだった。私の呟き、だったような気がする。

大食堂が深い沈黙に包まれる。

時を巻き戻すように、あらゆる視線が、レフィーヤのもとに集中する。

動きを止める者、幻聴を疑う者、口をあんぐりと開ける者。

団員達が様々な表情を浮かべる中、今度ばかりはフィンやリヴェリア、ガレス、ロキも驚きを見せる。

次の瞬間。

「えええええええええええええええええええええええええええっ⁉」

沈黙を破ったのはティオナだった。

大食堂を揺るがす大音声を放ち、それまで食べ続けていた朝食を全て片付け、ばたばたとテーブルを回り込んでレフィーヤ達のもとへ駆け寄る。

「なんで⁉　なんで⁉　どうして⁉　何でこのバカ狼なのレフィーヤ⁉　戦い方を教わるっ

て、つまり師匠ってことだよね⁉　あたしの聞き間違い⁉」

激しく混乱を来しているティオナだが、概ね団員達の心の声を代弁していた。

自分に詰め寄る凄まじい剣幕に、レフィーヤは少し戸惑った表情を見せる。

「師匠というわけじゃあ……。私にはリヴェリア様がいますし。ただ、ベートさんに近接戦闘の方法を教わりたくて……」

「じゃあ、何でよりにもよってベートなの⁉　あたしとかティオネとか、アイズがいるじゃ～ん！」

「やらねえ。面倒くせぇ」

「ってそっちもレフィーヤのお願い断るなバカ狼ー‼　いや断ってほしいけど、そんなに偉そうにするなぁー！」

動転も手伝ってあっちへこっちへ忙しいティオナの叫びが、レフィーヤとベートの間を交互に飛び交う。

団員達の多くもティオナの言葉に頻りに頷いていた。

第二軍以下の男性団員達からは『正気か！』『何故よりにもよってその人選を⁉』という怯えと恐怖と戦慄の眼差しの集中砲火。側に着席しているラウルとクルスも、必死に顔を横に振って『やめておけ……！』と訴えている。

「レフィーヤ！　ティオナの言うことじゃないけど、武術なら私達でも教えてあげられるわ。

実戦もいくらでもやってあげる。この乱暴で我儘で面倒臭い狼に頼る必要なんてないわ！」

　席を立ったティオネも駆けつけて参戦する。

　その心境はまさに可愛がっている妹を取られたくない姉の心境だ。

　というよりベートというのがヤダ、という私的な感情が多分に含まれている。好き放題言われ「いい加減にしろよ、糞アマゾネスども……」とベートの額に青筋が走った。

　とにかく姉妹揃って納得いっていない顔を浮かべ、詰め寄るが、

「たくさん考えて、ベートさんに教わるのが一番いいって思ったんです。ティオナさん達が悪いとかじゃなくて、今の私にはそれが必要っていうだけなんです」

　レフィーヤは冷静なままだった。

　その紺碧色の瞳はティオネ達の訴えにも動じず、静かに言葉を並べる。

「それに……きっとベートさんが一番手加減をしてくれないと思ったから」

「「うっ」」

　ティオナとティオネ、同時に言葉に詰まる。

　レフィーヤの言う通り、たとえ訓練をしてもティオナ達は必ずどこかで制止をかけてしまうだろう。それはひとえにレフィーヤの身を気にかけるが故だ。

　だがベートは絶対にそれはしない。賭けてもいい。鍛練だろうと顔だろうが腹だろうが容赦なく蹴りも拳も叩き込む。それこそがティオナ達の言う乱暴で我儘で面倒臭い狼だ。

逆に言えば、だからこそティオネ達はベートへの師事だけは止めようともしていた。

レフィーヤはティオナ達に向かって、頭を下げる。

「ティオナさん、ティオネさん、ごめんなさい。今、変わらないと……もう変われないと思うから」

ティオナ達の優しさに甘えるわけにはいかない。

レフィーヤは偽ることなく、己の心の内を吐露（とろ）した。

そうまでされたティオナとティオネは、もう何も言えなくなってしまった。

同胞の覚悟に、同じエルフのアリシア達が目を見開く中、顔を上げたレフィーヤは今度こそベートと向かい合う。

「ベートさん、お願いします」

「言っただろう。面倒くせえ。そこの馬鹿ども（アマゾネス）が言ってるように、アイズにでも泣きつけ」

ベートの答えは変わらなかった。

彼も己の強さを求める者だ。『雑魚（ざこ）』にかかずらう時間はないと一匹狼を気取り――『魔法』の使い手でもない自分には教えられることはないと端（はな）から決めつけ――レフィーヤの申し出を蹴りつける。彼女に目すら向けず残りのパンを食いちぎった。

これまでの少女（レフィーヤ）ならば、すごすごと引き下がっていただろう。

だが今、この場に立つ妖精（レフィーヤ）は、怯（ひる）むことなくのたまった。

「雑魚は嫌いなんですよね？　ちょっとだけの面倒を払うだけで、そんな雑魚が一匹減りますよ？」

会話に耳を傾けるエルフィ達が、息を呑む。

いつになく好戦的な言葉。

レフィーヤらしからぬ発言。

その言葉に、初めて狼人の琥珀色の瞳が彼女を捉えた。

「ベートさんも『魔法』、持ってますよね？　『並行詠唱』や『高速詠唱』とまでは言わなくても、前衛でもできる詠唱の運用なら、私でも教えられます」

「俺は『魔法』は使わねえ」

「そうですか。なら砲撃の訓練はどうですか？　新調した銀靴の出力限界も確かめる必要がありますよね？　私、リヴェリア様の次くらいには馬鹿魔力らしいですよ」

「……」

「私からも返せるもの、あります」

感情が凪いだ表情で、己の利便性を滔々と語り、売り込む。

いつの間にか誰も声を発せなくなる中、レフィーヤは次の言葉を告げた。

「『使いもの』になりますよ、私」

僅かな沈黙。

その覚悟の言葉に、狼人(ウェアウルフ)は――口端を裂いた。

吊り上げた唇を笑みの形に変え、腰かけた椅子から立ち上がる。

「面白え。そこまで言うなら、付き合ってやる」

「はい。お願いします」

「遊びにはしねえ。後悔するんじゃねえぞ」

「するわけないじゃないですか」

狼の笑みに見下されるエルフは、真剣な表情で見上げ返した。

一部始終を見守っていた団員達は全く思考が追いつかなかったが、ベートを動かすに足りるほどレフィーヤが本気だということは、理解できた。

「驚きっぱなしね、レフィーヤがまさかベートになんて……って、アイズ？　ちょっとアイズっ⁉　あなた様子が変よ‼」

「…………………………」

まじまじとレフィーヤ達を眺(なが)めていたアナキティが、隣に座るアイズの様子に気付いて慌てふためいた声を上げる。

金髪金眼の少女は時を止め、今や真っ白な存在に成り果てていた。

以前、自分が訓練をしていた後輩(レフィーヤ)を、取られた。

真っ白に燃えつきるアイズの心を占めるのはその言葉である。

【ファミリア】の者達に大きな衝撃を与えながら、レフィーヤとベートの共同鍛練(たんれん)が決定するのだった。

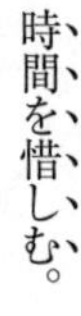

『変わる』と決めたレフィーヤはまず、その癖(くせ)を付けることにした。

時間を惜しむ。

勉学、鍛練、迷宮、雑事、私事。様々な思考と行動に意識を費やすには時間はいくらあっても足りない。その事実にレフィーヤは気付いた。気付くことができた。

時間は有限なのだ。そして時の価値は長寿のエルフだろうが変わらない。

もし未来に試練が待ち受けているとして、このままでは『犠牲を払う』ことが約束されているとしたら、純粋な努力を積み重ねるしかない。純粋な努力で何かが『変わる』というのなら、レフィーヤはそれに労力をつぎ込むことを何も厭(いと)わない。決然たる目標の逆算とはつまり、無駄を切り詰めて自身を駆り立てることである。

全てを為した上での後悔ならば、まだ諦められる。

だが、怠惰(たいだ)が故の後悔は絶対に許せない。きっと許すことができない。

後悔とはえてして時間の総量と比例する。受け入れがたい結果が生じた後、過程を振り返る中で怠惰な自分を見つけてしまった時、レフィーヤは絶対に自分を呪うだろう。

犠牲、悲愴、慟哭、涙。

決してもう、あってはならないことだ。認めてはいけないものだ。

ならば変わるとしたら、それは今なのだ。

ティオナ達に語った通り、今を逃せばレフィーヤはレフィーヤ・ウィリディスのままだ。

だから『生き急ぐ』と決めた。

時を惜しむことを己に課した。

たった今から変えられることに励み、日常から作り変えていくと。


「遅え！」

「ぐううっ⁉」


故に、ベートとの鍛練は、申し出た当日から開始された。

『黄昏の館』の中庭。中央塔を囲むようにしてできている空間で、レフィーヤは狼人の加減抜きの蹴撃を頂戴した。

「がはっ、かふっ、ごほっ……⁉」

「何度言えばわかんだ、ノロマァ！　詠唱に気を取られるんじゃねえ！」

最初の鍛練が始まって既に七日目。

朝食の後から始められる実戦訓練は、長い時は昼を越えて夕餉の時間帯まで続けられることもある。早朝から行われない理由は「朝飯でいったん切り上げられんのはだりぃ」だそうだ。

現在も太陽は中天を越え、昼を跨いでいた。

「防げもしねえ、避けることもできねえ！　なら最初から下手糞な歌なんざ口にすんな！」

「げほっっ……あっぐぅ……⁉」

「てめえの並行詠唱は付け焼き刃だ！　さっさと自覚しろ！　馬鹿の一つ覚えみてえに歌いやがって！」

腹部に一撃を叩き込まれ、横転、四つん這いになって悶え苦しむレフィーヤに、ベートは罵倒を重ねた。

追い打ちをかけることだけはしないものの、性別も体格も種族も顧みず、容赦などしない。

苦痛という名のあまりの過酷に、レフィーヤの手から短剣と短杖がこぼれ落ちる。

「はッ！　先にくたばった女の真似事をして、あの女より遅え詠唱なんざしてどうする！」

「ッッ……‼」

レフィーヤの眦が吊り上がった。

怒りによって双眼に火花が散った。

しかし、ベートが言っていることは正しい。反論などできようもない。

レフィーヤはベートから近接戦闘——一振りの短剣による戦い方——を学ぶと同時に、鍛錬の中で『並行詠唱』を積極的に取り入れていた。

今は亡き友の短剣(ソード)を右手に持って、友が持っていたものと似た短杖(ワンド)を左手に携え、『魔法剣士』の戦闘型(バトル・スタイル)を身に付けようとしている。

——くたばった女の真似事か？　見苦しいったらねえな。

そんな風にベートにいくら嘲笑(ちょうしょう)されようとも、レフィーヤはこれだけは譲らなかった。

今のレフィーヤが欲するものは一人でも戦える手段だ。

これまでの自分——純粋な『後衛魔導士』を蔑(ないがし)ろにしているわけでも、軽視しているわけでもない。求められれば幾らでも固定砲台を務めるつもりでいる。

しかしそれは、『魔法剣士』の立ち回りを体得しても全うできる筈だ。むしろ前衛と中衛の動きを理解すれば的確な援護ができるようになる。『魔法剣士』とは魔法円(マジックサークル)を有する『魔導士』の派生系。加算(プラス)はあっても減算(マイナス)はない。

守られるだけは、もう嫌だった。

前衛は後衛を守り、後衛は前衛を救うことが仕事。

ならばレフィーヤは自らも守り、他の誰かも救える存在となりたい。

レフィーヤの単独としての自力を欲していた。

だが、

「何が『一人でも戦えるように』だ！　今のてめぇはないものねだってドコにも飛べねぇ羽虫だっての!!　雑魚ですらねえ！」

悪意の塊(かたまり)である狼は、レフィーヤの『目標』に唾(つば)を吐く。

ともすれば叶いもしない『楽観的展望』に過ぎないと罵(ののし)った。

ベートは、ここでも容赦しなかった。

レフィーヤの甘い考えなど踏みにじり、現実を叩きつけるに飽き足らず侮蔑(ぶべつ)する。

そして、それ以上に飛ぶのは蹴りと拳だ。

彼の実力は、百の罵倒より遥(はる)かな説得力をもってレフィーヤを虐(しいた)げる。レフィーヤの望みが、どれほど難儀であるのかわからせる。

ベート・ローガは、やはり誰よりも苛烈(かれつ)であった。

レフィーヤの想定通り、いや予想以上に。

だからレフィーヤは喜んだ。

(——やっぱり、この人に頼んで良かった)

目尻に涙を溜め、口から糸を引く唾液を垂らし、何度も咳(せ)き込んで、笑みを浮かべられないほど痛苦に支配されながら、それでも心の中で笑った。

ベートは現実を叩きつけてくれる。

彼はレフィーヤの選択が過酷であることを教えてくれる。

狼は、最も『弱肉強食』の理を識っている。

もとより晒す醜態などない。

屈辱もない。

最初から失う矜持なんてどこにもないのだ。

だって、レフィーヤは既に大切なものを喪ってしまったから。

故に今更かく恥などたかが知れている。

この程度の恥辱で一歩でも前に進めるのなら、願ったりだ。

払う対価はある。惜しんだ分の時間をここに傾注する。

この酷烈なベートの加虐を甘んじて、受け入れ、乗り越えた時、きっと明日のレフィーヤは今のレフィーヤより強くなれる。

「……次をっ……おねがい、します……！」

「……」

地面から膝を引き剝がし、立ち上がろうとする少女に、ベートは一度無言を纏った。

ないない尽くしの今のレフィーヤに、ベートが唯一認めてくれていること。

それは『覚悟』だった。

執念とも言ってもいい。

どれだけボロボロにされ、心無い言葉で打ちのめされても、今のレフィーヤはすぐに立ち上がる。拳を握りしめ、震える膝だろうが叩き起こし、目尻に溜まった涙など荒々しく拭って、ベートの加虐の渦に舞い戻ってくる。

人によっては危うくすら感じられるその少女の姿勢を、ベートは止めない。

むしろ唇を吊り上げたくなる衝動を堪えながら、歓迎する。

彼の言う『雑魚』が、『変わろうとしている』この瞬間を、誰にも邪魔させないとばかりに。

ベートは両の眼を細め、それまで激しかった口調を別のものに変えた。

「いいか、考えろ。前衛と後衛の認識の違いを、自分の立ち位置を。魔導士っつう面倒くせえ役職を」

「……！　はいっ！」

これまで碌に助言などしてこなかったベートの指摘に、レフィーヤは驚きつつも頷く。

「俺は戦うなら、魔法剣士が一番『やりやすい』。カモとしか思ってねえ。理由がわかるか？」

「……いえ」

「詠唱も迎撃も、何もかも中途半端だからだ。半端が一番なにもできやしねえ。今のてめえみてえにな」

「‼」

今の自分が『魔法剣士』の悪しき象徴になりつつあると、言外にそう告げられ、レフィーヤは紺碧の瞳を大きく見開いた。

「自分より殴り合いが弱(よえ)ぇとわかってる相手に、正面から挑むだけの話だ。少しでも優位に立っちまえば、魔力暴発(イグニス・ファトゥス)をビビって勝手に取り乱す。ならやっぱり、ただのカモだ」

「それ、は……」

「魔法剣士の『並行詠唱』は、何も怖くねぇ」

レフィーヤにも身に覚えがある酷評が飛ぶ。

今日までのベートとの鍛錬の中で、レフィーヤは『魔力』の制御に振り回される場面が何度もあった。ベートの『魔法剣士』に対する辛辣(しんらつ)な見解を、他でもないレフィーヤ自身が肯定してしまっている。

自分の覚悟が、友(フィルヴィス)の存在が否定されたようで、レフィーヤは手の中にある短剣(ソード)と短杖(ワンド)をぎゅっと握りしめる。

ただ、

「一番怖(こえ)えのは『並行詠唱』じゃねえ。魔法剣士で、いや魔導士で一番怖(こえ)えのは、『目』だ」

「……目?」

ベートの言葉には続きがあった。

「自爆覚悟で詠唱してくるヤツの『目』……何が何でも『魔法』を叩き込もうとする野郎の、獣(ケモノ)みてえな『眼光(め)』だ」

レフィーヤは、はっとする。

ベートの言わんとしていることを、正しく理解した。

「最悪、魔力暴発で道連れを図ろうとする魔導士が、一番厄介……？」

「方法は何だっていい。魔導士ってのは『爆弾』と同じだ。何が何でも火力を炸裂させられるヤツはそれだけで面倒くせえ。ババアのレベルになれば、その『爆弾』すら駆け引きに使ってきやがる」

詠唱で敵の動揺を誘い、無闇の接近を釣る。

それはリヴェリアに以前教えられた『囮攻撃』に通ずるものがある。

彼女はフィン達との連携でこの『囮攻撃』を用い、あの怪人から一本取るほどの『駆け引き』をも駆使する。

都市最強魔導士を引き合いに出され、レフィーヤの理解により具体性が増した。

「怯んだら敗けだ。臆しても敗けだ。俺は『魔法』はわからねえが、それだけはわかる」

――少なくとも、あの女はそうだった、と。

続けられたその言葉を耳にした瞬間、レフィーヤの意志が燃え上がった。

「てめえには、『死ぬ気』が足りねえ」

簡潔な結論だった。

簡潔過ぎて、レフィーヤは己の自惚れを恥じた。

覚悟しているつもりで、レフィーヤにはまだまだ覚悟が足りなかった。

文字通り『死ぬつもり』で歌も剣も奏で続ける気概が。

「言うことは言った。これでも変わらねえなら、てめえにはもう付き合わねえ。時間の無駄だ」

「──はい!!」

剣呑(けんのん)な眼光を纏い直すベートに、レフィーヤは頷(うなず)いた。

短剣(ソード)と短杖(ワンド)を構え直し、自ら飛びかかる。

「【解き放つ光、聖木の弓幹(ゆがら)】──!!」

歌声とともに何度も衝突し、何度も吹き飛ばされながら、泥を拭って戦い続けた。

◆

「レフィーヤ、すごい頑張ってる～」

「頑張ってるけど……本当に全く手加減しないわね、あの糞(くそ)オオカミ」

館に何本も突き立つ柱の間、そこにかかる橋──石造りの空中回廊(かいろう)から、ティオナとティオネは中庭の様子を見下ろす。

今も繰り広げられているレフィーヤとベートの鍛練の様子が気になり、昼食も取らず見守っていた。

「魔法を使わない前衛と、魔導士がどんな訓練するのかなって思ってましたけど……」

「現状は、予想よりずっと真っ当な内容になっていますね。少なくとも、最初の頃よりレフィーヤの動きは良くなっています。……剣士としても、魔導士としても」

不満そうに唇を尖(とが)らせて欄干(らんかん)部分に寄りかかるティオナの隣、第二軍メンバーのナルヴィとアリシアが言葉を継いだ。

今もぶーたれているティオナと同じく、アリシア達も最初は二人の鍛練に反対だった。しかし蓋(ふた)を開けてみれば、レフィーヤの体捌(たいさば)きや詠唱の手順に変化が確実に見られる。

それは少女(レフィーヤ)にとっていずれ『技』と『駆け引き』に至る種であると、同じエルフであるアリシアにははっきりわかった。

「ベートなりに訓練の内容、考えてるみたいね」

「そんなことないって、アキ～！　どうせテキトーにやってるんだよ！」

アリシア達の逆側にいるアナキティの言葉に、噛(か)み付くのはやっぱりティオナだ。

ベートがレフィーヤに命じた鍛練の課題は至極簡単だった。

ベートに剣(つるぎ)の一閃(いっせん)を見舞うか、杖(まほう)の一撃を命中させるか。

もしレフィーヤの『魔法』が発動してもベートの《フロスヴィルト》は魔法効果を吸収する。

追尾魔法(アルクス・レイ)にさえ詠唱を限定してしまえば、本拠(ホーム)に被害が出る可能性はほぼゼロだ。

魔力暴発(イグニス・ファトゥス)が発生した場合も同じ方法で抑え込むつもりだろう。

粗暴でありながら、ベートの鍛練は理にかなっていた。

「いやティオナさん、ベートさんは前、【ヴィーザル・ファミリア】の団長でしたし、地頭は悪くないっすよ……いや本当に」

「なら普段もう少し統率力を発揮してても、と思わなくもないが……」

ラウルの庇っているのか庇っていないのかよくわからない言葉に、クルスが腕を組みながら微妙な顔をする。

長い空中回廊には、今や見世物を楽しむ観客のように大勢の団員がいた。

ティオナにティオネ、アリシアにナルヴィ、アナキティとラウル、クルス。

そして、

「レフィーヤが……レフィーヤも……ベートさんに……。ベルも、いっしょ……？　ベルも、レフィーヤも、みんなベートさん………時代は、ベートさん……？」

「アイズさんっ、アイズさーん⁉　どうしちゃったんですかホントー⁉」

がーん、がぁーん、がぁぁーん、と真っ白になって衝撃を受け続けているアイズに、エルフィが必死に声をかける。

要領を得ない呟きを繰り返す金髪金眼の少女は、レフィーヤとベートの鍛練が決まってからずっとこの調子だった。

鍛えた少年の目標が『ベートである』と勘違いしている天然娘の心境は、狼道場に愛弟子達を奪われた負け犬師範である。心の中で極東の道着を着て崩れ落ちている幼い自分とともに虚脱しているアイズに対し、「ほっといていいわよエルフィ。ジャガ丸くん買ってくれば戻るでしょう」とティオネが雑な対応策を告げた。

「この鍛練、いつまで続くんすかね……？」

「レフィーヤが満足するまで、でしょう？」

激しく地面に転がるレフィーヤに「うわっ」という顔をするラウルに、アナキティが嘆息する。そんな彼女の顔も心配の色が見え隠れしていた。

この場で鍛練を見守っている団員達の数は、レフィーヤの交友関係の広さと、彼女の人当たりの良さを物語るものだった。アイズ達がいる空中回廊以外でも、ちらほらと他の団員がレフィーヤ達のことを眺めている。

レフィーヤ・ウィリディスは良くも悪くも優等生だった。

誰に対しても親身になり、多くの者から可愛がられる。

潔癖なエルフらしくない、愛されるエルフだったのだ。

しかしそれも、昔のレフィーヤ・ウィリディスは、という言葉がつくかもしれないが。

「今のレフィーヤ、すごい頑張ってて、止めることはできないんですけど……私、怖いです」

ぽつり、と。

少女と同室者のエルフィが、呟く。

「レフィーヤが変わっちゃいそうで……ううん、遠いところに行っちゃいそうで……」

目を伏せる彼女の呟きに、何かを答えを返せる者は誰もいなかった。

ティオナもティオネも、ラウル達も一様に口を閉ざす。

そういった意味では、鍛練相手のベートは誰よりも適任で、誰よりも最悪だった。

ベートは、エルフィ達が感じているレフィーヤの『危うさ』を肯定してしまう。

あの二人の組み合わせは行くところまで行く。行けてしまう。

そしてきっとそれは、レフィーヤが望んでいることでもある。

放心から立ち返ったアイズもまた、眼下で鍛練に励むレフィーヤを——とても見覚えのある
その横顔を、見つめることしかできなかった。

レフィーヤ・ウィリディス
Lv．4
力：I0→I97　耐久：I0→G212　器用：I0→H187　敏捷：I0→G204　魔力：I0→E401
魔導：H　耐異常：I　魔防：I

主神(ロキ)が提出した【ステイタス】更新用紙を見て、翡翠(ひすい)の長髪を揺らすリヴェリアは、猛烈な頭痛に堪(た)える必要があった。

「この数値に至るまでの所要期間は?」

「人造迷宮(クノッソス)の戦いの前にやったのが最後やから、二週間とちょっとくらいか?」

「馬鹿げている」

ロキの呑気な答え方に、リヴェリアは吐き捨てる。

全アビリティ熟練度、上昇値トータル1100超過(オーバー)。

人造迷宮(クノッソス)攻略戦という類を見ない『大戦』があったとはいえ、Lv.4の魔導士が僅(わず)か半月で叩き出せる数値ではない。深層域の『遠征』でもここまでの上昇幅は記録できないだろう。

館の執務室で、リヴェリアは更新用紙をついつい睨(にら)んでしまった。

「【経験値(エクセリア)】の多くが人造迷宮(クノッソス)の戦いによるものだとは思うけれど……」

「鍛練の方も成果が表れておるじゃろうなぁ。ベートのやつ、本当にぎりぎりまで加減しておらん。深層の階層主(ウダイオス)と毎日やり合っているようなもの……とまでは流石(さすが)に言わんが、レフィーヤにしてみれば似たようなもんじゃろう」

品よく眉をひそめるリヴェリアとは対照的に、フィンとガレスが落ち着いて見解を述べる。

繰り返す通り、人造迷宮(クノッソス)攻略戦はこれまでにないほどの死闘と言って良かった。生き残った者達が得た【経験値(エクセリア)】は計り知れないだろう。

しかしレフィーヤの場合は、更に第一級冒険者(ベート)との鍛練が上乗せされている。

実戦と変わらない稽古(けいこ)を連日叩き込まれている彼女の加算値が、誰よりも飛び抜けているというのも頷ける話だ。

「納得はできる。だが、それでも行き過ぎだ」

しかし、リヴェリアの眉間から険が取り除かれることはなかった。

【ランクアップ】したばかりで、ここから能力値(アビリティ)の上層幅は著(いちじる)しく狭まっていくとはいえ、これではどこかの『世界最速兎(レコードホルダー)』を見ているかのようだった。

「さすがうちのレフィーヤや！　生意気なドチビの子なんて追い抜かしたれー！」

などとのたまう主神の頭頂部に、リヴェリアの杖が即刻振り下ろされる。

「うおおー⁉」とロキが床をのたうち回るのを無視しながら、名実ともにレフィーヤの師であるハイエルフは、深い溜息をついた。

凄まじいまでの成長力。

爪が割れようが砕けようが、険しい頂きに手をかけて駆け上がろうとする意志。

今のレフィーヤはまさに『箍(たが)が外れている』状態であった。

「【ファミリア】としては喜ばしいことではある。レフィーヤ以外も多くの団員が成長した」

「シャロンやオルバ、アークスがLｖ．4……アキに至ってはLｖ．5じゃ。『精霊の分身(デミ・スピリット)』と直接戦った者達は軒並み【ランクアップ】した」

フィンとガレスの言う通り、今回の冒険の戦果(クエスト・リザルト)は【ロキ・ファミリア】全体を大きく躍進(やくしん)させた。

Lv．2だった団員はほとんどLv．3に、そしてLv．3の半分以上はLv．4に。

中でも、アナキティのLv．5到達は大きい。

念願の【ロキ・ファミリア】八人目の第一級冒険者だ。

下級冒険者と上級冒険者の間に大きな壁があるように、第二級と第一級の間にも超えることが困難な壁がある。オラリオの中でも第一級冒険者の数は四十にも満たない、と言えばそれがどれだけ狭き門なのかがわかるだろう。

普段は凛々しげな美女(クールビューティー)のアナキティも、今回ばかりは拳を握ったり、澄ました顔に反して尻尾がにょろにょろと揺れていたなど微笑ましい報告が上がっている。

先日にはこんなやり取りもあった。

「フィン。アキの幹部入り、検討するか？」

「いや……しばらくは保留する。異端児(ゼノス)を巡る事件の後、アキの立ち回りを見て確信した。前から知っているつもりだったけど、彼女はとてもバランスがいい」

アナキティのLv．5到達を受けて発したロキの問いに、フィンはこう答えた。

人造迷宮(クノッソス)攻略に際して『異端児(ゼノス)と結託する』と団員達に告げた時のことだ。

糾弾(きゅうだん)の声すら上がったあの場で、アナキティは堂々とフィンに問いを発し、結果的にそれが【ファミリア】を一致団結させるに至った切っかけとなった。

「幹部陣(ぼくたち)と下位団員の間に身を置くことで、双方を柔軟に繋(つな)いでくれる。強きと弱きの両方の視点をアキは持っているよ。彼女が文句を言わない限り、ラウル達と一緒に【ファミリア】の中層を担ってもらいたい」

他の第一級冒険者(アイズたち)はおろか自分にもないアナキティの資質を――如才(じょさい)ない【貴猫(アルシャー)】の立ち振る舞いを再評価する団長の言葉に、派閥の運営をほぼフィン達に委ねているロキは「オッケーや～」と軽い調子で了承した。

それとは打って変わって、人造迷宮(クノッソス)攻略『第二進攻』の中で予備隊――【デメテル・ファミリア】の救助隊を務めたラウルやアリシア、クルスとナルヴィ達、他のLv.4の第二軍メンバーの昇格(ランクアップ)はお預けとなった。特にアナキティと同期のラウルは、とほほと肩を落とし、団員の笑みを誘っていたという。

「――フィン達の『お祝い』も、ド派手なもん考えとかなアカンなぁ～」

それまで床をのたうち回っていたロキが、埃(ほこり)を払って立ち上がり『ニヤリ』と笑った。

フィン達が苦笑を返していると、

「それよりも、レフィーヤのことだ」

リヴェリアが脱線を嫌うように、話題をもとに戻した。

懸念(けねん)を復活させ、フィン達の顔を見回す。

「今のレフィーヤは、ベートとの鍛練だけではない。日が出る前は『魔力』の放出、夜は瞑想の訓練までやっている」

「そして空いた時間はダンジョン、か……」

「探索の方はエルフィやアリシア達が同伴してるって聞いとるけど……確かに詰め込み過ぎかもな～」

「目に見えて『がむしゃら』でないのが始末に悪いのぅ。表面も内面も冷静を保っとるから、説得も難しい。考えた上で行動しておる」

リヴェリア、フィン、ロキ、ガレスが順々に声を発した。

ラウル達がそれとなく諭そうとしたが、具体的な予定と数字、更にそれに基づく論拠を語られ、逆に論破されてしまったそうだ。ラウルに至っては涙目になったらしい。

「神々の言う『制動装置』が壊れてしまっている」

「僕達がオラリオに来て、『洗礼』を受けた後も似たようなものだったと思うけどね」

「だとしてもだ。極端過ぎる」

フィンの言葉に頭を振り、リヴェリアは目を伏せながら告げた。

「……まずいのは、今のレフィーヤは続けられてしまうことだ」

それは確信している声音だった。

ひそめた眉に沈痛の念を隠しながら、言葉を続ける。

「一度挫折を味わい、立ち上がった者は苦難を受け入れ、持続できてしまう。心身をすり減らそうが走れてしまう。志半ばで倒れることより、より苦くて辛いものがあると、もう知ってしまっているからだ」

「……そうじゃな。今のレフィーヤには途中で投げ出さない安心感――いや違うか、『覚悟』がある。まさに後悔そのものが、あやつの原動力となっておる」

リヴェリアの言葉にガレスは頷いた。

エルフも、ドワーフも遠い目をして、今の状況と『過去の情景』を照らし合わせる。

「あれでは……幼い頃のアイズの二の舞だ」

レフィーヤの横顔は、リヴェリアがよく見慣れた少女の面影と重なりつつある。

今のアイズはアイズで『発作』を起こすことはあるが、あれでもマシになった方だ。

『アイズと同じ』ではなく『二の舞』と形容する辺り、リヴェリアの危惧が滲み出ていた。

「アイズだけじゃなくて、レフィーヤの母親としても貫禄ついてきたなぁ、リヴェリア～」

「からかうな、ロキ。私は真剣な話をしている」

主神の冗談にもリヴェリアは取り合わなかった。

それはレフィーヤへの思いの裏返しでもある。

幼いアイズと何度も衝突し、何度も間違いかけたリヴェリアをして、今のレフィーヤは危険に映るのだろう。

別の視点と、異なる立場から意見を口にし、多角的に話し合おうとしているフィン達も本心では、レフィーヤと同じエルフであるリヴェリアと同意見だった。

「ま、確かに今のレフィーヤはあかんな。……前のアイズより、ヤバイところもある」

フーム、とロキは両腕を組んだ。

普段はフィン達に雑務を放り投げて何もしない主神は、少しは仕事をするように思考を働かせ……唇を上げた。

「うし。レフィーヤの方はうちにまかしとき。考えがある」

「……本当か？」

「ほんまほんま。うちもレフィーヤのことは気になっとったし、それにちょうどええ」

リヴェリアの本当に任せていいのか迷っている視線に、ロキは指で丸を作る。

「しばらく待ってもらうけど、うちに秘策ありや。本当はあの『ボケカス』がおるところ、行かせたくはないいんやけど……精々利用したるわ」

そう豪語し、リヴェリア達の主神は神託を授けるように、のたまった。

「一ヶ月後に来る『学区』の『募脅族官』に、レフィーヤを任命したろ」

二章

懐かしき学び舎(や)

Гэта казка іншага сам[illegible].

настальгічная школа

レフィーヤは、邁進を続けていた。

ベートの予定や自己訓練がある日を除き、彼との鍛錬は毎日欠かさず取り込んだ。何度も頭を下げて、一度だけ彼のダンジョン探索に付いていったこともあったが、どこからともなくアマゾネスのレナが現れ、

「意外なところから私の新たな好敵手が現れてるー⁉　こ、こんなところにも伏兵が⁉　ていうか髪型も服装も変えてベート・ローガを落とす気満々じゃん！　うーッ、私の雄は渡さないんだからー‼」

とすごい勢いでまくし立てられた。仰け反った。

そしてレナは蹴り飛ばされた。悲鳴を上げながら嬉しそうだった。

自身の軽率な行動を反省し「二人の時間を邪魔してすいませんでした」と素直に謝るとベートに割と本気で殴られた。痛かった。

ベートとの鍛錬がない時は、ひたすら『魔法』の訓練に没頭した。

本来の師であるリヴェリアに貪欲に教えを請うと、彼女は嘆息を堪えるように目を瞑り「今は休め」『精神力を酷使し過ぎている』『Lv.４の能力ならば無理は利く。だが過信し過ぎるな」と訓練の自粛を度々告げてきた。

無論、教えるべきことは教えてくれる。彼女の経験に基づく教えはやはり金言には違いない。

だが以前はあれほど厳しかったにもかかわらず、今は前向きといえない彼女の方針にレフィー

ヤはうろたえた。自分は無理をしていないことを必死に訴えた、休むべき時は休んでいると毎日つけている日記まで提出した。それはレフィーヤにとって、王族（リヴェリア）に対する初めての反抗だったのかもしれない。

　そんなレフィーヤに、リヴェリアは諭すように告げた。

「レフィーヤ。お前は『お前』だ。他の誰もがお前にはなれないように、お前も他の誰かになることはできない」

　レフィーヤは、リヴェリアの言葉の意味がよくわからなかった。

師であり王族（ハイエルフ）である彼女の指示を無視することはできない。レフィーヤは諦めて休息を増やしつつ、それと比例するように鍛練の密度を上げた。リヴェリアは長嘆していた。

　日々は流れゆく。

　人造迷宮（クノッソス）攻略戦が遠い出来事のように感じられるほど、濃密な時を過ごしていると、迷宮都市に『二大祭（にだいさい）』の季節が訪れた。

　レフィーヤは『挽歌祭（エレジア）』から逃れるように『小遠征』を計画してダンジョンへこもった。かけがえのない『美醜（びしゅう）の少女』にはもう別れを告げた。だからではないが、どうしても今の自分（レフィーヤ）には哀悼できる気がしなかった。あるいは歩みを止めないためにも、感傷に浸ることを無意識のうちに避けていたのだろうか。

　一人で行くつもりだったが、エルフィやアリシアを中心とした女性団員達が付いてきてくれた。彼女達には悪いことをしたと思う。一年に一度の哀悼の機会を奪ってしまった。申し訳なそうにしているとエルフィは「今度ジャガ丸くんのグレープクリーム味ごちそうね！」と笑ってくれた。

アリシアもまた「リヴェリア様に相談できないことがあるなら、幾らでも話しなさい」と同族(エルフ)の年長者として寄り添ってくれた。レフィーヤの後ろめたさは増した。

「レフィーヤ」

「……はい」

「いくらでも間違ってもいいのです」

「……？」

「貴方が本当に道を違(たが)えそうになったなら、私達が貴方を正します」

それが【ファミリア】なのですから。

アリシアはそんなことも言った。目を見開いたレフィーヤは、彼女の隣に座って、黙ったまま肩を貸してもらった。何故そうしたのか、自分でもわからなかった。姉のように慕(した)っている同胞は、短くなったレフィーヤの髪を優しく撫(な)でてくれた。

『女神祭』も似たような感じだった。

流石に一日は休んだが、後はダンジョンで再び遠征という名の実戦訓練に勤しんだ。

そして気が付けば、【ヘスティア・ファミリア】がまた戦争遊戯(ウォーゲーム)をする運びとなっていた。

しかも【フレイヤ・ファミリア】と。

挙句、なんと勝利してのけたベル・クラネルとその一同に、レフィーヤは別段思うことはなかった。

「ふーん」

程度だった。

いや、やっぱり嘘だ。

「は？」

「どういうこと？」

「いえ別に私も負けてませんけど？」

「負けてませんけど、ダンジョンに行く回数増やそう……」

「Lv．5………………………………」

と闘争心を燃やして鍛練の量と質を上げた（少年の勝利を祝福していたアイズ達も、この時ばかりはベルを恨んだ）。

好敵手に対する感情も赤い爆炎から、静かでより高温の青い深炎に変わった。レフィーヤはそんな気がした。

レフィーヤは自分に約束したように、決して怠る行為を許さなかった。

日に日に目標としている自分に近付けている自覚がある。ベートとの鍛練で想像する自分ににじり寄っている感覚。そして想像(イメージ)に追いつくと、レフィーヤはすぐに目標を更新した。『防御』と『回避』しか専念していなかった『並行詠唱』に『攻撃』と『反撃』の要素も加えた。ベートに果敢に短剣(ソード)を一閃(いっせん)するようになった。「百年早(はえ)ぇ」と嗤(わら)われ、何度も返り討(う)ちにあったが。

それでも攻撃、防御、移動、回避、この四つを組み合わせた『並行詠唱』を何としてでも体得しなければならなかった。レフィーヤは『魔法寄りの魔法剣士』から『剣寄りの魔法剣士(マジックユーザー)』に移りつつあった。魔法の出力と白兵戦の腕前は天と地ほどの開きがある。この身は魔法種族、日々の課題さえ怠(おこた)らなければ『魔力』の素養は勝手に伸びる。だからこれでいい、これがいい、とレフィーヤは思った。自分も守り、誰かを救うためには。

体重は少し落ちた。だから食べるものには気を付けた。それでも更に落ちた。だから種族的にもあまり好きではない肉を積極的に摂取(せっしゅ)した。そうしたら胸が大きくなった。解せぬ。

アイズ達が心配していることはわかっていた。彼女達との接点が前と比べて少なくなっている。邪険にしているつもりはなく、食事だって一緒に取っているのだが、それでもアイズ達に『甘える』こと自体が減った。もしくは過去のそれは『依存』と言い換えればいいのか。

とにかく、『巣立ち』の時だとレフィーヤ自身は捉えていた。

しかしアイズ達はそうは思わなかったようで、

「レフィーヤ……最近、頑張り過ぎ……じゃあ、ないかな……？」

とアイズが意を決して声をかけてきたが、

「アイズさんも人のことを言えないと思います」

とつい言い返してしまった。

アイズは衝撃を受けた顔をして固まった。だって貴方も朝早く起きて剣を振ってなさるじゃないですか。ティオナとティオネもうんうんと頻りに頷いた。アイズは更にへこんだ。

少し意地悪だったかなと反省しつつ、レフィーヤは頑張ることを続けさせてもらった。

そうして、友との別離を経て二ヶ月が過ぎた。

冬の気配がじんわりと感じられるようになった季節。

ロキに呼び出されたのは、そんな時だった。

「私を『学区』の募眷族官に？」

館の執務室に呼び出されたレフィーヤは、目を丸くしてしまった。

フィン、リヴェリア、ガレスも同席する中、目の前にいるロキは「そや！」と笑いかけてくる。

「レフィーヤは『学区』の卒業生！　あのブイブイ調子こいとる教育機関から、優秀な学生をかっぱらってくるなら自分以外に適任者はおらん！　向こうの事情もこっちの事情も一番知っとるのは自分やからな！」

「それは、そうかもしれませんけど……」

移動教育機関とも呼ばれる『学区』の迷宮都市帰還(オラリオきかん)は、もう三日後に迫っている。

そして『学区』が帰還するということは、将来有望な学生を狙って各【ファミリア】が動き出す時期がやって来た、ということでもある。

この時期のことをオラリオ側は『眷族募集(リクルート)』と呼んでいた。

『学区』側にも協力させ、各【ファミリア】の代表が派閥(はばつ)説明会を開き、宣伝するのだ。

オラリオ側は優秀な人材を確保でき、『学区』側は学生達に多くの進路を提示できる。両者に利点(メリット)があるこの催(もよお)しは『学区』創立当時から続けられているものだ――というより『学区』の元来の設立理由そのものに世界の人材を迷宮都市に集めるという背景がある――。

その中でも、『学区』から要請された【ファミリア】は長期的な団員の出向――『募眷族官(リクルーター)』の派遣が可能だった。学生達と深く関わり、より自派閥の活動を広報することができる。大概(たいがい)それは「先方の【ファミリア】入団を希望する生徒が多いから」という『学区』側の理由があるからだが。この制度は大手の【ファミリア】ほど適用される。

そしてオラリオの都市最大派閥である【ロキ・ファミリア】に入団希望する生徒達の数は、当然のように最上級(トップクラス)だ。

「ロイマン達にもせっつかれておってなぁ。『有能な学区の生徒をオラリオに引き入れるためにも～！』って」

　生徒たちの興味関心を買えれば、【ファミリア】の所属はばらばらであろうと、オラリオの戦力は増える。

　優秀な人材、ひいては上級冒険者候補の増員は都市管理機関の望むところ、というわけだ。

（確かに『学区』の生徒は優秀ですけど……そもそも【ロキ・ファミリア】は積極的じゃなかった筈じゃあ？　前回の眷族募集だって、ロキは嫌々やってたって聞いたような……）

　レフィーヤは戸惑いを覚えた。

【ロキ・ファミリア】が『学区』から採用した生徒はレフィーヤが初。

　当代の成績優秀者として推薦を勝ち取り、倍率『八百倍』と謳われていた都市最大派閥に入団を果たしたレフィーヤは、『学区』創立以来の快挙、と持て囃されたほどだった。

「でも、【ファミリア】の代表として出向するなら、私なんかよりアキさんやアリシアさんの方が相応しいと思います」

「前回の眷族募集はまさにその二人やったからな。また同じことさせると小言言われそうやし、別のもんもやっとかないと、二人がおらへん時に困るやん？」

　はっきり言って辞退したいので意見するが、ロキはひょいひょいと躱してしまう。

　フィン達首脳陣は、派閥増強のためとはいえ流石に長期の出向などはできない。彼等がいなくては【ファミリア】が立ち回らなくなってしまう。

　他の幹部は……アイズ達には悪いが、不向きとしか言えない。

　アイズは口下手、ティオナとティオネは何か損害を出しそう、ベートなどもっての外(ほか)だ。

　よってこういう場合、矢面(やおもて)に上がるのは第二軍メンバーの中でも如才ないアナキティやアリシアだった。

　しかしロキの言う通り、四年ほど前の募春族官(リクルーター)を務めてしまっている。他ならないレフィーヤが学生時代、『学区』に赴(おもむ)いたのは彼女達だった。

「で、その間はベートとの鍛練禁止な？　ダンジョンへ行くのもダメやー」

　——その条件を聞いた瞬間、レフィーヤの眉は吊り上がった。

　主神達の意図を理解し、途端に口調が刺々(とげとげ)しくなってしまう。

「ロキ、自分の体調は自分が一番わかっています。無理はしていないし、休息も入れている。仕事を押し付けるような形をとって、私の自由を制限するのはやめてください」

「別にうちはそういうことで言うとるつもりはあらへーん。ただ募春族官(リクルーター)の方に専念してもらいたいだけやー。学区の生徒を引っこ抜くんなら、一〇〇パーセント集中してほしいからな」

　抜け抜けと言う主神をつい睨(にら)んでしまう。

　それがまた正論も正論なのだから始末が悪い。

【ファミリア】を代表して募春族官(リクルーター)に——派閥の『公人』として出向する以上、半端な姿勢は許されない。恐らくは『学区』に泊まり込んで活動することになる。

きっとロキは前から画策していたのだろう。

どんなに抗議しようが自分の逃げ道が塞がれていることを、レフィーヤは悟ってしまった。

「何より！　汚れていないピチピチの後輩学生が女子卒業生を見る日とか最高やろ!!　『お姉さまぁ～ん！』なんて呼ばれて百合の花が咲き誇るかもしれんグへへ！」

呼ばれないいし、咲き誇らない。

下心という名の本心を隠しもしないロキに、呆れ返りながらジロリと見返す。

そんなレフィーヤに、ロキは静かな笑みを浮かべた。

「不服か？」

不服だ。

そんなことやっている暇はない。

もっと、強くなりたい。

せっかく変わってきているという実感が生じ始めているというのに。

顔色を変えずとも、レフィーヤの感情を神は正確に見抜いているだろう。

その上で、彼女はにっこりと笑う。

「でもダメやー。これ、主神命令」

「っ……ロキっ」

強権を発動する主神に、レフィーヤは身を乗り出すが、

「僕からも頼むよ、レフィーヤ。前回の戦いでも【ファミリア】から犠牲者が出てしまった。戦力を埋め合わせるためにも『学区』の人材は確保したい。君みたいな有望な学生がいるのなら、なおさらね」

「団長……」

「流石（さすが）にお主のようなエルフがポンポンと現れるとは思っておらんがな！　もしおるんだったら、『学区』はよっぽど儂等（わしら）より人を育てるのが上手い！　ガハハハ！」

フィンが頼み込み、ガレスが場を和ませようと笑い声を上げる。

フィン達にもそこまで言われてしまえば、レフィーヤに断れる筈がなかった。

溜息（ためいき）を堪（こら）え、観念する。

姿勢を正しながら、口を開いた。

「わかりました……『学区』の募眷族官（リクルーター）、お引き受けします」

「ありがとう、レフィーヤ。助かるよ」

フィンが礼を告げる横で。

最後にリヴェリアが、こちらに向かって告げた。

「この機会に自分を見つめ直せ、レフィーヤ。自分の目だけでなく、他人の目も通してな」

その『船』の大きさは、『世界最大』の名をほしいままにしている。

直径七〇〇M（メドル）。

『円』の形を描き、およそ『船体』と呼ぶに相応（ふさわ）しくないそれは、正確には『浮遊艦（ふゆうかん）』と言うのが正しい。船底に取り付けられた五〇〇基の大型魔石装置――『バベル』の昇降設備（エレベーター）にも流用されている浮力発生装置――によって海面すれすれを浮遊し、世界中を旅して回る雄々しい壮観は迷宮都市（オラリオ）が誇る魔石製品技術の結晶である。

船体を構成するのは三層の巨大な円盤。制御層（コントロール・レイヤー）、居住層（ライブ・レイヤー）、そして学園層（アカデミック・レイヤー）。円柱形を描く各層（レイヤー）は二〇M（メドル）以上の高さが存在し、海上及び船上でありながら巨大生活圏を構築している。乗員数は一万人に及び、その規模は大都市に匹敵するものだ。

青空に見下ろされ、陽の光を浴びる最上部の学園層（アカデミック・レイヤー）には校舎を始めとした建造物や大型競技場など各施設が美しい左右対称（シンメトリー）を形作っている。中央にそびえ立つのは『バベル』にも似た塔にして、艦橋（ブリッジ）だ。

光鳥の頭部を彷彿（ほうふつ）とさせる船首は三六〇度に稼働する仕組みで、推進装置の役割を備えている。

これもまた魔石製品であり、世界に現状一基しか存在しない推進力場発生器である。

『三段重なった特大菓子』。

『長針が飛び出した時計』。

そして『雄大な竜の背』。

見た者にそのように比喩される威容は、下界中の羨望の的でもある。

世界を旅する船にして学問と知識の園。

学ぶ者を迎え、迷える者を照らし、世界へ羽ばたかせる光の導き。

正式名称は超巨大船『フリングホルニ』。

又の名を『海上学術機関特区』——通称『学区』である。


「本当に、帰ってきたんですね……『学区』」

窓の外に見える巨大な船。

今は『母校』となった浮遊船を眺め、レフィーヤは呟いた。

『学区』の停泊場所は『港街メレン』。

楕円を描く大汽水湖『ロログ湖』の形状に沿って築かれているメレンの港の中で、中央から東側が貿易港と漁港。そして西側が造船所と『巨大船』を停泊させる広大な船着場——まさしく『学区』専用の港となっている。

「相変わらず図体だけはでかいな～。はぁ～、傍迷惑ぅ～」

「世界中を旅して生徒を迎え入れているんです、巨大になるのは仕方ありません……というか、これから眷族を送り出す場所を貶(けな)さないでください」

　小さな震動が生じる馬車の中で、ロキが今にも唾を吐きそうな顔をする。

『学区』のことを敵視する――というより『学区』の校長を蛇蝎(だかつ)のごとく嫌っている――主神の姿に、レフィーヤは呆れた顔で窘(たしな)めた。

　直径七〇〇M(メドル)もの船を停泊させられる港など、世界広しと言えど都合よく存在する筈がない。

『学区』は他の国や都市に訪れる際、港に接岸せず沖合にとどまり、短艇(ボート)で行き来するのが常だ。『学区』を完全に係留させるにはそれこそ専用の港を築くしかなく、その唯一が港街(メレン)となる。

『学区』の設立背景には迷宮都市(オラリオ)が大きく関わっており、建造された場所はまさにこの港街(メレン)の造船所だ。よって港の規模はもとから確保されている――といっても、度重なる改良と増築でそろそろ生まれ故郷の港も悲鳴を上げそうになっているが。

　メレン港(こう)全域の半分以上を埋める超巨大船は帰還すると例年、他の船舶から苦情が殺到するのがお決まりだ。普段は開放されている西の港が使えなくなることで、この時期はいつも港街(メレン)の入港に制限がかかるのである。

「今回も随分(ずいぶん)と『冒険』をしたみたいですね……」

　見上げるほどの船体にある大小いくつもの破損跡を、Lv.4の視力をもってしてレフィーヤは視認する。

『学区』は世界中を旅する過程で何かと冒険しており、海中から水棲モンスターに攻撃されたり『国際紛争』等に巻き込まれるのはざらだ。在学中、今より未熟なレフィーヤも仰天しながらよく駆り出されていたものである――それが【ロキ・ファミリア】入団前に【ランクアップ】していた理由でもあるのだが――。

三年周期で『学区』が帰ってくるのは傷付いた船の修繕と、浮遊装置の整備のため。

迷宮都市の魔力製品技術の粋を集められているとはいえ、定期的な点検と補修は必須だ。

予備の浮遊装置の交換も含め、こうして三年ごとに大点検大修理を行う。

もともと『学区』の前身は、『海上要塞』。

三大冒険者依頼の一つ、海の覇王『リヴァイアサン』討伐のために用意された『足場』である。

海を制する巨大龍討伐に乗り出した男神と女神は、この巨大な『足場』と【ポセイドン・ファミリア】の協力を得ることで、見事古のモンスターの一体を打ち倒したのだ。

その背景から言えば、ちょっとやそっとでは壊れない――流石に海の覇王相手には大破したらしいが――『学区』が冒険に身を投じるのはおかしなことではない。更に言うと、外部部品の一つ、壮麗な『羽根』のようにも見える『調光器』は、ドロップアイテム『海覇王の蒼鰭』でもある。

（三大冒険者依頼の一角を打ち崩した象徴……在学中は気にしていませんでしたが、『世界で最も偉大な船』なんて呼ばれるのも当然ですね）

そんな『学区』は今、連続駆動していた浮遊装置を切り、湖面に着水していた。

やがて巨大船が接岸する港に、馬車が到着する。

「ところで……どうしてわざわざ馬車なんか使って移動を？　私なら徒歩でも苦にならなかったのに。余計なお金がかかるじゃないですか？」

「うちもおるや～ん！　オラリオから港街まで微妙な距離過ぎて疲れるんや～。それに久しぶりにレフィーヤと密室二人きりセクハラし放題やフヒヒ！　とか邪な考えもあったしな～」

「そうですね、全部迎撃してあげましたね」

ロキは謎のテンションでのたまいながら、真っ赤にした両手を痛そうに振ってくる。

レフィーヤが容赦なく叩き落とした結果である。「レフィーヤもリヴェリアやアイズたんみたいに冷たくなってうち悲しいわ～！」と嘘泣きする主神に、レフィーヤは溜息をつく。

「あとは、そうやなぁ――」

相手にするのも疲れ、レフィーヤが扉に手をかけると。

「『有名人』は、それなりの登場をするもんやで」

ロキはにんまりと笑って、そんなことを言った。

そして豪奢な箱馬車から降りると――うっすらとした潮の香りと、『大歓声』がレフィーヤの全身を包み込んだ。

「来た！　来たあっ‼」

「【ロキ・ファミリア】だ！」

「本当にあれが【千の妖精】⁉」

「先輩をつけなさいよバカ！」

「レフィーヤせんぱぁ～～～～～～い！」

正面に鎮座する『学区』、学園層の外縁部には数えきれない生徒が殺到していた。

大声を響かせる者。

手すりから身を乗り出す者。

頬を染めて、こちらに手を振ってくる者。

まさかの在校生の歓待に、港に足をついたレフィーヤは唖然とする。

「アリシア達が来た時もこんな『熱烈な歓迎』を受けたからなぁ。迷宮都市は『世界の中心』で、うちらは【ロキ・ファミリア】ってことや」

そのロキの言葉が全てを表していた。

眷族募集に来る【ファミリア】の中で【ロキ・ファミリア】が最も人気があるのは間違いない。その雷名は『学区』が旅する世界中にも轟いており、在学生にとっても憧れの的だ。功績が更新される度に彼等は賑わい、次のオラリオ帰還を一日千秋の思いで待ちわびる。『学区』

の進路の中で冒険者はやはり定番であり、人気の職業の一つだった。

「……私、第一級冒険者達じゃないんですけど……」

引きつりそうになる頬を我慢して、呟く。

すっかり感覚が麻痺しているが、迷宮都市最大派閥の名は伊達ではない。

このような反応を見ると自分達の立場を実感させられる。

それにしたってはしゃぎ過ぎでは――と思ったレフィーヤだったが、当時の自分も『あちら側』だったことを思い出し、心の中で苦笑を浮かべた。

もともと冒険者志望ではなかった昔のレフィーヤは、流石にあそこまで露骨に興奮はしていなかったが。

「キャーキャー言われる黄色い声援、たまらんなー!!　今年の『学区』も女の子のレベル高いわ、くぅ～～～～～～！」

「ロキ……」

「そんな醒めた目したって、レフィーヤだって気持ちええやろう!?」

「からかわないでください」

頭上に向けて投げキスをしまくるロキに、レフィーヤは呆れた視線を送る。

驚きはしたが、それだけだ。

今のレフィーヤにとって、学生達の歓声は決して気持ちのいいものではなかった。

むしろ受け入れがたいものがある。

こんな熱讃を向けられるほど、自分が華々しい存在ではないと、わかっているから。

「レフィーヤ、ダメや。そんな無愛想な顔でい続けるのはあかん。瞼を重くして、普段から笑わん子は、本当に心から笑えん子になってしまう」

そこでロキが声音を変える。

ふざけた態度など霧散させ、神の顔で笑いかけてきた。

「今、レフィーヤがここにいるのは何のためや？」

「……『学区』の人材発掘のため」

「初めて会ったアキやアリシアの態度はどんなやった？」

「……綺麗で、笑顔で、自然体でした。すごく、『大人』に見えました」

「なら、自分がすることはなんや？」

今度は悪戯好きな姉のように肩を叩いてくる。

弓なりに曲がる朱色の瞳と見つめ合っていたレフィーヤは、ややあって短く息をついて、頭上を振り仰いだ。

そして笑みを浮かべ、『学区』の後輩達に手を振り返す。

『きゃあああああああああああああああああああぁぁ～～!!』

歓声が爆発した。

港街全体が震えるような錯覚を覚えながら、レフィーヤとロキは『学区』に向けて歩き出す。

声援は途切れない。眷族募集の中でも優先的に、一番乗りに足を運んだ【ロキ・ファミリア】を生徒達は歓待する。

自分はまだ十五歳。『学区』の中では年上の在校生もいるだろう。

こんなエルフの小娘にそこまで沸かなくてもいい、とは思うけれど――【ロキ・ファミリア】の一員として務めは果たそう。相応しい態度で接しよう。

歓声を浴びながらレフィーヤはそう誓った。

そう誓ったのだが……うん。

別に、本当に別にいいんだけれど……なぜか女生徒の歓声の方が多いような気がするゾ？

「レフィーヤ先輩凛々しいーー！」

「思ってたよりずっとキレイ！　本物のエルフって感じ！」

「お姉様って呼びたいッッッ!!」

「「それね!!」」

……私は何も聞いていない。何もだ。

船へ入るには、門衛よろしく港に待機していた職員に声をかけるだけでよかった。

三つ重なった円盤の一つ目、制御層(コントロール・レイヤー)から城門の跳ね橋のように展開する舷梯(タラップ)を上り、『学区』へ足を踏み入れる。

「ようこそおいで下さいました、神ロキ、そしてレフィーヤ・ウィリディス氏。私(わたくし)、案内を務めさせて頂きますアリサ・ラーガストです」

(――アリサ)

自分達を待っていた少女(ヒューマン)の『旧友』に、レフィーヤは驚きをあらわにした。

トレードマークの眼鏡と、後頭部に結い上げられた黒い髪。

こちらの視線に気付いているだろうが、彼女は秘書然とした笑みを崩(くず)さない。

「……お迎え、感謝いたします。案内のほど、よろしくお願いします」

『学区』の公人に徹しているその姿に、レフィーヤもまた【ロキ・ファミリア】の一員として振る舞う。

　が、彼女の主神にはあまり関係なかった。

「おおー！　自分のこと覚えとるで、アリサちゃーん！　レフィーヤとよくおった美人眼鏡っ娘(こ)や！　うちのこと覚えとるかー⁉」

「勿論(もちろん)。不変存在(かみがみ)に向けて言う言葉ではありませんが、お変わりないようで何よりです、神ロキ。さぁ、こちらへ。校長室で神バルドルがお待ちです」

空気を読まないロキへの対応もさらりとこなしながら、アリサは先導を行う。

「クール委員長キャラ変わっとらん～！　自派閥(うち)にいないタイプでやっぱええわ～！」と通常運転なロキの腰をつねって黙(だま)らせながら、レフィーヤも後に続いた。

居住層(ライブ・レイヤー)や学園層(アカデミック・レイヤー)とは異なる剝(む)き出しの管(パイプ)や金属壁、そして潤滑油(オイル)と檸檬(レモン)が交ざったような試験薬の香り。超巨大船(フリングホルニ)の制御区及び『調合』『錬金』『神秘』の実験室が集中する『学区』の心臓部――在学中は見慣れていた制御層(コントロール・レイヤー)の機能的な景色を、レフィーヤは目を細めて懐かしく思った。

学園層(アカデミック・レイヤー)から生徒達がわざわざ下りて黄色い悲鳴を浴びせてくることこそなかったが、廊下ですれ違う船員や魔術師(メイジ)がちらちらとこちらを窺(うかが)ってくる。

レフィーヤは当時『優等生』であったが、このような扱いを受けることはなかった。

おかしな話だが、『母校』に戻ったことで、自分の立場というものをあらためて実感する。

アリサに案内されるまま、制御層(コントロール・レイヤー)と居住層(ライブ・レイヤー)を抜け、最上層の学園層(アカデミック・レイヤー)へ出る。

照りつく日の光と、屋外で活動している生徒達の注目を浴びながら、『学区』中央に存在する艦橋(ブリッジ)――『神殿塔(ブレイザブリク)』へと辿(たど)り着いた。

「三年振りですね、レフィーヤ」

塔の最上階に位置する広い神室(しんしつ)で、美しい男神と再会する。

かつてレフィーヤの主神であった彼は、柔和に微笑んだ。

「お久しぶりです、バルドル様。またこうしてお会いできたこと、光栄に思います」

「畏まらなくて大丈夫ですよ、レフィーヤ。ここにはもう私達しかいません。どうか以前のように接してほしい」

初めて出会った時、レフィーヤは彼こそが『神』だと思った。

それほどまでに目の前の神物は賢明で、穏やかで、美しく、何よりも神格者であった。

常に閉じられている瞼、いつも柔らかな微笑を描く唇。

アイズより濃い色の金の長髪に、男神の中でも際立つ線の細さ。しかしその一方で身長は一七〇Ｃ後半と高い。召し物は裾の長い神聖な法衣で、右肩から腕にかけて露出している。きめ細かな白い肌は女神が羨むほどだ。

誤解を恐れずして言うならば、レフィーヤは彼以上の善神を知らない。

古代、下界の住人が想像したであろう神への心象の具現。神たる光神。

それがバルドルという男神だった。

「レフィーヤは自分のことマジキモく思って一線引いとるんじゃアホー。気付けや青二才！　昔の主神なんて忘れてこの子はすっかりうちと相思相愛なんじゃボケェ～～～！」

「貴方は相変わらずのようですね。ロキ」

そんな光の神であるから、いわゆる邪道を極めし神――破天荒という言葉を凝縮したロキ

とは、ありえないほど相性が悪かった。

というより、ロキが一方的に敵視していた。

彼女達の付き合いは天界かららしく、何と『いつも浮かべているそのスカした笑みがウザイ』という理由だけでロキはバルドルを殺害しようとしたらしい。ちなみにバルドルは天界の宿木(ヤドリギ)と弟分(ヘズ)を味方につけ『ハハハハ』と笑って回避したとのことだ。

敬愛しているバルドルにここまで難癖(なんくせ)をつけるロキに、レフィーヤは出会った当初うろたえて、【ロキ・ファミリア】に入団することが決まった後も不安になったほどである。

が、バルドルの方はロキの言うことに決して怒らず、むしろ自分に難癖をつけてくる数少ない神ということで受け入れている節があった。

そんな二人の関係を見て、レフィーヤは思ったのだ。

『好きな子を虐(いじ)めたくなるという、アレですか?』

【ロキ・ファミリア】に入る前、それこそバルドルから改宗(コンバージョン)する際、思わずロキに尋ねてみると、

『うちが目をつけた美少女エルフちゃんでも、それ以上言ったら許さへんでー』

ロキは静かに笑った。

青い炎が幻視できるほどの『神威』を放ちながら。

多分、レフィーヤがロキのことを人智を越えた存在として恐ろしいと感じたのは、あれが最

初で最後だった。

「今じゃあレフィーヤとうちは年中イチャイチャチュッチュ状態や！　この手で何度育ち盛りのおっぱい揉んだか教えたろかぁー!!　アァン!?」

「話が進まないので黙っていてください」

「ホギャー!?」

今ではこの通り、リヴェリア達に倣ってツッコミもこなせるようになった。

ごつん、と後頭部で杖を殴られて女神がのたうち回る。今も穏やかに笑っている男神とは、もはや神の格からして雲泥の差だ。

扉の前に控えているアリサが、顔をひきつらせているのが気配でわかってしまった。

「ロキはやはりロキのままですが……貴方は変わりましたね、レフィーヤ」

ロキのことは気にせず、バルドルが言う。

トネリコ素材の大きな机の前に腰掛ける彼は、静かに微笑んだ。

「見違えた」

レフィーヤは、全てを見抜かれている気がした。

瞼は閉じられたままで、何も見えない筈のその神の瞳に。

この三年間のうちに何があり、何を感じて、何を、失ったのかを。

「聞きたいこと、聞いてもらいたいこと、積もる話はありますが……本題に入りましょう。ロキが不快な思いをする前に」

「……自分のツラ目にした時点で不快度一二〇パーセントやっちゅうねん。さっさと話を進めろっちゅうに」

立ち上がるロキが吐き捨てる中、バルドルは頷いた。

そして閉じられた瞼越しに、レフィーヤを見つめる。

「レフィーヤ、貴方には一つの小隊（パーティ）を受け持って頂きたい」

その打診に、レフィーヤは眉を怪訝（けげん）の形に曲げた。

「眷族募集（リクルート）や講演（セミナー）ではなく、ですか？」

「勿論、希望者を募って説明会は開くつもりです。しかしそれとは別に、貴方がオラリオで見てきたもの、感じたものを教えてほしい生徒達がいる。――ダンジョンの中で」

そこまで言われて、レフィーヤは察した。

生徒達とともにダンジョン探索へ赴いてほしい。

そして身も心も鍛え上げてほしい――そうもバルドルは言っているのだ。

「彼等はみな、冒険者志望です。この『学区』の中で選（え）りすぐりと言っていいでしょう。【ロキ・ファミリア】や【フレイヤ・ファミリア】……は、今はないのでしたね。とにかく、貴方達の眼鏡にかなうとすれば、彼等しかいないとも我々は判断しています」

「勿論『即戦力』という意味で」とバルドルは補足した。ロキの方を一瞥（いちべつ）しながら。

要は、才能や将来性という意味でまだ化ける子や、ロキの眼鏡にかなう美女美少女は件の小隊以外にいるかもしれないですよ、ということだ。

腐れ縁のごとく思考を読まれているロキは「けっ」と鼻を鳴らした。

「疑似的な派閥体験、ということでしょうか？」

「理解が早くて助かります。補足すると、生徒達に派閥体験に行ってもらうのではなく、貴方に教導者を委託する、と言った方がより正しいでしょうか」

「私が、教導者……」

バルドルはレフィーヤの呟きに頷きを返す。

「今年は例年と比して少々『事情』が異なっています。生徒の多くが、逸っている。オラリオでただ『特別実習』をするだけでは『危うい』と、私達はそう判断しました」

「……その中でも、件の小隊がより顕著だと？」

「ええ。彼等とは別に気にかけている子供達もいるのですが……そちらは彼のおかげで、どうにかなりそうなので」

「？」

最後の言葉の意味がわからずレフィーヤは首を傾げたが、バルドルは「何でもありません」と微笑んだ。

「ダンジョンの過酷さは理解しているつもりです。その上で、レフィーヤ、貴方の視点で彼等言葉を伝えてください」

「諌めても構いません。応援してもらっても結構です。彼等を見た上で、貴方のありのままの言葉を伝えてください」

「……」

──それが貴方のためにもなる。

バルドルは静謐な笑みを湛えながら、そう締めくくった。

ロキは口を挟まなかった。

『学区』側がひたすら要求しているにもかかわらず、黙ってこちらを見守っている。

自分のもとに集まっている視線。

最後の判断を委ねられたレフィーヤは、おもむろに口を開いた。

「……わかりました。私は『学区』に育てられた。その御恩を忘れたことはありません。決して人を導けるような器ではありませんが、精一杯務めさせて頂きます」

「ありがとうございます、レフィーヤ」

エルフとしての自分を意識しながら、丁重に言葉を選び、承る。

バルドルは謝辞を捧げた。

「では、これより出向という形でレフィーヤを預かります。ロキもいいですか？」

「いちいち確認とるな、ダアホ。それがこの子のためになるっちゅうんなら、何だってええわ」

　レフィーヤは今日から約束された期日——約半月ほど——まで、【ロキ・ファミリア】を離れ『学区』で一室を取ることになる。確か前回の募春族官(リクルーター)だったアナキティ達も、短い間だったが泊まり込んでいた筈だ。学生時代、寮暮らしだったレフィーヤには何ら不満はない。

　暴言に違いないロキの返答に、しかしバルドルは嬉しそうだった。

　透(す)いた笑みを浮かべ、次にレフィーヤに視線を移す。

「今日からまたよろしくお願いします、レフィーヤ」

「はい、バルドル様」

「今は授業中なので席を外していますが、後でレオンから詳しい説明を受けてください。身の回りのことで何かわからない時は……アリサ、貴方が教えるように」

「お任せください」

　最後にアリサがお辞儀をし、その場はお開きとなった。

　ロキが一秒でも長くこの場にいたくないと出ていくので、レフィーヤも仕方なく、バルドルへ頭を下げて退出する。

「いやぁーあのスカした笑み、本当に無理や！　なんやあの善神オーラ丸出しのスカタン神は！　後光でも放ってうちの目を潰したいんかアイツ！」

「なんでそこまでバルドル様を嫌えるんですか……」

「理由なんか超越しとるんやー！　生理的とかじゃなくて存在として無理なんやー！」

扉の前でバルドルにも聞こえるだろう声音でしっかり叫んだ後、ロキはレフィーヤ、そして同伴するアリサにグッ！　と親指を上げる。

「じゃあうち、ちょっと『学区』のカワイコちゃんナンパしてくるな！」

「リヴェリア様の代わりにしばき倒しますよ？」

「あーうそうそっ！　人材発掘や人材発掘ぅ！　だからそんな怖い顔せぇんでレフィーヤぁ！

今回の『学区』はどれほどの美女美少女が揃っとるか下見してくるだけやからぁんグフフ！」

「あ……ロキ！」

びゅーん！　と自分達の前から駆け出していく主神に、レフィーヤは呆れた顔を作る。

同時に、気を遣わせてしまった、とも思った。

「……旧友と水入らず、ゆっくりしろ、ってことよね？」

「ええ、そうみたいです。全く、変なところで気を遣うんだから……」

口調を畏まったものから変えたアリサと、視線を交わす。

やがてどちらからともなく、彼女達は笑い出した。

「久しぶり、レフィーヤ！　こうしてまた会えて嬉しいわ！」

「私もです、アリサ！　髪、伸びましたよね？」

「そんなこと言ったら、レフィーヤなんてばっさり切っちゃってるじゃない！　貴方が来るっていうから迎えにいったのに、最初誰だかわからなかったんだから」

「あ、ひどいです！」

年相応の表情を浮かべ、笑みを分かち合う。

二人きりになったことで、今だけは立場を忘れ、少女達はかつての自分達に戻った。

アリサ・ラーガスト。

二つ年上で、レフィーヤが在籍時には同じクラス。

そして同室者（ルームメイト）でもあった、『学区』入学来からの親友だ。

迷宮都市管理機関（ギルド）の援助を受けて運営される『学区』は、いわば複数の【ファミリア】の集合体にして共同体だ。校長として『学区』代表を務めるバルドルを頂点に据えているものの、各【ファミリア】の間に優劣はない――それぞれ特徴はあるが――。

そして『学区』の中で【ファミリア】は【クラス】の名に言い換えられている。

【イズン・ファミリア】ならば【イズン・クラス】。

【ブラギ・ファミリア】ならば【ブラギ・クラス】、といった具合だ。

各主神から『恩恵』を授かった眷族達が生徒として活動する、『学区』にしか見られない形態である。

そんな中、レフィーヤ達は【バルドル・クラス】に所属していた。

「でも、今のアリサに会えて、ほっとしました。今では同輩なんてほとんど残っていないでしょうし。アリサには男友達と一緒によく怒られていましたよね」

「出た！　校則破りのバーダイン！　レフィーヤは人がいいから、よく巻き込まれて『砲台』扱いされてたわよね。勝手にモンスターの巣に飛び込んでいったりして」

レフィーヤが『優等生』なら、アリサはみなを取り仕切る『委員長』だった。

中でも彼女の『錬金』の腕は目を見張るものがあり、戦闘能力はレフィーヤに劣るにしても、所謂『生産職』として教師陣から高い評価を得ていた。

「監督生になれたんですね、アリサ」

「ええ、何とか。本当に運が良かったわ」

「アリサは私達の中でも一番頭が良かったし、実力ですよ。きっと目指している『学区』の教師にもなれます」

「そんなことないわ。今もできることで精一杯！」

廊下を歩きながら、アリサの左腕に腕章が巻かれていることにレフィーヤは気付いていた。

光と船の紋章──【バルドル・クラス】の紋章が刻まれたそれは、選ばれた者しかなれない『監督生』の証だ。

教師と生徒の間を取り持つ各【クラス】の代表生徒にして、自身の判断で生徒に懲罰を与える裁量と権限を持つ。『準教員』と言い換えても決して間違いではない。

【ファミリア】に置き換えれば、『学区』の『教師陣』は団長を始めとした幹部、そして監督生は幹部候補といったところか。ちょうど【ロキ・ファミリア】の第二軍メンバーのラウル達のような位置付けだ。

かつてレフィーヤは冒険者に憧れてオラリオに、そしてアリサは教員になるべく『学区』に残った。

『学区』の教師は、それこそオラリオの有力派閥に入団するのと同じくらい倍率が高い。資格を求められるのは勿論のこと、自分達をこれまで導いてくれた偉大な教師と神々に憧れる者が続出するからだ。

そしてその中で『監督生』になることは、教員になるための一番の近道と言っていい。

「相変わらずL.F.C.……『レオン先生ファンクラブ』は存続してるんですか?」

「当たり前じゃない！　非公式の組織を運営するには公式の権力が必要なの！　今では私がファンクラブの会長よ！　これは決して職権乱用じゃないわ！　生徒の声を聞いて、教員との間で軋轢を生まないよう取り計らうのも監督生の務めなの！」

「あ、はい……ほどほどにしてくださいね……」

レフィーヤと出会ったばかりの頃、アリサは『学区』のとある教師に『お熱になった』。

教師を目指すようになったのも、最初は彼に少しでも近付きたいがためだった。

だが、始まりは憧れだったとしても、『学区』の教員になろうとする彼女の意志は本物だ。

初恋の人の背中を見て、心を打たれ、関心を持ち、彼女もまた同じ職業に夢を抱いた。

アリサは『学区』の教員となるために——自分の夢を叶えるために今を頑張っている。

それが知れて、レフィーヤは自分のことのように嬉しく思った。

『錬金学科』のエースにして『学区』監督生。

それが今のアリサの肩書きである。

「それでね、聞いてよレフィーヤ！　オラリオ側が眷族募集の申請をする前に、何と【ヘスティア・ファミリア】のベル・クラネルが『学区』に無断侵入したのよ！」

「ハァ？」

「世界最速兎って、私達が回った国や街でも有名になっていたのに、あんな非常識人だったなんて！　幻滅したわ！　レフィーヤはあのヒューマンのこと、知ってる？」

「——いーえ、知りません。全く、これっっっぽっちも。覗き魔でハレンチで無礼千万な兎のことなんか全くもって知・り・ま・せ・ん」

「そ、そう……」

近況の話や世間話に花を咲かせながら、レフィーヤ達は『神殿塔』の中ほどに存在するテラスに出た。

青い空は快晴そのものだ。眼下にはレフィーヤが散々通った学び舎が存在し、出歩く生徒達の姿もちらほらと見える。

それに頻りに声をかけている、不審な朱髪の女神の影も。

「話したいことがまだ沢山あるのに、どうしよう、喋りきれないわ。まだ三年くらいしか離れ離れになっていないのに」

潮風になびく髪を押さえながら、眼鏡の奥で瞳を細めるアリサ。

レフィーヤはその言葉に、ぽつりと心の中で呟いた。

（そっか、もう三年……）

まだ三年。

あるいは、もう三年。

どちらに捉えるかは人それぞれ。

だが、レフィーヤは後者だった。

オラリオでの冒険の毎日は、まさしく『激動』の日々で、目まぐるしく、沢山のものを経験しては味わった。

喜びも、悲しみも、挫折も……『喪失（そうしつ）』も。

美醜の少女のことを思い出し、レフィーヤは目を伏せた。

「レフィーヤ……貴方、変わったわね」

「えっ？」

「さっきも言ったけど、最初誰（だれ）だかわからなかったの。雰囲気が別人というか……なんていうか、大人になった？」

そんなレフィーヤの様子を眺めていたアリサが、言葉を選びながら、告げた。

「ううん……『冒険者』になったのね」

次には寂しそうに笑う。

「差を開けられたって……わかっちゃう。なんだか、悔しい。きっと私達の代で、レフィーヤが一番成長してる。【ロキ・ファミリア】を進路に選んだ貴方が、正解だったってことなのかしら」

アリサには何の他意もなかった。

それを理解しつつも、レフィーヤは、形だけの笑みしか作れなかった。

「……正解とか、そんなのは、ないですよ」

そうだ。

冒険者にならなければアイズ達と出会えなかったように、あの『喪失』も知らずに済んだ。

同時に、あの『喪失』を何も知らず回避していたとしても、それが正しいとは言えない。

レフィーヤがいなければ都市は滅んでいたかもしれない。誇張ではなく。

レフィーヤだけでなく、他の誰か一人でも欠けていたら、そうなっていたかもしれない。

だから、何が正解なのかは、わからない。

『変わった』とそう感じるならば、それはレフィーヤが自分を許せなくなるほど『後悔』をしたからだ。遅過ぎる悔恨を経て、今、こうしてアリサの前に立っているからだ。

レフィーヤにとって、それは褒められるべきことではない。決して。

知れず、浮かべている笑みに自嘲が滲む。

それを見て失言だったと理解したのか、アリサは口を噤んだ。

「……でも、貴方の名声は世界のあちこちでよく聞いていたの。本当に、色々なところで。信じられる？　私の同室者が、あの『帝国』やカイオスの大砂漠で噂になっているのよ！」

「そんな……。きっと尾鰭が付いていますよ。私は大したことありません……」

「それに嫉妬に駆られる魔法大国が【千の妖精】を狙ってるって！」

「あ、それは本当なんですね……」

明るく話題を入れ替えるアリサに申し訳なく思いつつ、レフィーヤは笑った。

一頻り笑って、『学区』の景色を見渡した。

（責任をもって引き受けた筈なのに……もう、『学区』へ来たことを後悔し始めてる）

『学区』にはあまりにも思い出が多過ぎる。

どこを見ても当時の情景が結びついて、簡単に喚起される。

こうしてアリサと話すだけでも――この『学区』の景色を塔から見下ろすだけでも、様々なことを思い出してしまうのだ。

それは決してアリサのせいではない。

レフィーヤの感傷であり、慚愧の念だ。

『学区(ここ)』は、嫌でも当時の自分と向き合わないといけないから。

何も知らず、よりよい未来だけを展望し、信じ、目を輝かせるだけだった学生の頃の甘い自分と。

無知な自分の追憶と向き合うのが、今だけは嫌だった。

『彼女』を喪ったばかりの今だけは、苦痛だった。

——私は一体、何が変わったんだろう。

答えなどわからない自問を発しながら、レフィーヤの意識は追憶(ついおく)の海へと沈んだ。

妖精追奏

一

レフィーヤ・ウィリディスは心優しい少女だった。

鼻持ちならないなんてことはなく、頑固と思えるほどの矜持や同族意識もない。

あらゆる種族、あらゆる人物に対して彼女は無垢で、純真だった。興味の塊だったと言ってもいいかもしれない。早い話、世間一般的なエルフの認識とは真逆の、『親しみやすい』エルフだったのだ。

それは全て彼女が生まれて育ったエルフの里に起因している。

レフィーヤの故郷『ウィーシェの森』は変わっていた。

数あるエルフの里の中でも、大きく外に開かれていたのである。

大陸中央部に広がる広大な『森の大河』の中に存在し、大陸を行き来する商人や旅人達にとって『ウィーシェの森』は交通の要衝でもあった。多くの他種族の人間が里に立ち寄っては去っていくのだ。

これは数あるエルフの森の中でも極めて珍しい事例だ。

かつては閉鎖的だったエルフの里は確かに神時代に順応しつつある。

だが、ここまで開放されていることはない。多くの森が妖精の大聖樹を守り、一族の教えに従って外界ときちんと境界線を引くからだ。エルフ達は自分の里を出て、世界の多様さを知って驚くのが常である。

『ウィーシェの森』の一族にはそれがない。

他種族の者と積極的に交流し、世界を夢想し、やがて森の外へ出ていく。

同族の中でも秀でた『魔力』を持ち、他種族への壁がない『社交的』な妖精。

それが『ウィーシェの森』のエルフだった。

全ては里の名前にもなっている『始祖』に遠因がある。


『嗚呼、くだらない、くだらない！

なんてくだらない妖精の慣習！

同胞よ。森を飛び出せ、世界に目を向けろ。

絆を繋げ、妖精の輪を広げろ。

エルフよ、どうか真の誇りの意味を知れ！』


遥か古の時代に名を残す『世界三大詩人』。

その一人に数えられる『ウィーシエ』の歌である。

そして、今日の里の教えでもあった。

『ウィーシエ』はとても奔放なエルフで、根無し草の旅人であり、間違っても一箇所にとどまって里を作るような人物ではなかったらしい。

だがそんな詩人を慕ったエルフ達が、モンスターによって蹂躙されたウィーシェの生まれた森を取り返し、里を開いたのだ。そして本人の名をもらった。今日の『ウィーシェの森』と呼ばれる妖精里の起源である。

誰よりも自由だったエルフの教えに従い、里の住人の誰もが外の世界に興味を持つ。

そんな同胞の中で、幼きレフィーヤも例に漏れなかった。

里の酒場に訪れる旅人達に話をせがみ、帰郷したエルフの同胞の手土産に、よく目を輝かせていた。

「海をおおう、おおきな滝に……カイオスのすなの海……そして、ダンジョン……どんなところなんだろう？」

苔むした地面に手をつき、傾いた樹の隙間をくぐった先にある『秘密の花園』。

沢山の白い小輪が揺れるその花畑は、レフィーヤだけしか知らない、とっておきの場所だった。

「外の世界……見てみたいなぁ」

『光冠』を咲かせることで有名なウィーシェの森の大聖樹は、倒れた木の幹に腰掛け、外の世界の絵本を開きながら思い耽る彼女を、いつも見守っていた。

心優しくも、少し臆病で、ちょっぴり優柔不断なレフィーヤには、漠然とした想いで自ら一人旅に出るのは難しかった。怖いし、不安だし、何より頼るべきものがなかった。

しかし『切っかけ』があれば、レフィーヤはすぐに里を飛び出すつもりだった。

精霊に導かれるでもいい。ちょっと恥ずかしいけど白馬の王子様が迎えに来るでも構わない。

子供らしく、童話じみたとりとめのない妄想を膨らませながら、レフィーヤは『切っかけ』が訪れることを望んだ。

『切っかけ』さえあれば、少女は走り出すことのできるエルフだった。

何かがあれば、何かが来てくれれば、大聖樹を見上げながらそんなことを思う毎日。

しかし、意外にも思っていたより早く、その『切っかけ』はやって来た。

「レフィーヤ、聞いたか！　南の港町に『学区』が来たんだってよ！」

「『学区』⁉」

「ああ！　世界中を旅している、一番有名な学校だ！」

レフィーヤ八歳の日のことである。

酒場で盛り上がっていた同郷の商人に話を聞くと、『森の大河』を南に真っ直ぐ出てすぐ、開けた港町に『学区』が立ち寄ったらしい。

『学区』は六歳から十八歳の子供ならば、どんな人物も、あらゆる種族も入学の資格を有している。多額の入学金なども要らない。

必要なものは一つだけ。『学ばんとする意志』。

その話を聞いた時、レフィーヤの細長い耳は、ぴーん！　と上向きに持ち上がった。

「おとうさん、おかあさん！　わたし、『学区』へ行きます!!」

「「お、おう」」

家へ帰り、食卓に手を叩きつける幼女の形相に気圧され、両親はあっさりと頷いていた。

一度決めてしまえばレフィーヤは止まらない性格だった。

何より、レフィーヤは外の世界を知って、『なりたいもの』を探したかった。ウィーシェの森のエルフの一人ではなく、『レフィーヤ・ウィリディス』になりたかったのである。そんな自分にとって、世界を旅し、あらゆる経験をもたらす『学区』はぴったりな気がした。

待望の『切っかけ』を逃してはならじと、彼女は小さな体でせっせと荷造りを始めた。

彼女を止める者はいなかった。里の教えに従い、若い者の旅立ちを歓迎した。

両親は寂しがっていたが、最後は笑ってくれた。

山吹色の髪の母親と紺碧色の瞳の父親は、旅立つ前夜にささやかなパーティーを開いてくれた。レフィーヤは瞳に涙を溜めつつ、もし入学試験に落ちて、すごすご帰ってきたらカッコ悪いなぁ、とちょっぴり決まりが悪くなったが、

「いつでも帰ってきなさい。明日でも、十年後でも」

「お母さんの言う通り、一日分でも、十年分のお土産話でもいいんだ。ウィーシェ様のように外の世界へ旅立つお前の話、お父さん達に必ず聞かせてくれ」

そんな考えも優しく見通してくれた両親は、頭を撫でてくれた。

レフィーヤは結局泣いた後、笑みを咲かせた。

父と母のお腹に顔を埋(うず)めた後、いってきます、と大きな声と一緒に。

旅立ちの日、大聖樹は『光冠』を宿した。

総出で見送りにきた里の者達とともに、レフィーヤを送り出してくれた。

きらめく光の破片。

極東(きょくとう)の桜のように舞い散る魔力の――絆の欠片。

とても綺麗な『光の円環』。

どんなことがあっても、どんなことを知っても、心に根ざす原風景――この妖精の輪(エルフ・リング)を忘れることはない。

レフィーヤはそれだけは確信して、旅立った。


同郷のエルフの商人に港町まで連れていってもらったレフィーヤは、他の誰もと同じように、沖合に停泊する『学区』の巨大さにまず驚いた。そして一頻(ひとしき)り驚いた後は、意気込んで荷物を背負い直し、沢山の子供達とともに、入学希望者を募る『学区』へ足を踏み入れた。

『学区』の教育体系(カリキュラム)は他国、他都市に設置された、どの教育機関とも異なる。

通常、学院や学園は決められた時期に在校生が卒業し、入れ替わるように新入生が入学してくるが、『学区』には明確な『区切り』がない。

あえて挙げるなら大点検大修理のため三年周期で立ち寄るオラリオ帰港だが――事実この時期を狙って最も多い入学希望者が迷宮都市や港街に殺到するが――これも入学卒業の式典にはなりえない。

『学区』はなんと、世界を旅する中で希望する生徒が「ここ！」と決めたなら、あっさりと船から下ろし、卒業させてしまうのだ。

『世界勢力』の一つでもある『帝国』、魔法大国、娯楽都市、歌劇の国、カイオス砂漠、海洋国……その他さまざまな国と地域で、『夢』を見つけた者、あるいは『出会い』を果たした者をその地に旅立たせる。

「大した校風だ。あまりにも自由過ぎて、無責任とも取られかねない」

「流石『放任主義』の『学区』」

――などと揶揄されることもあるが、『学区』の目的とは富や名誉、権威ではない。

まだ進む道を知らぬ子供達に様々な可能性を提示し、彼等が自ら歩み出していくのを助けることにある。『学区』とは究極、目標を与える場所なのだ。

勿論、早まって卒業して失敗する者はごまんといる。

『学区』側も生徒が希望する進路に、できる限り便宜を図るものの、やはり夢と現実の間には往々にして乖離があるものだ。

しかし、そんな失敗した生徒達でも『学区』の経験を決して無駄にしない。

『学区』の理念とは『探求への礎』を育むことである。

そして後者の『探求』には『生への探求』も含まれる。学ぶ術、生きる術を得て、入学前より遥かにしたたかになった生徒達は、どんな失敗に見舞われても大抵のことは自分で片付けられるようになっているのだ。

神々と教師達が『問題ない』と認めれば、生徒達はいつでも卒業することができる。

これまで最速在学期間、三ヶ月という者もいたほどだ。

閑話休題。

とにかく、ある地域に立ち寄っては卒業生を輩出する『学区』は、不思議な話だが大抵『定員割れ』を起こしている。そしてその席を狙って、『学区』が来航した国や街では多くの子供達が入学を志願するのである。

レフィーヤが入学試験に臨んだ時、空いていた席は六つ。

それに対し、入学志願者数は約一二〇〇。倍率はおよそ二百倍であった。

レフィーヤは人の数にこそ戸惑ったものの、そのあまりにも狭き門に気後れすることは一切なかった。

入学試験という名の『面接』の中で、自分の意志を真っ直ぐ示したのだ。

「わたしは、外の世界をしりたいです。世界にはなにがあって、なにが広がっているのか。そしてわたしは、いったいなにになれるのか。それをしりたい」

試験は拍子抜けするほど、あっさり終わった。

そして『結果発表』さえも、その日の夜に出された。

レフィーヤの『外の世界への憧憬』は、『学区』に祝福された。

「貴方の入学を認めましょう。レフィーヤ・ウィリディス」

呼び出された一室で、微笑むバルドルにそう告げられた時の喜びを、レフィーヤは生涯忘れることはないだろう。

当時のレフィーヤは決して聡かったわけでも、強かったわけでもない。

ただ『外の世界を知りたい』──自分を探したいという『意欲』が認められたのである。

夢を追いかける教育機関を謳う『学区』にとって、意欲、関心、そして自分は何者なのかという『焦燥』こそが最も尊ばれる。

嘘をつけない神々の瞳の前で、レフィーヤは学ぶことへの姿勢、そして強き意志を示したのだ。彼女は僅かな入学枠を勝ち取ったのである。

同郷の商人の青年に報告し、彼に飛び上がるほど喜ばれ、お別れを告げた後、レフィーヤは『学区』とともに町を出港した。

白を基調とした上着とスカート。可憐な女子制服。

所属派閥を示す紋章。

生徒の象徴を渡され、『神の恩恵』を授かり、レフィーヤは『学区』の学生となった。

「貴方が新しい同室者(ルームメイト)ね。わたし、アリサ。貴方の名前は?」

「レ、レフィーヤ。レフィーヤ・ウィリディスです!」

アリサとの出会いは居住層(ライブ・レイヤー)、第十七区の多目的寮の一室。

卒業していった上級生と入れ替わるように二人部屋に入ってきたレフィーヤを、彼女は握手とともに歓迎してくれた。

アリサを始め、【バルドル・クラス】に入ったレフィーヤはすぐに良き学友に恵まれた。

「お前が新入生か! 俺はバーダイン! 見ての通り牛人(ブルズ)だ! 好きなものは巨乳、愛しているものは爆乳! よってチビッ子、胸ぺったんなお前は俺の目には適わない! ごめんな! だが悲観しなくていい、将来性という意味ではアリサ達と同じ! 今は寂(さび)れた平地も肥沃(ひよく)な大地になりうることを俺は知っている! さぁ、俺と一緒にオッパイ体操だ!!」

「くたばりなさいよバーダイン」「死ねよバーダイン」「こっち来んなバーダイン」「レフィーヤの胸から母乳出たらどうすんだ消えろバーダイン」

(じょ、女子のみなさんから、嫌われているのはわかりました……)

アリサと同い年にもかかわらず、既(すで)に見上げるほど大きかった牛人(ブルズ)のバーダイン。

アリサ達女生徒から虫ケラを見る目をいつも向けられていた彼はやはり武闘派で、何かと校則を破る問題児だった。あと巨乳に並みならぬ情熱を持っていた。

豪快でいつも笑っていたが、決してレフィーヤ達の嫌がることはしない、親戚の兄のような存在だった。

「レフィーヤ。君、出身はウィーシェの森なんだろう？　あの奇特な里のこと、教えてくれ。興味がある」

「は、はい！　じゃあ、ナッセンの故里（ふるさと）のことも、おしえてくれませんか！」

「やだよ。僕が知るのはいいけど、誰かが知るのは僕の知識のためにはならないだろう」

「えぇー……」

知りたがりの小人族（パルゥム）のナッセン。

ちょこんとした眼鏡（めがね）をかけた彼は、いつも小さな体と不釣り合いの辞書を持っていた。レフィーヤやアリサよりもその知識量は凄（すさ）まじく、天才と呼べる域だったが、人当たりが壊滅的に悪く、知的好奇心が赴（おもむ）くまま事件を多発させることから決して優等生とは呼ばれなかった。

彼とレフィーヤはよくバーダインの手で襟首（えりくび）を掴（つか）まれて、騒動に巻き込まれてばかりだった。

「わたし戦闘職希望してないのに～！」

「泣くな、レフィーヤ！　ウィーシェの森由来の『魔力』を無駄遣いすれば、おっぱいに力が集まって爆発するぞ！　より良きおっぱいのために『魔力』を活性化させるんだ!!」

「おっぱいは、かんけいありません!!」

「幼女連れ回しておっぱい連呼させるなよバーダイン。あと『魔力』が活性化してもおっぱいは大きくならない。その学説が正しければエルフは総じて巨乳(おっぱい)であり、一部の魔法種族(マジックユーザー)もまたおっぱいおっぱい祭りでなくてはならない。そもそも『おっぱい』とは主に女性の胸部を指すが乳房ではなく『胸部』と定義を広げるなら男のそれも総じておっぱいと呼ばれなくてはならないものとなり僕達のおっぱいもまた『魔力』の関係性と融和性(ゆうわせい)の再検証を――」

「モンスターに囲まれてるのにおっぱいおっぱいうるさいのよッッ!!」

『魔法』や知識を当てにされるレフィーヤ達がバーダインに連れ出され、それを追うアリサもモンスターや人との戦闘に巻き込まれる。入学間もない頃からそれが日常の光景であり、いつの間にか四人は一組(セット)と見なされ、『小隊』を組まされるようになっていた。

　魔砲をボカンボカン放つことを強要されていた――『魔力馬鹿』の所以(ゆえん)は既にこの頃から土台ができあがっていた――レフィーヤはしくしくと泣いた。

「だから、最硬金属(オリハルコン)の生成には日緋色金(ヒヒイロカネ)を流用するのが一番手っ取り早いって言ってるでしょう！　私の錬金式のどこに問題があるっていうのよ！」

「日緋色金(ヒヒイロカネ)は極東が生んだ奇跡の精製金属(インゴット)だ。それ自体の特性も価値も最硬金属(オリハルコン)に勝るとも劣らない。お前の式は『昇華』とは言わずただの『すげ替え』だろう。悔しかったらゼロから精製してみろ、バーカバーカ、委員長メガネ」

「ナッセ〜〜〜〜〜〜〜〜〜〜〜〜〜〜ンッッ‼」

「ふ、二人とも、喧嘩（けんか）しないでくださぁい！」

「うむ。俺は最硬金属（オリハルコン）より日緋色金（ヒヒイロカネ）の響（ひび）きの方が渋くて好きだな！」

「バーダインは黙っていてください！」

学友達は好奇心旺盛（おうせい）という言葉を固めて団子にしたような者達ばかりで、『学区』の中で出会う知識に何もかも首を突っ込んだ。

アリサ達は取るに足らないことでもよく討議（ディスカッション）を開き、時には声を上げて喧嘩（けんか）しながらも論議を重ねた。まだ幼かったレフィーヤは、彼等の影響を受けるように成長していった。

「レフィーヤ……私、恋をしたわ」

「えええええっ⁉」

知識を学ぶ以外にも、『恋』があった。

「レオン先生が私を叱（しか）ってくれて、でもちゃんと助言をくれて、微笑んでくれたの！　謂（い）われなき罪で他の先生に怒られている時も『アリサはそんなことをする生徒ではありません。彼女は誰よりも自分に厳しく、誰よりも他者に対して真摯（しんし）な生徒です』って庇（かば）ってくれたの！　レオン先生は先生だけど実は私の騎士（ナイト）様だったの！」

「え、アリサっ……？」

「しかもその後に『私は教師ではありますが、彼女のことを尊敬しています』って言ってくれたの!!　これもう告白よね⁉　私とヴァージンロードを歩きたいっていう愛の誓いよね⁉」

「いや、さすがにそれは……」

「あ〜〜〜っもうっ好(しゅ)き！　レオン先生しゅきぃぃ！」

「う、うわぁ……」

眼鏡の奥の瞳をハートの形に変えるアリサに、彼女より年下のレフィーヤはドン引きした。

「レオン先生推(お)しは誰しもが通る道よ」と女生徒の先輩にまるで神のような笑みで諭され、アリサはレフィーヤの制止を振り払ってL.F.C.に入会した。

思春期とは青春の嵐であり、『学区』とは甘酸っぱいランデブーの園。遠い目で理解するレフィーヤは同室者(ルームメイト)がアレだったので反面教師というか、『恋』をついぞ味わうことはなかった。

学術も、戦闘も、青春も。

アリサ達は多くの出会いを好んだ。

レフィーヤも同じだった。

そして『学区』の教師と神々は、レフィーヤにとっての『未知』を沢山教えてくれた。

その度にレフィーヤは目を輝かせた。新たな知識を得ることが、知らないことを知ることが楽しくてしょうがなかった。ただただ学ぶことが、レフィーヤにとって『手段』ではなく『目的』そのものに変わっていた。

だから、ある日、尋(たず)ねられてしまった。

「レフィーヤは何になりたいの？」

「えっ……？」

「私はレオン先生の右腕、もとい同じ『学区』の教師！　バーダインは帝国の騎士、ナッセンは魔法大国（アルテナ）の研究者……みんな将来の夢を見つけてるわ。レフィーヤは？」

「わ、私は……」

レフィーヤは結局、その問いに答えられなかった。

世界中の光景を見て、沢山の人々と交流して、何度も心を打たれたのに、レフィーヤだけが『なりたいもの』を見つけられていなかったのだ。

『学区』で引き続き勉強に励む（はげむ）傍ら（かたわら）、アリサ達に置いていかれたくない一心で、レフィーヤは自分に向き合った。なりたい自分を必死に想像しようとした。

「焦る（あせる）必要はありません……と言っても今の貴方には届かないでしょう。ですから、一度焦ってみなさい。ここは『学区』、進むべき道とそのための糧（かて）を見つける場所。模索（もさく）することに、これ以上相応しい（ふさわしい）場所はないのですから」

バルドルは微笑みながら、そう言ってくれた。

同時に誰かに頼ることを忘れてはいけないと、そんな助言をくれた。

そして。

レフィーヤが『学区』に入学して三年が経ち、バーダイン達に振り回されることでLv．2

に昇華してしまった頃。

『世界の中心』へと辿り着いた。

◆

「見えたわ、レフィーヤ！　あれ！」

「わぁ……！」

波に揺られる海上。

雲ひとつない青空に見下ろされながら、見えてきた大陸に、甲板の上に出たアリサとレフィーヤは歓声を上げた。

周囲にいる他の生徒達と同じように、手すりから身を乗り出さん勢いで、一つの光景に釘付けとなる。

彼女達が目にするのは、視界の奥、遥かな天に突き立つ白亜の巨塔。

「あれが、オラリオ……！」

神の塔『バベル』。

そして地下迷宮を保有する『世界の中心』。

夢に見た迷宮都市オラリオに、その時のレフィーヤは何も知らず、純粋に、無邪気に、胸をときめかせたのだ。

三章

教導開始

Гэта казка іншага сям'і.

Пачатак навучання

「三年ぶりの『学区』はどうだ、レフィーヤ」

「懐かしくはあります……ですけど、状況のせいで戸惑いの方が強いです」

「ははは、素直だな」

『学区』に足を運び、宛てがわれた外来用の客室で一夜を過ごし、朝。

レフィーヤは一人の教師と廊下を歩いていた。

うなじを覆うほどの獅子色の髪は男性にしては長い。身長も高く、一八〇Cはあるだろう。一見すらっとしている体はしかし、服の下では鍛え抜かれた鋼と化していることをレフィーヤは知っている。在学当時は気付かなかったが、冒険者として活躍するようになった今、歩み一つとっても彼の均衡感覚がずば抜けて優れていることがわかった。鎧はおろか武器は何も佩いていないにもかかわらず、『騎士のような』、なんて言葉が思い浮かぶ。

体に一振りの剣が差し込まれたかのように、背筋は常に真っ直ぐだ。

髪と同じ色の瞳は、まさしく獅子のように凛々しい。

その双眸で見つめられ、迂闊に微笑まれでもしたなら、多くの少女達が赤くなって勘違いしてしまうだろう。それこそ旧友のように。

彼こそが『学区』の教師筆頭。

そして【バルドル・クラス】の団長である、レオン・ヴァーデンベルクである。

「しかし状況を受け入れ、順応するのもまた人が生きていく上で重要なものだ。それが早い者ほど己の世界を広げていく」

「『困惑を理解に変えよ。社会とは常にその連続である』、ですね」

「覚えていてくれたようで何より。私の教えが少しでもレフィーヤの人生を豊かにしてくれるなら、こんなにも嬉しいことはない」

レオンはこちらを一瞥し、獅子色の目を僅かに細めた。

その瞳はまさしく教え子の成長を喜ぶ教師のそれだ。

『教師筆頭』の名に違わず、レオンは誰よりも公正で実直である。

彼の授業はわかりやすく、また彼自身疑問を覚えれば生徒を交えて討議を開く。『自分もまだ教師として半熟も半熟だ』と言ってはばからない彼は生徒達とともに成長することを望んでいる。そんな初心を忘れないレオンだからこそ、彼より未熟な子供達は共感を覚え、慕うのだ。

驕らず、正しく。

諭し、導く。

レフィーヤは彼ほど『教師』という名が相応しい人を知らない。学生時代、悩みを打ち明けたら親身に相談に乗って、一緒に沢山のことを考えてくれた。

レフィーヤの話以外にもレオンの『逸話』は事欠かず、平気で五日も睡眠をとらず教え子達の問題解決に付きっ切りで応じる様から付いた生徒達のあだ名は、『騎士なのに小姓』。

間違いなく、『学区』の中で男女問わず最も人気な教師だった。

――いや、彼の人気に関しては世界中においても、と言い直した方が正しいかもしれない。

(レオン先生……何だかまたカッコ良くなった気がするなぁ)

(わかるっ、わかるわよ、レフィーヤッッ！ レオン先生は成長し続ける騎士(イケメン)の鑑なの!!)

(心に直接呼びかけないでください、アリサ……)

斜め後ろに補佐官のごとく付き従っているアリサの熱狂的視線(アイコンタクト)に、レフィーヤがげんなりする中、レオンは今後の予定を確認していく。

「昨日の概略説明(ガイダンス)の折にも触れたが、講演(セミナー)の方は日程を調整して後日開く。レフィーヤにはまず、教導(インストラクト)の方に集中してもらいたい」

「それはいいんですけど……何故、生徒達の成績及び略歴(プロフィール)を見せてもらえないんですか？ 事前に知っていた方がやりやすいと思うんですが」

「まずは何の先入観もなく、彼等(かれら)を見てもらいたい。その上で、レフィーヤの印象と見解を聞きたい」

レフィーヤは、とある目的地へ向かう最中だった。

そこには昨日バルドルが説明した通り、レフィーヤが本日より受け持つ『成績優秀者達(エリート)』が待っている。

前を見つめながら話すレオンの横顔を見上げたレフィーヤは、そこで足を止めた。

「生徒達の指導……私にできるでしょうか？」

立ち止まり、振り返るレオンとアリサの視線を浴びながら、ふと呟いてしまう。

それは卑下ではなく、純粋な疑問だった。

「不安になったのか？」

「いいえ、そうではなく……私は『学区』にいた頃はもとより、【ロキ・ファミリア】に入団した後も、ずっと『教わる立場』でした。ですから、『教える立場』にたたずむ自分を上手く想像できないというか……これから接する後輩達のためになれるのか、自分を疑っています」

レオンと視線を交わし、淡々と胸の内を吐露するレフィーヤを、アリサは黙って見つめていた。三年間離れていた旧友がどんな経験をし、今はどんな境地にいるのか、推し量るように。

一方のレオンは、笑みを浮かべた。

「なるほど。経験の有無は確かに重要だ。それは自信にも繋がるし、逆に言えば経験に基づかない自負は得てして高慢と取られかねない。それを自覚できているだけでも、レフィーヤには教える者の素養がある」

レオンは安心させるようにそう言った後、更に助言を与えるように、続けた。

「そんな君だからこそ、自分を導いてくれた者達の顔を思い出すといい」

「えっ？」

「何を言っていたか、あるいは物言わずともその背中が何を語っていたのか。レフィーヤの心に残る彼等、彼女等のそれが、『教える立場』の君にとって何よりの見本で、最高の教材だ」

「！」

「『他者の投影とは実現の第一歩である』。……『教わる立場』であり続けた君だからこそ、誰よりも上手く教えられる可能性を秘めている。それを忘れないでくれ」

レフィーヤは目を見開いた。

こちらを見守っていたアリサは感動した面差しで、そしてどこか誇らしげだった。

白を基調とした生徒の制服とは真逆、『学区』の誇りでもある黒の教員服を纏うレオンは、やはり優しげな、『教師』の笑みを浮かべていた。

なるほど、と。

立ち込めていた霧が晴れる思いだった。

この時、レフィーヤが素直に思い浮かべたのは、目の前にいるレオン、リヴェリアとアイズ──そして姉のように自分に寄り添ってくれていた、今はもういない白い同胞の少女だった。

寂寥と疼痛を心の隅に隠しつつ、レフィーヤはあらためて思う。

やはりまだ自分は彼にとっての教え子で、まだまだ教わることがあるのだと。

中小【ファミリア】には引く手数多の『学区』の学生も、大手の【ファミリア】の前では入団が難しい。

派閥の等級が高いこともさることながら、団員及び主神が気難しい事例が多々あるからだ。

有名なのは鍛冶一筋の【ゴブニュ・ファミリア】だろうか。

【ヘファイストス・ファミリア】と異なって世間からは隠れがちな、質実剛健のゴブニュの巧みな技に惹かれる生徒は多い。前回のオラリオ帰港の時も、『鍛冶学科』の生徒がこぞって入団を希望したことがある。そして老神の『課題』に挑戦し——全員が落とされた。男も女も男泣きをしたというのは有名な話だ。

【ロキ・ファミリア】も入団が極めて困難な派閥の一つ。

ただこちらは少々事情が異なっていて、校長を蛇蝎のごとく一方的に嫌っているロキが、『学区』側の推薦をことごとくはね飛ばしてしまうのだ。

入団してしまったレフィーヤから言わせてみれば、ロキ好みの女の子なら誰でも入れそうだけどな、と思わなくもないが、そこに厳正な審査が存在するのだろう。うん。

フィン達もいることだし、少なくとも能力は見られる。

レフィーヤは彼等の眼鏡に適った。そう思うと誇らしいのだが——当時は実際誇らしさで胸がいっぱいだったが——入団してからは挫折と失意の連続だった。むしろ己の無能さに死にたくなった。他の団員達があまりにもすご過ぎて『私なんて役立たずの翅虫ですぅ……！』なんて夜な夜な枕を濡らしていた。

「ふわぁぁ……！　【ロキ・ファミリア】の、あの【千の妖精】が目の前にいますぅ！　か、感激ですっ！　きょ、今日からよろしくお願いします、レフィーヤ先輩！」

──ので、こうして後輩達から星のように輝いた目を向けられてしまうと、複雑な思いを抱いてしまう。

学園層に建つ多目的校舎、その空き教室の一つ。

レオンとアリサとともに入室したレフィーヤを待っていたのは、生徒達の大興奮だった。

「わたくし、貴方のような魔導士になりたくて戦技学科を希望しましたの！　お会いできて光栄ですわ、同胞の先人！」

「あっ、ミーちゃんずるい！　ナノもすごい光栄ですぅー!!」

「先輩の名声、オラリオから遠く離れていた場所にも届いていました！　僕、絶対【ロキ・ファミリア】に入るって決めてるんです!!」

お嬢様風のエルフの女生徒、どこか幼いヒューマンの女生徒、中性的な容姿の狼人の男子生徒。三方からの熱烈な声援に対するレフィーヤの反応は、驚くでも戸惑うでもなく、微笑むことだった。

そんな輝いた目でキャーキャーワーワー言われ、絶対【ロキ・ファミリア】に入るなんて言われてしまった暁には、過去の自分を見ているようでとても生温かい目でゲフンゲフン、微笑ましい目で眺めてしまう。

最大派閥は貴方達が思っているような華やかな場所じゃないヨ？

何故か達観した笑みを浮かべている憧れの女子卒業生の姿に、後輩達は一様に首を傾げた。

「元在学生も知っての通り、戦闘職を希望する者はクラスとは別に四人一組の小隊を組む。君に受け持ってもらうのは、彼等『第七小隊』だ」

生徒達と向かい合っている中、レオンが淀みなく説明する。

使い込まれた白の制服に身を包む『第七小隊』の面々を眺めながら、レフィーヤは懐かしいと素直に思った。もともと荒事は苦手だったレフィーヤだが、その『魔力』の総量に目をつけられ、悪友達の手で無理矢理アリサとともに『小隊』へ引き込まれたものだ。モンスター退治や荒くれ者達との衝突など、在学中に直面した事件は枚挙に暇がない。

レフィーヤが生徒達を通して当時のことを懐古していると、アリサが補足した。

「この子達は全員【ランクアップ】しているわ。その中でも、Lv．3は二人」

「Lv．3が二人？」

レフィーヤは紺碧色の目を見張る。

驚いた。本当に驚いた。

　オラリオでこそ第二級冒険者は数多くいるが、世界的に見ればＬｖ．３というのは一握(ひとにぎ)り、『圧倒的強者』とその他を区切るはっきりとした境界(ライン)と言っていい。オラリオの【ファミリア】に限らず、世界中のあらゆる組織が喉(のど)から手が出るほど求めてやまない人材だ。

　バルドルが『即戦力』と豪語するわけである。

　第二級冒険者級の実力を持っているなら、【ロキ・ファミリア】でも確かに通用する。

「それじゃあナノ、ルーク。Ｌｖ．３の貴方達からレフィーヤ教導官に挨拶(あいさつ)して」

「は、はいっ！」

　アリサの指示に、ヒューマンの少女が上擦(うわず)った声で返事をし、先程までの歓迎に加わっていなかったヒューマンの男子生徒が椅子から腰を上げる。

「ナタリノーエ・クラッドフィールドです。ナノって呼んでください！」

　レフィーヤより更に小柄で、ふわふわの赤金色(ストロベリーブロンド)の髪——ギルド受付嬢のミィシャよりも鮮やかな色の髪だ——を揺らし、ナノが緊張しつつも明るく自己紹介する。

「……ルーク・ファウル」

　彼女とは対照的に言葉少なに告げるのは、灰がかった髪のヒューマンの少年だ。精悍(せいかん)な雰囲気(ふんいき)を醸(かも)し出しているが、美少年と言える顔立ちをしている。

　前者の少女が後衛職(こうえいしょく)、後者の少年が前衛職(ぜんえいしょく)であることは、身のこなしですぐにわかった。

　一方で、レフィーヤは意外に思った。

どこか舌っ足らずで幼い印象があるナノが、Ｌｖ．３とは思わなかったからだ。

『神の恩恵（ファルナ）』の性質上、『幼い子供だろうが外見で判断するな』というのは鉄則ではあるのだが、彼女の雰囲気からしてＬｖ．３に上り詰めたのは別の人間だと決めつけていた。

残りの二人は、エルフの女生徒がミリーリア、獣人の男子生徒がコールといった。

「在学中にＬｖ．３だなんて……本当にすごいですね。貴方達は長い間、『学区』にいるんですか？」

オラリオから見れば、外界での【ランクアップ】の術（すべ）は限られている。それこそＬｖ．３以上に上り詰めるためには。レフィーヤも【ロキ・ファミリア】入団前に『学区』で昇華（ランクアップ）を遂（と）げていたとはいえ、Ｌｖ．２が限界だった。

掛け値なしの称賛（しょうさん）を口にしつつ、一年や二年で上り詰めたものではあるまいと尋（たず）ねてみると、

「五年前から『学区』にいる。もっと言えば、あんたより年上だよ、先輩」

「ル、ルーク！」

少年と青年の境を揺れ動く少年、ルークが、どこかつっけんどんに答えた。

ナノが失礼だと呼びかけるものの、彼はレフィーヤを見つめ、言葉を重ねる。

「貴方は俺達のことなんて知らなかったかもしれないけど、俺達は知ってた。『妖精の優等生』さん」

「……それは失礼しました。ただ、できればその名で呼ばないでください」

恥ずかしい思いをしていた学生時代の渾名を告げられ、さしものレフィーヤも顔をしかめてしまう。それまで一歩引いていたアリサも、見かねて口を挟んだ。

「ルーク、レフィーヤは歴とした貴方達の先輩よ。今回の教導だってわざわざ【ファミリア】を離れて出向いてくれている。その態度はないでしょう？」

「すいません。年下の先輩にはどう接していいかわからなくて」

「貴方ねぇ……！」

目を尖らせるアリサとルークが一悶着を起こす。

ナノ達とともにレフィーヤも止めに入って事なきを得たが、少年の態度が翻ることはなかった。それを、レオンは何も言わず見守り続けていた。

微妙な空気になった後、レフィーヤは切り替えて一通りの顔合わせを済ませ、その場はお開きとなる。

その間ずっと、ルークは冷たい眼差しでレフィーヤのことを睨んでいた。


「あれが【バルドル・クラス】の栄えある『第七小隊』！　今のエリート部隊よ！」

レオン専用の教員室に戻った後、アリサは開口一番、棘のある声で叫んだ。

「『第七小隊』……生徒達が頻繁に入れ替わる『学区』の中でも、常に優れた成績を残す戦技学科の上位者集団、ですね」

　当然ではあるが、『学区』の中には主神の数だけ【クラス】が存在し、その中から『小隊』が振り分けられる。教育体系上、欠員と補充を繰り返すものの、神や教師陣が選出するだけあって上手く凸凹がはまるように編成される――『化学反応』を狙ってあえて尖った者同士を組ませる場合もあるが――。

　そして【バルドル・クラス】の『第七小隊』は、特にエリートであることで知られている。

　かくいうレフィーヤも、幸か不幸か『第七小隊』に配属されていた。

「教師陣は決して故意に選出しているわけではないんだがな。妙な歴史が継続し、配属された生徒達も躍起になる。その結果、エリート部隊なんていう名前を踏襲してしまう」

「別にエリート小隊だからって鼻につくとか、そういうんじゃないんです！　とにかく生意気！　特にあのルーク・ファウル！　というか生意気なのは彼だけですけど！　レフィーヤより年上でも、私より年も学年も下でしょう！　あの言い分なら、私には相応の態度で接しなさいな！」

　レオンが困ったものだと笑う一方で、アリサがぷりぷりと憤る。

　監督生であるアリサとLv.3のルークが今までことあるごとに衝突を繰り返しているだろうことを、レフィーヤは苦笑交じりに、何となく察してしまった。

「でも、彼……『問題児』じゃないですよね？」

「ほう？　何故そう思う？」

「ナタリノーエさん……ナノ達の信頼が透けて見えました。彼が小隊長ですよね？」

レフィーヤの指摘にアリサは驚き、レオンは笑みを浮かべる。

学生時代より磨かれたレフィーヤの洞察眼を嬉しく思っているのか、彼は満足そうに頷き、あらためて『第七小隊』の成績及び略歴を手渡してきた。

「その通りだ。ルークは成績優秀。筆記も実技も申し分なく、剣の腕は生徒達の中でも随一と言っていい。何より、努力家だ。アリサとは相性が悪いが、小隊以外の生徒からも、教師達からも信頼されている」

そうだろう、とレフィーヤは思う。

たとえ人格に問題があったとしても、Lv．3は生半可な軌跡で到れる境地ではない。

そしてルークは冷たくとも、真っ当なヒューマンに見えた。……少なくとも【ロキ・ファミリア】の難儀な人物と比べればずっとマシだ。主にベートとかベートとかベートとか。

何故レフィーヤにあのような『目』を向けるのかだけは、わからないが。

「レフィーヤはどう思った？　ルーク達を」

「……小隊員同士に、不和があるようには見えませんでした。少なくとも外部の教導が必要なようには現状、感じられません。先生達が危惧を抱くような問題も、どこにも」

先程までの光景を振り返りながら、正直な感想を述べる。

顎に手を添えるレフィーヤは、そこで直感的なものに過ぎないが、あえてそれを口にした。

「ただ、彼は……ルークは『苛立っている』ようにも感じました」

レフィーヤが感じたのはそれだ。

やたらとちやほやされている先輩が気に食わないのだろうか？

しかし、彼のあの目はそんなつまらない嫉妬ではないような……。

思考を巡らせるレフィーヤに、レオンは正解とも間違いとも言わなかった。

だが、今も口に浮かんでいる笑みが、彼の答えのような気がした。

「君の言う通り、問題というほどのものではない。だが、いずれ爆発しかねない『火種』が確かに潜在している。そして彼等──いやルークが抱いているものが決して間違いではないということが、はっきり諌めることのできない誘因になっている」

「間違っていない？」

「ああ。本来ならば、我々教師はそれこそ称えなければならないものだ」

だから、レオン達は『第七小隊』を手余しているということなのだろうか？

だが──

「それでも、レオン先生なら正しく導けるんじゃないですか？」

逆説的に言わせてもらうと、彼ほどの教師でもどうにもならない問題ならば、レフィーヤが解決するなど到底無理に決まっている。

初めてレフィーヤが困った顔を浮かべると、レオンは一度、部屋の窓の外を見た。

その先には葛藤も懊悩も知らない青い空、そして青い海が広がっている。

「私なら解決できるかという是非は、この際置いておく。今回の教導、レフィーヤに依頼したいと考えた理由は二つあった」

「二つ？」

「ああ。一つ目は、教師陣ではなく冒険者としての君の言葉の方が、ルーク達に刺さると判断したため」

視線を戻し、レオンはレフィーヤと目を合わせる。

「そして二つ目は、レフィーヤ、君のためになると言われた。他ならないバルドル様に」

「私のため？」

「ああ。そして『俺』もそう思った。レフィーヤの存在はルーク達の指針になり、そしてルーク達は今の君を引き止める光になると」

レオンが私ではなく『俺』と口にする時。

それは教師としての判断ではなく、レオン・ヴァーデンベルク個人の想いが込められている。

驚きをあらわにするレフィーヤは、彼が何を言っているのか理解しきることはできなかった。

だがレオンが自分を信頼し、何より自分の行く末を想っていることは、わかった。

「要はあの生意気なルークの鼻っ面を折ってやれってことよ、レフィーヤ！」

「アリサ、流石にそれは暴論です……」

身を乗り出してくる旧友に、レフィーヤは思わず苦笑に失敗したような顔を浮かべる。

「必要なものがあったら何でも言って頂戴！」と生粋の委員長気質を発揮する彼女を他所に、手もとにある成績及び略歴を見下ろす。

四枚の用紙、そこに描かれる四人の生徒の肖像画。

その中で、年が十六と記された、灰色の髪の少年と視線を交わす。

「わかりました。私のできる限りのことをやらせてもらいます」

そのレフィーヤの言葉に、レオンも、アリサも微笑んだ。


翌日から、レフィーヤは本格的な教導を開始した。

といっても、即刻迷宮都市へ向かうわけではない。

冒険者志望の生徒を指導するとはいえ、『じゃあダンジョンへ』ではさすがに無思慮だ。レフィーヤはルーク達を指導する前に、彼等の命を預かる身である。万が一のことがあってはならない。実力も確認しないままモンスターの巣窟に飛び込むのは、安全の観点からいってもナンセンスだった。

二日後には『学区』から正式に『特別実習』が全校生徒に許可される。

本番はその時でいい。

よって、まずは『学区』の中での小隊訓練からだ。

（ナノは思っていた通り後衛の魔導士、ミリーリアは中衛も兼ねた弓使い、ナイフ使いのコールは斥候、そしてルークが圧倒的な前衛……）

学園層の一角に建つ演習場、クラス対抗試合の際にも利用される白剛石製のアリーナ。

観客席に腰かけながら、レフィーヤは『第七小隊』の動きを見させてもらった。

繰り広げられているのは戦技学科の授業であり、小隊間の模擬戦だ。

【バルドル・クラス】と【ヴァール・クラス】の各小隊が、フィールドの中央や隅で代わる代わる交戦している。

その中でも、『第七小隊』の活躍は一方的だった。

刃を潰した長剣を持つルークが敵陣に斬り込み、一拍遅れてミリーリアとコール、ナノが蹂躙する。Ｌｖ．３の突撃に晒された挙句、波状攻撃をお見舞いされる相手の小隊は堪ったものではないだろう。

「コール、下がれ！　射線に被ってるぞ！　ミリー、早く来い！　二攻戦術だ！　ナノ、発射の合図はお前が出せ！」

「わかったぁ、ルーク！」

前衛にもかかわらず指示を飛ばすルークの能力はやはり高い。視野も広いし、剣技の冴えは生徒達の中でも頭一つ飛び抜けている。

一方で彼の突破力に頼りがちと思いきや、ナノの『魔法』という特大の『砲台』もある。

宿敵のごとく訓練し慣れた相手とあって、対戦する小隊も幾重もの対策を練って臨んでいるようだが、止まらない。あっという間に自陣を喰い破られる。

（ルークとナノはＬｖ．３になっただけのことはある。でも、そんな前衛後衛を繋ぐミリーリアとコールの補助も上手い。あの二人のおかげで小隊が破綻せずに済んでる……うん、やっぱりお互いを信頼し合ってる。いいパーティですね）

これが当代の『エリート部隊』。

下手に探索系の【ファミリア】に組み込まれてバラバラにされるより、あの四人一組のまま運用した方が遥かに戦果を上げることだろう――と、そこまで考えたレフィーヤは、がっくりと落ち込んだ。

こうして上から目線で分析している自分に、何様のつもりだと言いたくなった。

【ロキ・ファミリア】の中では未だに中堅もいいところなのに。自己嫌悪に耐えられず、レフィーヤはやっぱり『学区』へ送り込んだロキに愚痴を言いたくなる。

同時に、『教える側』として自己の意識改革もしなければと、そうも思った。

「指導者って、やっぱり大変ですね……」

再認識しつつ、訓練の終了とともに観客席（スタンド）から立ち上がる。

『教える立場』の人間が『教わる立場』の人間とまずやるべきことは、より良い関係を築（きず）くための交流（コミュニケーション）だった。

「レフィーヤ先輩、私どうでしたかぁ！　先輩に見られてると思うとすっごい緊張したんですけどぉ、ルーク達のおかげでいつも通り動けましたぁ！　それに、何だかお高くとまってる【千の妖精（サウザンド・エルフ）】の度肝（どぎも）を抜かせてやろうってみんなで決めてたので――って、わぁーわぁー⁉︎　今のナシ、今のナぁシ！　聞かなかったことにしてくださぁ～～い‼」

ナノはよく喋（しゃべ）る生徒だった。

言っても言わなくてもいいことを童女（どうじょ）のようにペラペラと喋る（そしてレフィーヤはお高くとまっているように見えていたのかと地味にへこんだ）。ちょろちょろぴょんぴょんと駆（か）けては跳（は）ね、体いっぱいで感情を表現する姿は微笑ましい。小隊以外の同性にもよく可愛がられているようだ。彼女達曰（いわ）く「最初は話し方とかあざと過ぎて好きになれそうになかったけどアホ過ぎて私達が面倒見ないとヤバイと思った妹みたいな子」らしい。

ルークと同い年でレフィーヤより年上なのだが、彼女ほど『後輩』という言葉が似合う人物もそうはいないだろう。

どうやらルークとは同郷の幼馴染らしく、『学区』を志願した彼に付いてきたらしい。それも親には内緒で。姓名から貴族だろうとは察していたが、中々のお転婆でもあるようだ。

「それで、あの、レフィーヤ先輩……ルークのこと、ゆ、誘惑したらダメですから！」

そしてルークを異性として好いていることは、まぁ、うん、確かめずともわかった。

いきなり釘を刺されてしまったし、常に少年のことをちらちらと見ているし。

「ルークは頼りになりますけど、一度決めたらそちらしか見ませんから、わたくし達がいちいち軌道修正してあげていますの。ナノは頭がパーですし」

「ミ、ミリー……さすがにその言い方は……」

ミリーリアとコールはよく人を見ているエルフと獣人だった。

ミリーリアはエルフ特有の取っつきにくさがなく――他の生徒がそうであるように『学区』の集団生活で揉まれたのだろう――レフィーヤにも愛称で呼ぶことを許してくれた。

コールは本当にベートと同じ狼人なのかと疑いたくなるくらい素直でいい子だった。そして小隊内の濃い面子の中で彼が苦労人の立ち位置であることをレフィーヤは遠い目で悟った。

ともかく、パーティの中でこの二人が調和者だ。

「先輩……見てるだけじゃなくて、あんたの『魔法』も見せてくれませんか？ 実力も証明してない相手に、従えませんから」

ルークは、やはり刺々しかった。

ナノ達の前では笑顔を見せているが、レフィーヤが視界に入るとたちまち態度を硬化させる。ミリーがことあるごとに注意してくれるものの、ナノ達はハラハラしているようだった。

で、レフィーヤが演習場の片隅で『魔法』をブッ放すと、ナノとミリーに更に懐かれた。

「「私達にも魔法を教えてください‼」」だそうだ。

うろたえはしたものの、昔の自分もリヴェリア相手にこうだったと思い出し、苦笑して軽い座学を開いた。そしてナノやミリー以外にも志願者が殺到して、えらい目に遭った。

ルークはそれを見て、不機嫌そうだった。

（それにしても……『第七小隊』だけじゃなくて、他の生徒達も鬼気迫ってる気がする）

『学区』から宛てがわれた自室で、レフィーヤはまるで本物の『教育実習生』のように、羊皮紙に羽根ペンを走らせながら情報を整理する。

Lv.3の台頭がいい例だが、生徒達の能力が全体的に上がっていることは間違いない。

『学区』とは学術と研鑽の場だ。能力が上がるのは然るべきで、歓迎されることであるが……

それだけではないような気がする。

レフィーヤはそう思った。

（『学区』で世界各地を回っていたこともあって、経験も十分。『戦う者』としてはほぼ完成されてると言っていい。そんな彼等に、『冒険者』として私が教えられることは……）

レオンの言葉を反芻するとともに、個人の能力、小隊の人間関係、それらを逐一更新しながら、レフィーヤはルーク達に取るべき姿勢を固めていった。

そして、あっという間に二日が経ち、『本番』がやって来た。


『特別実習(ダンジョン)』とは、『学区』の教育課程(カリキュラム)の一つだ。

迷宮都市(オラリオ)に帰ってきた年のみに設けられ、希望者は能力(ステイタス)に合った階層への進出を許可される。『学区』を卒業する際に必要な『単位』を得るには、指定されたモンスターの『ドロップアイテム』を持ち帰らなくてはならない。報告書(レポート)の提出も義務付けられているので、ダンジョンできちんと探索をこなしていないとほぼバレる。

戦闘職を希望する戦技学科にとっては必須実習でもあった。

「全員、集まりましたね。それではオラリオに向かいます」

『第七小隊』の集合を確認し、レフィーヤは港街(メレン)から出発した。

『学区』の通行許可証を提出し、オラリオの巨大市壁、南西の『門』をくぐる。

三年ぶりの迷宮都市にナノ達がはしゃぐ中、行儀のいい生徒をからかってやろうとちょっかいをかけてくる冒険者達をするりと躱(かわ)し、『ギルド』への手続きを済ませ、ダンジョンへと入った。

『第七小隊』はやはり優秀で、危うげなく『中層』まで辿（たど）り着いてしまう。

「今日はこの15階層で実習しようと思います」

モンスターとの遭遇（エンカウント）を何度か経た後、開けた広間（ルーム）でレフィーヤは足を止め、振り返る。

学園支給の戦闘服（バトル・ユニフォーム）の上から各々異なる装備を纏（まと）った、『第七小隊』の面々。

ナノはフード付きのローブと長杖。

ミリーは右側の胸を覆う片側胸装（サイド・ブレストアーマー）と長弓（ロング・ボウ）。

コールは二本の短剣と眼装（ゴーグル）。

そしてルークは軽装——自ら改造を加えた戦闘服（バトル・ユニフォーム）に長剣。

武装したナノ達の口数は、極端に減っていた。

やはり今も昔も、ダンジョンの雰囲気とは、唯一無二のものなのだろう。

世界各地の秘境や絶境、未開の地を見てきた『学区』の生徒でさえ緊張を隠せていない。

いつ、どこの壁からモンスターが産まれ落ちやしないかと、ナノは不安そうな顔できょろきょろと辺りを見回し、ミリーとコールは眼球の運動のみで注意を払っている。

そんな風に『第七小隊』が神経を尖らせている中で、

「先輩、25階層に行かせてくれ」

ルークだけは違った。

ナノ達がぎょっとし、レフィーヤも軽く目を見張る。

他の生徒が最大15階層までしか下りることを許されていない中、レフィーヤは教導の期間中に18階層踏破をじっくりと目指すつもりだった。バルドルやレオン達には既に許可を得ている。

全ては『第七小隊』の力を見込んでの判断だったのだが――

「……駄目です。許可できません」

「どうしてだ。ダンジョンにはもう何度も来てる。この『岩窟の迷宮』も探索済みだ」

「それは三年前のことでしょう？　空白期間は侮ってはいけないし――何より、貴方達に『下層』はまだ早い」

レフィーヤは首を横に振り、はっきりと突っぱねた。

それに、ルークの顔が強く歪む。

今日まで抑えられていた彼の反抗的な態度が、ここにきて表面化した。

「俺とナノはLv．3、『ギルド』が設定してる能力の階層基準はとうに満たしてる！　『下層』でも通用する筈だ！」

「どんなにLvが高くても初見の階層は怖い。私が同伴したとしても、今の貴方達に背中を任せることはしたくありません」

「……っ！」

ひとえにナノ達の身を案じての発言だったが、ルークはそう受け取らなかったようだった。

それこそ上の立場から見下されるように感じたのだろう。

灰色の頭髪を揺らし、唇を噛んで、とうとう声を荒げる。

「あんたはLv.3で『深層』にも行ってるんだろう⁉　男神と女神しか行ったことのない『未到達領域』にだって！　都市の外でも散々話題になってる！」

「……はい、間違ってはいません」

ルークの言いたいことはわかる。

【ファミリア】の大遠征とはいえ、適正レベルを無視して深層とか深層とか深層とか、あとは『竜の壺』に連れていかれた。

レフィーヤがより過酷な環境に身を投じていたのなら、自分達も許される筈だ。そう言いたいのだろう。

「でも、それは私が【ロキ・ファミリア】の魔導士だったからです」

それでも、言うべき答えは、それが全てだった。

レフィーヤが今も生きているのはひとえにフィン達がいたからだ。彼等に守られていたからこそ、死地の連続を越えることができた。そして今のレフィーヤとルーク達は【ロキ・ファミリア】ではない。一介の教導者と、学生だ。

レフィーヤのこれ以上のない、簡潔過ぎる答えに、ルークの眉間に深い皺が刻まれる。

「貴方達は私ほどダンジョンを知らず、私もまた貴方達を絶対に守り切れるほどの冒険者ではありません。自分の未熟を晒すようで情けなくもありますが……諦めてください」

静かな声音で断じる。

ナノ、ミリー、コールが口を挟めず、息を止めながらやり取りを見守っている。

ルークは一度うつむき、拳を震わせた。

「あんた達が……冒険者がそんなだから!!」

そして顔を振り上げ、感情を爆発させる。

「悠長している暇がないって、どうして気付こうとしないんだ！」

「悠長……？」

レフィーヤは初めて眉を怪訝の形に曲げる。

そんな表情すら気に食わなかったのか、ルークは怒声を響かせた。

「オラリオの外が――今、世界がどうなってるのか、あんた達は知っているのかよ！」

そこまで叫ばれたことで。

レフィーヤは、少年が何を言わんとしているのか、ようやく察することができた。

「世界中でモンスターの被害は増えてる！　年を経るごとに、加速度的に！　家を失ったヒューマン、街が廃墟に変わった獣人、故郷が地図から消えたエルフ！　俺達はそれを何度も見てきた！」

「……」

「一番の原因は『竜の谷』！　あそこから凶悪な竜種がどんどん下りて、沢山の人達を苦しめてる！　下界は、確実におかしくなってる！」

『学区』は教育機関であると同時に、オラリオに支援される『世界勢力』の一つ。

義勇軍、あるいは傭兵としての側面を持っており、立ち寄った国や街に依頼された際、教師や生徒を『戦闘任務』の名で派遣させるのだ。

モンスターの被害、自然災害、時には地域紛争にさえ介入する。

その過程で、ルークは『世界の悲劇』を目の当たりにしたのだろう。

「今もどれだけ人が泣いているのか知ってるか？　俺達が来ただけで泣いて喜ぶ人達を想像できるか？　俺達はオラリオの冒険者でも何でもない、ただの学生なのに！」

怒りに燃える瞳の奥、そこに宿っているのは悲しみや無力感か。

自分が見てきた過去の光景に身を打ち震わせるルークは、それを言った。

「世界はずっと冒険者を――英雄達を待ってるのに！」

『三大冒険者依頼』。

下界全ての者が求める悲願。

残された最後の一つ、『黒竜』の討伐こそ迷宮都市に課せられた責務。

目の前の少年は世界の惨状に心を痛めているのだ。

レフィーヤより、オラリオの冒険者より遥かに危機を感じ、身近に感じている。

ルークの『苛立ち』の正体が、ようやくわかった。

未だ世界を救えずにいるオラリオの冒険者全てに、不満を覚えているのだ。

──『本来ならば、我々教師はそれこそ称えなければならないものだ』。

レオンが言っていた言葉の意味も理解した。

確かにルークが抱く義憤は正しく、限りなく高尚なものだった。

「あんた達がモタモタするなら、俺が『英雄』になってやる！　俺達が強くなって、今も苦しんでいる人達を助けにいく！　だから、邪魔をするなよ!!」

ルーク・ファウルという少年は、優しいのだろう。

彼の『英雄願望』は己のためではなく、ましてや富や名声のためなどではない。

誰かの悲しみを拭ってあげたいという無償の献身によるものだ。

レフィーヤも彼の姿勢を尊いとすら思う。

だが──

「それなら、なおさら貴方を行かせるわけにはいきません」

「なっ……!?」

「誰かのことを想う貴方は素晴らしいと思います。でも、貴方はその誰かのために、自分が『死者』になろうとしている」

レフィーヤは姿勢を変えなかった。

ルークの意志とは『自己犠牲の精神』と紙一重である。

本人に自覚がなくとも、レフィーヤの目には映る。死に急いでいる、と。

賭けてもいい。

このまま冒険者になったら、彼は確実に命を落とすだろう。

今のルークのような人が最も死にやすい。

冒険者になってまだ数年だが、それだけはレフィーヤにもわかる。

『第七小隊』に対する全ての疑問が氷解したレフィーヤは、そこで、眦を吊り上げた。

「百歩譲って、覚悟を決めている貴方が死ぬのはいいとしましょう。ですが、貴方の正義感で仲間を巻き込むことだけは絶対に認められない」

その言葉に、ルークは動きを止め、愕然とした。

「ずっと不思議に思っていました。決して好戦的ではないナノが、どうしてLv．3に辿り着くことができたのか。──それは貴方の『無茶』に付き合わされてきたからですね」

非難の色さえ込めたレフィーヤの眼差しに強く動揺したのは、ルーク本人ではなく、隣にいるナノだった。

赤金色の髪と一緒に、その細い肩が揺れる。

幼馴染の少年を好いている彼女は、苦しむ人々のために戦う彼を必死に追いかけ、支えたのだろう。その『魔法』で何度もルークのことを救い、時には自らをも危険に晒した筈だ。

でなければ、前衛に比べて高位の経験値が獲得しにくい後衛魔導士が、そう易々とLv.3に至れるわけがない。

きっとルークが気付いていないところでも、ナノは彼を庇い続けて、献身をつくしている。

レフィーヤの言葉を誰も肯定せずとも、口を引き結ぶミリーリアとコールの姿が、全てを物語っていた。

絶句するルークがナノを振り返るも、彼女は咄嗟にうつむき、視線を地面に落とした。

「自分のせいで他者が死ぬ。その可能性を欠片でも考えたことがありますか？」

「……っ！　俺はっ、一人でもいける！　ナノ達の力なんか要らない、一人でやってやる！」

「それこそ却下です。たった一人では、ダンジョンに決して敵わない」

冷静な声でレフィーヤが訴えていると、自棄にすら聞こえる少年の発言に堪らず声を張り上げたのは、ナノだった。

「もうやめようよぉ、ルークぅ！　レフィーヤ先輩もルークのことが心配で言ってくれてるんだよ⁉　私もルークが一人で冒険者になるなんて、そんなのやだよぉ！」

「っ……！」

「一回落ち着こうよ、ね？　慌てないで、みんなで一緒にやれば……ミーちゃんやコールと力を合わせれば、ルークの願いもきっと叶うよ！」

逸るルークの心をナノ達小隊の面々が察し、心配していたのは想像に難くない。

瞳にうっすらと水面を張りながら、ナノは小さな手で少年の裾の端をぎゅっと摑む。

一度言葉に詰まったルークは、その手を勢いよく振り払った。

「うるさい！　お前は勝手に俺に付いてきただけだろう！　ドジなお前は、どっかにいってろ！　俺に振り回される必要なんてないんだ！」

その拒絶に、ナノははっきりと傷付いた顔をした。

それまで見守っていたミリーもその柳眉を吊り上げ、コールも悲しみに顔を歪める。

彼女達がルークに詰め寄ろうとする中——レフィーヤは一人、ルークとナノに過去の記憶を重ねていた。

（……あの人も、こんな気持ちだったのかな）

無茶をしようとする自分と、それを止めようとしていた大切な人。

忸怩たる過去と、寂寞を孕んだ後悔が、青白い靄となってレフィーヤの胸を蝕む。

「——仲間の助言には耳を貸しなさい。主体性なんて言葉と、子供の我儘を勘違いしている時は、特に」

「なにっ⁉」

だから、つい攻撃的になってしまった。

自分でもこんな声が出せたのかと思うくらい冷たく、高圧的な言葉を、驚くミリー達が詰め寄るよりも先にルークへ投じていた。

「駄々をこねる貴方は今、とても惨めです。頑固な意志のために自分を客観視できていない。そんな無様を晒して、『英雄』なんて言葉を口にしないでください――――」

過去の自分に対する怒りも上乗せして喋っていたレフィーヤは、そこで、はっとした。

「ッ……!!」

ルークが、出会ってから見たことないほど顔を赤く染めている。

こちらを見つめる瞳は反感の塊と化していた。

しまった、と思った後はもう遅い。確執は決定的なものとなる。

後悔は後の祭りとなった段階で、レフィーヤはムキになってしまったと猛省した。

あとは、あれである。

ずっと考えないようにしていたが――彼の髪の色がどこかの『兎』とちょっと近いのだ。

ルーク本人に罪はなくても、脳裏には好敵手の顔がちらつき、その度に『イラァ』とした感情を覚えてしまうのだ。ルークにしてみれば理不尽極まるだろうが。もともと身に覚えのない敵意を向けられていたことも手伝って、レフィーヤも不満が増幅されていた。

いや、まぁ？　こっちのルークの方がずっとイケメンだが？

あんな兎と比べるのも彼に失礼というものだが？

ただ何というか『青臭さ』も被るのだ。あっちの兎の方が遥かに無茶苦茶でお人好しでまぁ共感できなくもないところがないでもないが、ともかく向こう見ずな『英雄願望』を掲げるところが白髪の少年と重なる。やはり、イラァ、とする。

ともあれだ。

こうなると話し合いでの解決は難しい。

不可能ではないが、面倒だ。レフィーヤはこの時、そう思ってしまった。

彼一人にかける時間に対する教導（インストラクト）の成果が釣り合わない。少なくともハラハラしながら右往左往しているナノ達のためにはならない。

より正確に言うならば、レフィーヤが言葉で理解させられたなら、ためになるかもしれないが、地下迷宮（ここ）でやるべきことではない。議論（ディスカッション）と討論（ディベート）は学校の教室でやるものだ。

溜息（ためいき）を堪（こら）えたレフィーヤは、決めた。

ここはダンジョンだ。

ならば『冒険者の流儀（りゅうぎ）』で決めるしかあるまい。

「わかりました。ルーク、戦いましょう」

「！」

「一対一の試合です。貴方が私に勝ったなら、『下層』への進出も認めます」

貴方（ルーク）が主張を貫きたいのなら、実力を示せ。

力なき意志を看過することはできないが、抱いた覚悟に相応しい力が証明できるなら、止めることはしない。レフィーヤは言外にそう告げる。

ナノ達とも、ルークは驚愕をあらわにした。

「ダンジョンで、私闘を？　あんた、ふざけてるのか！」

無限の怪物が沸く危険地帯で決闘など、ルーク達からしてみれば常識を疑うのだろう。

そんな『行儀の悪いこと』を『学区』の教師達は教えてくれない。

だが、『無法者達の宴』は時と場所を選ばない。

そして同業者の多くが『冒険者の洗礼』を浴びる場所とは、地下迷宮だ。

それの予習だと思えば——と言うのは少々強引か。

すっかり『学生』から『冒険者』の色に染まっている自分を自覚しつつ、告げる。

「鬱憤を溜め込んだ貴方を抱えたまま探索する方が危険だと、私はそう判断しました」

「……！」

「目の届かないところで破裂するくらいなら、私の前で爆発してください。そちらの方が軽傷で済みます」

自覚がないまま、まるでどこかの王族のように言葉を並べる。

怒りで顔を染める後輩を前に、レフィーヤは止めの言葉を告げた。

「私が勝ったのなら、今後この話で逆らうのはやめてください。……実力を証明した相手なら、貴方は従えるんでしょう、ルーク？」

二日前の発言を引用された少年は、ぐっと拳を握り締めた。

「後悔するなよ、先輩……」

「しませんよ。それより早く始めましょう。貴方の言う通り、ここはダンジョンですから」

怒りと戦意に打ち震えるルークを他所に、レフィーヤはナノ達に声をかけた。

「ナノ達は周囲を見張っていてください。モンスターが近付いたら撃退を」

「せ、先輩……！」

「大丈夫です、彼を傷付けることはしません。……ごめんなさい、変なことに巻き込んで」

どうしたらいいかわからない顔を浮かべるナノに、レフィーヤは謝罪交じりに指示した。

彼女はまだ何か言いたそうだったが、ミリーが黙って腕を引き、コールが「言う通りにしよう」と声をかけてくれる。まだ出会って間もない自分を信頼してくれている彼女達に感謝しながら、レフィーヤは広間の中央でルークと向かい合った。

「先に相手へ一撃を与えた方が勝ち。これでいいですね？」

「ああ……魔導士だからって、俺は加減しないぞ」

「私はLv．4です。貴方より能力は上。数字から見れば貴方の方が不利ですよ？」

「関係ないね」

ルークはその端整な顔に、嘲笑にも見える笑みを浮かべ、腰の鞘から長剣を引き抜いた。

「階位が上だろうと、この距離で魔導士に負けるわけがない」

絶対の自信。

得物を両手で持ち、一切の隙を殺して腰を落とす。

その意気と気迫やよし、と胸中で頷くレフィーヤもまた、短剣を抜き、短杖を構える。

「始めましょう。……私を倒せないようなら、『英雄』なんてほど遠い」

その言葉が合図となった。

「はぁあああああああああああああああ！」

霞む速さでルークが踏み込む。

右袈裟からの初撃。

駆け抜けてくる高速の斬閃をまともに取り合わず、レフィーヤは回避を選択した。

一瞬前までいた空間を銀の剣が両断する中、後退をした彼女をルークが追撃する。

「せええッ！」

一気呵成に畳みかけられる連撃。

速い。そして鋭い。エルフの細長い耳のすぐ側を走っていく風切り音は寒気すら喚起する。

激しい鍛錬に裏付けされた斬撃の冴えは、第二級冒険者にも優に致命傷を刻み込むだろう。

口では言っていたが、格上の冒険者を侮るほどルーク・ファウルという少年は間抜けではなかった。遠慮なく打ち込んでくる。

模擬剣でもない、殺傷能力を秘めた得物が度々レフィーヤを脅かした。

「っ！」

回避の中に防御を織り交ぜるレフィーヤは、応戦。

ルークの斬撃に、友の遺剣《灰のティアーペイン》を打ち付ける。

甲高い音と火花が散り、軌道を逸らすが、ルークはそれを嘲笑った。

「そんな付け焼き刃の腕で！」

剣舞の勢いが加速する。

レフィーヤでは到底真似できない、確かな剣技を駆使して追い込まんとする。

ルークの目には真実、レフィーヤの剣捌きは拙く見えるのだろう。

ベートとの鍛練を契機に本格的に剣の使い方を学び始めたレフィーヤ自身も自覚がある。たとえ『魔法剣士』を名乗れたとしても、いいところ半人前だ。

対して、ルークは純粋な剣士にして前衛。学区入学から、剣一本に打ち込んできた技量はレフィーヤの白兵戦技術を優に上回る。事実、能力で劣るルークは『近接戦で魔導士風情に負けるわけがない』と確信しているからこそ、勝負を受けたのだ。

しかし——

「あ、当たらない……ルークの攻撃が！」

「ルークがずっと押していますのに！」

モンスターへの警戒も忘れ、コールとミリーが驚愕の声を出す。

彼等の言葉通りだった。ルークが終始攻めているにもかかわらず、その剣はレフィーヤに届かない。首を傾け、腰をひねり、体を倒し、ことごとく回避し続けるエルフは、右手の短剣も閃かせて攻撃を難なく弾き返した。

「ルーク……！」

どちらも応援することのできない少女の声が漏れる中、少年の顔が焦燥に歪む。

「くそっ……！　どうして⁉」

簡単だ。

『力と速さ』が足りない。『技と駆け引き』が足りない。

何より『脅威』が足りない。

確かに白兵戦の技術はルークの方が上だ。

だが、アイズやベート達に比べれば、彼の立ち回りなど稚児のそれに等しい。

レフィーヤが鍛練を積んできた相手は正真正銘、世界最上級に君臨する第一級冒険者達。

いくら白兵戦技術が劣っていたところで、アイズ達の激烈な接近戦の前では一学生の猛攻など霞んでしまう。レフィーヤの紺碧の瞳は彼の視線の動き、力の均衡、感情の揺らぎさえことごとく捉えていた。

（これくらいこなさないと、ベートさんに蹴り飛ばされる――）

純粋な魔導士の頃と比べ、視野は遥かに広い。心も酷く落ち着いている。高速戦闘に対応できているのがいい証拠だ。レフィーヤの体ははっきりと『作り変えられている』。

鍛練の成果を静かに発揮するレフィーヤは、狼人の横顔と憎まれ口を思い浮かべる程度には、思考に余裕が生まれていた。

そして思考に余裕が生まれるということは、戦場を制御することと同義だ。

それまで守勢に回っていたレフィーヤは——くるり、と。

左手の中で短杖を素早く一回転させる。

「【解き放つ一条の光、聖木の弓幹。汝、弓の名手なり——】」

その瞬間、ルークの顔全体に驚倒が広がった。

戦闘を続けながら、レフィーヤは『歌』を紡ぎ始める。

「『並行詠唱』！」

ナノ達の驚愕が重なると当時、地面に展開される魔法円から山吹色の魔力光が立ち昇る。

『魔法剣士』の真骨頂。『魔法剣士』たらしめる『必殺』。

その速度と精度は、『第七小隊』が今まで見てきたどんなそれも凌駕し、何より『魔力』の総量が桁違いだった。

『魔法』に精通するナノとミリーが、二人揃って絶句する。

「【狙撃せよ、妖精の射手】」

「く、くそぉ——!!」

長剣と短剣が幾度となく光の飛沫を散らすも、レフィーヤの詠唱は一向に怯まない。

反撃、防御、回避、詠唱。四つの行動(アクション)を一切の遅延なく同時展開する彼女の姿に、ルークの顔が焦(あせ)りという焦りに埋めつくされる。

あまりにも膨大(ぼうだい)な『魔力』。一介の前衛攻役(アタッカー)が防げる道理などない。『魔法』の完成はルークの敗北と同義。詠唱を阻止しようと少年の四肢が躍起となる。

──そのルークの焦りを、レフィーヤはつぶさに観測していた。

これ見よがしに『魔力』を込め、目の前に『爆弾』を吊るす。敵の動揺(どうよう)と焦りを呼び込む『駆け引き』。それは敵の行動を操り、誘う、リヴェリアから教わった『囮攻撃(デコイ・アタック)』の真髄(しんずい)。

ルークの動揺が手に取るようにわかる。

そして、彼が次に何をしようとするのかも、わかった。

「う、うああああああああああああああああああああああああ!!」

痺(しび)れを切らした特攻。

予想通り、右からの踏み込み。

かかった、と。

レフィーヤは呟き、ルークに被せる形で自らも踏み込み、眼前に肉薄した。

「!?」

相手の懐(ふところ)、長剣の死角に体をねじ込み、一閃(いっせん)。

短剣(ソード)で得物を弾き飛ばし、戦慄(せんりつ)する少年の顔面に短杖(ワンド)を突き付ける。

「【穿て、必中の矢】」

最後の詠唱文。

あっさりと完成した呪文をもって、レフィーヤは戦闘を終了させた。

「――【アルクス・レイ】」

必殺の閃光矢が、放たれることはなかった。

発動直前の解除。輝かんばかりに短杖へ集まっていた『魔力』が、無数の光の粒子となって霧散する。伴って魔法円も足もとから姿を消した。一瞬遅れて、少年の手の中から弾き飛ばされた剣がザンッと地面に突き立つ。

自分が一本取ったという宣告を、『魔法』の破棄をもって言い渡す。

目と鼻の先に杖を突き付けられたルークは、石像のように固まっていた。

固唾を呑んで見守っていたナノ達も、呆然と立ちつくしていた。

「私の勝ちです、ルーク。指示に従ってもらいます」

杖を下ろすと同時に告げると、ルークは一歩、二歩、後方によろめいた。

Ｌｖが同等であったならば、まだ接戦になったかもしれないが――それでもレフィーヤが勝っただろう。

経験が違う。くぐり抜けてきた修羅場が違う。

ルークも、そして『第七小隊』の面々も、まだ『圧倒的な理不尽』を味わったことがない。

それが彼我の決定的な差だった。

「……そん、な……」

ルークは信じられないような顔を浮かべ、放心するのみだった。

その様子に、レフィーヤは内心やり過ぎたかと焦る。諭すつもりが彼の矜持まで叩き折ってしまったかもしれない。それまで凜々しかった姿勢をブン投げて慌てて助言しようとしたレフィーヤだったが――そこで耳をピクリと揺らした。

「この『音』は……ああ、もうっ。なんて時機が悪い」

ルークと戦いながら、大群の襲撃及び『異常事態』の前触れだけには注意を払っていたレフィーヤは、愚痴めいた呟きを発し、弾かれたようにある方向へと振り返る。

そこは広間に繋がる通路口の一つ。

間もなく道の奥から、レフィーヤの予測通り『とある冒険者』の一団が駆け込んできた。

「モルドォ！　やべえぞ、えらい数になってやがる！」

「うるせぇ、わかってらぁ！　何としてもズラかって――おっ！」

冒険者達の先頭、いかにもならず者というような強面の男は、レフィーヤ達を見つけるなりニヤリと唇を吊り上げた。

「よぉ、『学区』の学生どもぉ！　オレ達が贈物をくれてやるぜぇ！」

そのままルーク達の側を、非難がましい視線を送るレフィーヤの横を過ぎ去っていく。

何が起こっているのかわかっていない『第七小隊』が面食らう中、状況を把握しているのはレフィーヤのみだった。

「ルーク、剣を拾ってください！　みんなは集まって！」

「え……？」

「早く!!」

咄嗟に動けないルーク達に大声を飛ばす。

短剣と短杖を構え直すレフィーヤは、冒険者達が来た通路を睨み、叫んだ。

「押し付けられました！」

直後、どっと数えきれない数のモンスターの群れが、広間へ雪崩れ込んできた。

「ま、まさか!?」

「『怪物進呈』!?」

ようやく現況を理解したナノ達が悲鳴を上げる。

冒険者達の間では頻繁にやり取りされる緊急回避にして常套手段。優秀な生徒達は『身代わり』にされたことを正しく察し、そのモンスターの数に青ざめた。

「迎え撃ちます！」

ただ一人、現役冒険者であるレフィーヤだけは冷静に、そして気炎を上げる。

そう、これはダンジョンでの日常茶飯事。

何てことのない、ありふれた事態の一つ。

とどのつまり『連戦』である。


「小隊、固まってください！　いつも通りの四人一組(フォーマンセル)を！」

レフィーヤの指示が矢継ぎ早(やつばや)に飛ぶ。

ルークが地面に突き立った剣に飛びつき、ナノ達が慌てて合流してくる中、視界に広がるモンスターの群れはまさに『行列(パレード)』の名に相応しかった。

縦に伸びた長蛇(ちょうだ)の列。種族バラバラの怪物達は追っていた冒険者達からレフィーヤ達に標的を変え、そのまま食べ荒らしてやろうと雄叫(おたけ)びを上げる。その迫力と数えるのも馬鹿らしい総数に──『学区』の生徒達も中々お目にかかれないモンスターの大群に──ナノが「うっ……⁉」と怯(ひる)んだ。

いっそあの冒険者達と一緒に逃げようかと思ったが、ルークとの勝負の直後だったこと、何より逃げ続けたところで何も解決しないことから、レフィーヤはこの場で迎撃することを選択した。

自分達以外の第三級冒険者達(パーティ)を巻き込むくらいなら、『第七小隊』とともに殲滅(せんめつ)する。

こちらの戦力を計算に入れて、そう判断したのだ。

（前方には『ライガーファング』の群れ！　後方には『ミノタウロス』に、『ヘルハウンド』と石斧(トマホーク)持ちの『アルミラージ』！）

行列(パレード)の構成を素早く把握する紺碧色の瞳が細まる。

大型級も厄介だが、警戒を払わなくてはならないのは後方に固まる小型級(アルミラージ)と中型級(ヘルハウンド)。正確には、火炎の息吹(ブレス)と天然武器(ネイチャーウェポン)による投擲(とうてき)攻撃。『第七小隊』は戦力が充実しているとはいえ、遠距離攻撃によっては『間違い』が起きる可能性もある。

よって、レフィーヤは敵後列の排除を即断した。

「後列は私が叩きます！　敵の頭は任せました！」

生徒達の了承が返ってくるより早く、レフィーヤは地を蹴り付け、跳躍した。

「【ウィーシェの名のもとに願う】！」

頭上高く舞い、啞然(あぜん)とする生徒達の視線も、こちらを振り仰ぐモンスターの視線をも奪いながら、呪文を唱える。

高らかな詠唱を響かせながら宙空に緩やかな弧を描くレフィーヤは、勢いよく着地すると同時、宣言通り『アルミラージ』と『ヘルハウンド』を解体した。

『ギイッツ⁉』

『グアアァ⁉』

右手に持つ短剣《灰のティアーペイン》を指揮棒のごとく三閃し、断末魔の合唱を奏でる。

立て続けに疾走。

集団の中を駆け抜け、口内から火の粉を漏らす黒犬達に息吹の放射を許さず屠り、白兎達が慌てて投げつけてきた石斧の全弾を撃墜。粉々になった天然武器にくりくりとした兎の瞳が見開かれる中、次には、閃いた銀閃が数多の首をいっぺんに刈っていた。

「【森の先人よ、誇り高き同胞よ。我が声に応じ草原へと来れ】！」

敵の最後尾を蹴散らし、次なる獲物に斬りかかりながら、『並行詠唱』を響かせる。

強い歌声と暴力的なまでの『魔力』の発散は嫌でもモンスターの注意を引き寄せる。派手に立ち回ることで行列の真ん中から後方、敵の中列と後列をたった一人で引きつけながら──生徒達にはモンスターの前列のみを任せながら──流麗かつ壮烈な『闘舞』を開始した。

怪物の大群を、蹂躙する。

「ほ、本当にあの先達は、後衛が本職ですの⁉」

ルークとの戦いから驚くことしかできないミリーリアの叫び声を浴びるレフィーヤは委細構わず、蟷螂のモンスター『クリスタル・マンティス』を斬断。

水晶でできた体軀が無数の破片となって儚く砕け散るのを他所に、『魔法』を使うまでもない敵モンスターの群れを純粋な白兵戦で仕留めていく。

「【至れ、妖精の輪。どうか──力を貸し与えてほしい】！」

淀（よど）みなく紡（つむ）いだ『並行詠唱』をもって召喚魔法（サモン・バースト）【エルフ・リング】を構築、そしてそれを行使せず『待機状態』に移行。特殊技能（レアスキル）【二重追奏（ダブル・カノン）】の効力によって、短杖（ワンド）を持つ左手首に腕輪（リング）状と化した小型の魔法円（マジックサークル）を付与する。

「【解き放つ一条（いちじょう）の光、聖木（せいぼく）の弓幹（ゆがら）――】」

不測の事態に対応するため『次弾』の用意を進める中、大型級（ミノタウロス）の陰（かげ）に隠れていた一頭の『ヘルハウンド』が左側面より迫った。

「！」

『ガアアアアアアアッ!!』

一方的な蹂躙に激昂（げっこう）し、地を低く這（は）って、レフィーヤの柔（やわ）い肉に喰らいつこうとしてくる。

別の敵を斬り捨てたばかりの右手の短剣（ティアーペイン）での対処は間に合わない。心の片隅でエルフの自分がはしたないと思いつつ、レフィーヤは、敵の顔面を容赦なく蹴り上げた。

『ヅッッッグ!?』

今日までの鍛練の中で幾度となく頂戴した、狼人（ベート）の荒々しい『蹴り技』。

見よう見まねに過ぎないが、しかしLv．4の脚部はそれだけで凶器だ。顎（あご）を蹴り砕かれた『ヘルハウンド』が頭部をそのまま粉砕され、肉片と血飛沫（ちしぶき）をブチまける。スカートが翻り、白桃（はくとう）のような細い太股（ふともも）を惜しげもなく晒した。

『お行儀』が悪いが、そんなものクソ食らえである。お上品な妖精（レフィーヤ・ウィリディス）はもう死んだ。

過去の自分と決別し、『変わる』と決意したレフィーヤの脳裏に焼き付いているのは、一つの光景(イメージ)。それを参考にする。模倣(もほう)する。投影する。

近付ける。限りなく。

【白巫女(マイナデス)】の動きに。

自分の心の中で生き続けている彼女の姿を、己の肉体をもって蘇(よみがえ)らせる。

『ヴヴォオオオオオオオオオオオオオオオオオオオオッ!!』

理想の動きを追い求める妖精に対し、大型の石斧を持つ『ミノタウロス』達が突撃(チャージ)を敢行(かんこう)する。その巨体と数をもって押し潰(つぶ)さんとしてきた。

それに対するレフィーヤの返答は、一行動(ワンアクション)。

「【追奏解放(カノン)】」

左手に持つ短杖(ワンド)を、美しい所作で突き付けた。

「【一掃せよ、破邪の聖杖(いかずち)】――【ディオ・テュルソス】！」

二重追奏(スキル)の起動鍵(スペルキー)によって、腕輪(リング)状の魔法円(マジックサークル)が『砲門』となって展開。

発動した召喚魔法(サモン・バースト)をもって【白巫女(マイナデス)】の魔法を喚(よ)び、白き迅雷(じんらい)が咆哮(ほうこう)を上げる。

『～～～～～～～～～～～～～～～～～～～～～～～～～～～～～ッッッ!?』

尋常ではない威力の雷条(らいじょう)によって、『ミノタウロス』の群れは一瞬で焼きつくされた。

猛牛だけでなく、その背後にいた射線上のモンスター達でさえ『魔石』もろとも消滅する。

　広間（ルーム）の壁面までも破砕（はさい）する轟音（ごうおん）に、遥か後方で戦っているナノ達が肩を跳ねさせ、モンスター達も怯（おび）えるように立ちつくす中で、レフィーヤは止まらない。

　戦闘を続行し、『剣』と『魔法』を使い分け、『魔法剣士』としての経験値を貪欲（どんよく）に貪（むさぼ）っていく。

（反応速度をもっと上げる。そして判断の精度を磨（みが）く――大丈夫、いける。私は『魔法剣士』になれる）

　それは驕（おご）りでもなく大言でもない。

　自分の前にたたずむ『扉』を押し、こじ開けていっている『実感』だ。

　かつてのレフィーヤは固定観念の塊だった。

　召喚魔法（サモン・バースト）を放つのだから――長文詠唱と大量の精神力（マインド）を消費するのだから、召喚する魔法は大規模かつ高威力のものでなくてはならない。正確には『でなければもったいない』と、そう思い込んでいた。

　しかし、その固定観念こそ誤（あやま）りだった。

　二つ名の由来である『召喚魔法（サモン・バースト）』の応用性はそんなものではない。攻撃、防御、支援（バフ）、回復。ありとあらゆる状況（シチュエーション）に活用でき、千差万別の手札をもたらす。

　あえてすぐ発動せず『待機状態』にし、戦況を見極めることで、相応しい『魔法』を選出。言わば万能の『後出し』だ。取捨選択と状況把握さえ間に合えば、たった今【ディオ・テュルソス】でモンスターを迎撃したように、あらゆる『距離』と『時間』にも対応できる。

超長文詠唱の『砲撃』ではなく。

超短文詠唱の『速射砲』を召喚する意味。

戦略の幅が広がり、莫大な戦果をもたらすことを、この大乱戦を通して痛感する。

今までのレフィーヤは、自分の可能性を殺していた。

成長を狭めていた過去を惜しむ一方で、それに気付けたことを素直に喜べる自分がいる。

――私はまだまだ強くなれる。

レフィーヤは、そう確信することができた。

「ルークぅ！」

「！」

瞬く間に敵の数を減らしていくレフィーヤだったが、危機感を帯びた少女の悲鳴を聞きつけ、素早く視線を飛ばす。

自分を包囲するモンスターの垣の向こう、行列の先頭集団を相手取っている『第七小隊』が、なんと苦戦していた。

「ルーク、下がって⁉　切替しなきゃ！」

「何をもたもたしていますの⁉」

「ぐッッ――⁉」

コールとミリーリアの混乱の声が行き交い、ルークが『ライガーファング』に押されている。

『岩窟の迷宮』の中でも戦闘能力が高い大型級は確かに注意を払わねばならない敵だが、Lv．3を擁するパーティが手間取る相手ではない。群れの数は多くとも、普段の彼等ならば優に対処できる。

いや、対処できるようにレフィーヤは行列の大部分を自分に引き付けた。

だが、今の『第七小隊』は、『学区』の演習場で目にした時より遥かに精彩を欠いている。

（ルークの動きが悪い！　パーティの連携にも影響してる！）

恐らくはレフィーヤによる敗北が尾を引いているのだろう。ルークは実力の十分の一も出せていない。たった一体のモンスターの相手もこなせない有様だった。

ルークは『第七小隊』の中核。彼が勢いづけばみなも勢いづき、彼の調子が狂えばパーティの足並みも乱れる。

自分のことで手一杯故に、本来彼が行っている指揮も機能していない。

もしかしなくても私のせいだ！　とレフィーヤは衝撃を受ける。

「ルークぅ……！」

何より、ルークの不調はナノに伝播した。

動揺をひた重ね、『魔法』をちっとも発動できない。

ミリーリアとコールに至っては二人の補助に一杯一杯だ。

『第七小隊』の戦術設計(デザイン)は、強力なLv.3の前衛と後衛による怒濤と砲滅(ラッシュ・アンド・デストロイ)。

最悪、後衛(ナノ)が機能しなくとも前衛(ルーク)が帳尻(ちょうじり)を合わせられるが、その逆はない。前衛(ルーク)が崩(くず)れれば牌倒し(ドミノ)のようにパーティが崩壊(ほうかい)するのだ。ミリーリアとコールの中衛も言わば、前衛(ルーク)と後衛(ナノ)を上手く運用するための循環器。状況打開の決定力には欠けている。これまで調和者(バランサー)に徹し過ぎた弊害(へいがい)が現れていた。

私達(ロキ・ファミリア)に似ている、とレフィーヤは場違いにも思った。

フィンという強力な旗頭(はたがしら)のもと統率されている団員達は、彼が崩れた時にはあっけなく瓦解(がかい)を来す。人造迷宮(クノッソス)では、それによってあわや全滅にまで追い込まれた。

だからこそフィンは自身の状態(コンディション)に細心の注意を払っているが、第一級冒険者と同じ鋼の心を一学生(ルーク)に求めるのは、それこそ酷と言うものだろう。

『オオオオオオオオオオオオオオオオオッ！』

「っっ――――!?」

一頭の『ライガーファング』の牙がルークに迫る。

ナノ達の絶叫が響き渡る、それより先に、レフィーヤは既に詠唱し終えていた『魔法』を解放した。

「【アルクス・レイ】！」

自動追尾の大光閃(ビーム)が、ルーク達を器用に避け、追尾目標(ターゲット)にした『ライガーファング』を撃ち抜く。

「あ……せ、先輩……」

「【ウィーシェの名のもとに願う。森の先人よ、誇り高き同胞よ。我が声に応じ草原へと来(きた)れ】！」

呆然とするルーク達を他所に、レフィーヤは再び『並行詠唱』を紡いだ。

眼前の敵を切り裂き、小隊の救援に向かい、『ライガーファング』の群れさえ相手取りながら、『高速詠唱』の技術をもって速攻で『召喚魔法(サモン・バースト)』を組み上げる。

モンスターだけではない『人の悪意』。

ダンジョンの『理不尽』。

それらをルーク達だけで切り抜けてほしかったが、致し方ない。

レフィーヤは自身の手による『殲滅(せんめつ)』に舵(かじ)を切った。

「【凍る空、天上(てんじょう)の蒼雨(あめ)。森を彩る白氷(はくひょう)よ、浅ましき蛮族(ばんぞく)を撃(う)ち払え――】」

【エルフ・リング】から繋(つな)げるのは【ロキ・ファミリア】の同胞、アリシア・フォレストライトから授かった呪文。

大陸北方、『白氷(はくひょう)の森ファナシェ』を故郷とする彼女お得意の『氷結魔法』である。

「【凍てつけ、冬の縛鎖(ばくさ)】！」

詠唱文の完成とともにレフィーヤの頭上に出現するのは、蒼(あお)と白の光球体(スフィア)。

生徒達とモンスターを照らす雹の輝きは、次の瞬間、広間全域に降りそそいだ。

「【ヘイル・ダスト】！」

数えきれない無数の雹弾。
光球体から放たれる魔力弾が曲線、直角、あらゆる軌道を描き、恐ろしい冷気をまき散らしながらモンスターだけを的確に射抜いていく。まさに天から降りしきる凶悪な蒼雹のごとく、戦場を凍てつかせては揺るがした。

『────────ッッ⁉』

広間に残っていたモンスター全てが吹き飛ばされる。絶命の叫喚さえ氷結される『ミノタウロス』や『ライガーファング』は全身を氷漬けにされた直後には砕かれ、霧と見紛う細氷となって辺りを舞った。

【ヘイル・ダスト】。
レフィーヤが持つ【ヒュゼレイド・ファラーリカ】と同じく広域攻撃魔法。
炎と氷の属性の違いはあれ、無数の魔力弾を一斉砲射する点は似通っている。が、【ヒュゼレイド・ファラーリカ】の射程範囲が正面のみの『扇型』に対し、アリシアの【ヘイル・ダスト】の魔法効果範囲は『全方位』。

頭上に発生した光球体（スフィア）から三六〇度、任意の方角に掃射できるのだ。

ちょうど今、戦場の中心に移動したレフィーヤが、モンスター達を殲滅したように。

【ヒュゼレイド・ファラーリカ】より威力と射程は落ちるものの、汎用性は遥かにこちらの方が高い。リヴェリア率いる『妖精部隊（フェアリー・フォース）』の中でも重宝されている魔法だ。

どちらも一長一短。状況に応じて使い分ければいい。

【千の妖精（サウザンド・エルフ）】には、その反則も許される。

「うっっ⁉」

直撃しなかったものの、氷爆の余波に撫（な）でられ、ルークが腰から地面に倒れ込む。

ミリーリアとコールは立ったまま何とか堪（こら）えたが、広大な広間を凍土（とうど）に変えてしまったエルフに、同じ魔導士のナノはぺたんと地面にへたり込んでしまった。

「……図らずとも、課題が見つかりましたね」

白き霜と蒼き氷柱に覆われ、気温が下がった涼やかな迷宮内で、戦闘の終了を確認したレフィーヤは振り返った。

未だ舞っている雹（ひょう）の欠片に山吹色の髪を揺らしながら、呆然としている『第七小隊』のもとへ歩み寄る。

「ルーク、貴方は常に冷静に。指揮も預かるなら貴方がパーティの生命線となる。絶対に倒れてはいけないし、小隊員（メンバー）に対する責任を一身に負わなくてはならない」

「……」

「そしてナノ達は、ルークが不在の時もパーティ統率の術を。少し、彼に依存し過ぎています。個々の能力を上げることは勿論、配置の変更も柔軟に行えるようにしてください」

「「「は、はい！」」」

返事をできずにいるルークも、声を揃えるナノ、ミリーリア、コールも、レフィーヤを見る目が変わっていた。

一方、当の本人は顔色も態度も変えず、尻餅をついている少年の前で立ち止まる。

「ルーク。私は逸るあまり、貴方が死者の仲間入りをしてはいけない……そう思います。貴方が倒れるということはパーティを危険に晒す。何より、ナノ達が悲しみます」

「……おれ、は」

レフィーヤが見下ろし、ルークが見上げる。

先程まで届かなかった言葉も、今は届いていた。

自分の行動の末に何を招くのか見せつけられた少年は、忸怩たる表情で、唇を嚙む。

（逸ってはいけない――か）

そんなルークを前に、発した言葉が自分に返ってきたレフィーヤも一度、目を伏せる。

その上で、今の彼に何を言わなければならないのか――今の自分にどんな答えを出すのか――よく考えた上で告げた。

「だから……できる限りの速度で、強くなりましょう。貴方達も、冒険者(わたし)も」

「えっ？」

見開かれる瞳と視線を交わし、唇を綻(ほころ)ばせる。

「世界中の人々が苦しんでいる……正直、貴方に言われるまで、私はそこまで気にかけていませんでした。自分のことだけで、精一杯でした」

「……先輩……」

「だから私も強くなれるよう励(はげ)みます。貴方にもう怒られないように。そして、貴方の想いも叶えられるように、貴方達にできる限りのことを教えます」

その言葉に偽(いつわ)りはなかった。

大きな戦いを経て、大切なものを喪って、己が強くなることをひたすら求めていたレフィーヤはこの時、初めて心境の変化を迎えた。

果たしてロキの思惑通りかはわからない。

ただ、彼等を教導(インストラクト)することで自分の視野も広がり、成長できると、そう思えたのだ。

「ルーク。また気に食わないことがあったら溜め込まず、どんどん言ってくださいね。落ち込んでいるようですが、物怖(ものお)じせず自分の意見を言えるのは貴方の美点だと思います」

「は、はぁ⁉」

そんなことも伝えると、ルークは今度こそ素(す)っ頓狂(とんきょう)な声を上げた。

レフィーヤは、いつも肯定者だった。

アナキティやアリシアが『学区』に来た時も逆らうことなど考えず、ただ犬のように喜んで「はい！」と頷くだけだった。いや【ロキ・ファミリア】に入団した後もそのままで、学生の『延長』に過ぎなかった。

ルークは違う。ちゃんと自分の意見を発信し、おかしいと思ったら目上の人間にも楯突く。そしてその上で、今のように自分の間違いも認められる。

それは本当に羨ましいし、すごいことだと思う。

だからカッコ悪いところを見せ、本人は落ち込んでいても、レフィーヤはルークのことを尊敬した。

「さ、さっきと言ってることが違うじゃないか！　逆らうなって……！」

「全てに逆らうな、とは言っていませんよ？　疑問に感じたこと、おかしいと思った不満、全てぶつけてください。その上で、私も全力で応えます」

きっとそうすることで、『学区』に育てられた私達はより強くなれる。

レフィーヤは言外にそう告げ、短剣と短杖を腰にしまった。

中腰の体勢になり、目を白黒させている少年に、右手を差し出す。

そして、ふと昔の記憶を思い出し、ちょうどいいと、それを言葉に変えた。

「大丈夫。いくらでも諭して、正してあげますから」

手を差し伸べながら、レフィーヤは笑った。
一切の曇りもない『先輩』の笑みで。
そしてそれを見た『後輩』の少年は——ぼっ、と。
病にかかったように、音を立てて、顔を赤らめるのだった。

妖精追奏

二

芸術的ともいえる操舵(そうだ)によって湖峡(こきょう)を通過し、『学区』は三年ぶりとなる──そして当時のレフィーヤにとって初めてとなる、『港街メレン』への帰港を果たした。

「『学区』が帰ってきたぞおおおおおーーー!!」

「お帰りなさぁーい!」

「今度はどんな冒険をしてきたんだぁー!」

港入りした時、レフィーヤは思わず感動してしまった。

港湾に沿って大勢の人が手や旗を振り、更には楽器まで鳴らして出迎えてくれたからだ。

迷宮都市(オラリオ)の人間まで大挙して押し寄せ、見物に来る『学区帰港』は港街(メレン)の一大行事(イベント)と言っていい。港に限らず高台の上、建物の屋上で団幕を持って飛び跳ねている人々や、並走して手を振ってくるあどけない幼子達までいた。

子供達を乗せて世界中を旅する『学区』の『生まれ故郷』は、まさに我が子のことのように帰還(きかん)を喜び、讃(たた)えてくれた。

「すごい、すごいですよ、アリサ! 今まで立ち寄った街でも歓迎されましたけど、こんなに人が集まってくれるなんて、初めて見ました! まるで物語の中の凱旋(がいせん)パレードみたい!」

「ええ、そうね。私も前回のオラリオ出航の後に『学区』に入ったから……こんな光景は初めて!」

学園層(アカデミック・レイヤー)の外縁部(がいえんぶ)、落下防止用の柵(さく)の前に集まる生徒達の中で、レフィーヤとアリサも大いに興奮した。何かが始まるのではないか。そんな期待感を胸に抱くほどに。

「迷宮都市は『実習』が始まるまでお預けですが、港街への外出許可は本日より解禁されます。久々の陸をどうか楽しんでください――と、言いたいところですが」

「『眷族募集』を待たずオラリオ側の派閥が港街の中で接触を図ってくる勧誘は例年多発している。これほどの熱気だ、浮つくのは仕方がない。生徒諸君が選んだ進路ならば教師陣も文句は言わない。が、どうか一時の感情で身を滅ぼす真似だけはしないように――」

やはり『学区帰港』は特別のようで、他の国や街に立ち寄った際にはない全校集会まで開かれ、校長のバルドルや教師筆頭のレオンから諸注意や連絡事項が伝えられた。

『学区』が着港できる港があること自体に驚き、港街挙げての歓迎の様に感激していたレフィーヤも気を引き締めた――歓迎の一方で多国籍の船から凄まじいまでの苦情が入っていることを知って顔を引きつらせてしまったのは後日のことだ――。

「よし、オラリオ前夜祭だ、羽を伸ばすぞ！　港街にも娼館はあるらしい！」

「行ったら本当に貴方と縁を切るからね、バーダイン」

「こ、怖いっ、冗談にならないレベルで怖いぞアリサ！　そんな汚物を見る目で俺の新たな性癖を開発しないでくれ！　俺はおっぱい一筋なんだ！」

「レフィーヤ、金を貸してくれ。研究のために散財し過ぎた」

「別にいいですけど……ナッセンはどこへ行くつもりなんですか？」

「『メレンらぁ〜めん』だ」

「ら、らーめん？」

「違う。『メレンらぁ〜めん』。港街のくせに魚介ではなく豚骨を目玉料理に据えている邪道も邪道の店だ。だが美味い。ぐうの音も出ない。体に悪質なものを摂取しているとわかっているのに……あの油を……体が求めて……」

「は、はぁ……。そもそも、『らぁ〜めん』って何なんですか？」

「スープを主とした具材入りの麺、としか言えん。麺類の料理は世界中に数多くあれど、あれほど中毒性があるものはない。かくいう僕も前回の帰港で虜になってしまった」

「へぇー……って、えっ⁉　ナッセン三年前にも『学区』にいたんですか⁉　もしかして、その可愛い顔で私より年上⁉」

「誰が年下のプリティショタだこのやろー。背後からカンチョーするぞ貴様」

「ひぃ⁉」

　天へ突き立つ白亜の巨塔を目前にして、じれったい思いを感じつつ、生徒達はバーダインの言う『前夜祭』気分で街へ繰り出した（レフィーヤが港街の店に詳しくなったのも、この時である）。

　造船所にて大点検大修理を行う『学区』は長い期間、港街に停泊する。

　それは『長い』と言われているだけで、明確な期間は決められていない。

半年で済むこともあれば、一年かかることもある。

万全の整備をしなければ三年もの世界の旅はできないし、途中で航海不能になって沈没してしまっては目も当てられないからだ（この年は最長の一年半『停泊』した。そしてレフィーヤは停泊中に【ロキ・ファミリア】に入団することになる）。

よって、最も長く『学区』が滞留するこの時期を狙って、入学志望者が港街（メレン）及び迷宮都市（オラリオ）に殺到するのも通例だった。実は『学区』で最も多い生徒の出身地は港街（メレン）と迷宮都市（オラリオ）だったりする。帰港の際にあれだけ大々的に人々が出迎えた理由の一つに、本当の我が子がいるから、というのもあった。この『前夜祭』期間中に港街（メレン）の実家へ帰って家族とともに過ごす生徒も決して少なくない。

あらゆる意味で『学区帰港』という行事（イベント）は一つの区切りなのだ。

オラリオへ多くの冒険者を輩出する『学区』が『卒業式』と呼べるもの——正確にはレフィーヤのような中途入学者と卒業する者を当時に祝う全校生徒祝会（オール・クラス・パーティー）——を開催するのもこの時期である。

そして、その『卒業式』とは、迷宮都市（オラリオ）での『特別実習』を終えた後に開催される。

すなわち、ダンジョンだ。

「みんな、隊列を乱さないで。慎重に先へ——ってバーダイン、ナッセン！　言ってる側から勝手に何してるのよ！」

「神経質過ぎるぞ、アリサ！　普段の野外調査(フィールドワーク)のつもりでホイホイ進めばいい！　まだ『上層』だしな！」

「僕は前回にも来たことがある。それより土だ、壁だ、ダンジョン組成の採取だ。以前集めた分は既(すで)に実験で使い果たしたしな。今回こそデタラメな迷宮の正体をこの手で……」

「ナッセンッ！　モンスターが来てますー⁉」

オラリオ入りが解禁された後、レフィーヤ達も四人で早速ダンジョンへ進攻(アタック)した。

ダンジョン。

それは『ウィーシェの森』でレフィーヤも散々話を聞いていた場所。『古代』には『大穴』と呼ばれていた場所であり、人類を滅亡寸前まで追い込んだ『怪物の坩堝(るつぼ)』にして『魔窟(まくつ)』。

最初の探索時、それは緊張した。

そして――すぐに慣れた。

本当に壁からモンスターが産まれてくる光景は驚いたし、何だったら奇襲も数回頂戴(ちょうだい)したが、低級モンスターの『ゴブリン』や『コボルト』は一撃で倒すことができた。地上の同種族(モンスター)よりは確かに強いと思うが、レフィーヤ達は世界を旅する中でもっと厄介なモンスターと散々戦って来た。

やはり【ランクアップ】を済ませたLv．2とは超人であった。

　他国他都市の人間から一目を置かれ、多くの危険地帯も切り抜けられる。それは『世界三大秘境』の一つに数えられるダンジョンも例外ではなかった。

『上層』で『ゴブリン』や『コボルト』を狩っているうちに、レフィーヤ達のダンジョンへの認識も『こんなものか』に変わっていった。

「でも、すれ違う冒険者と私達とじゃあ、何か違う気がするわ。言語化できなくて恐縮だけど、『効率』って言えばいいのか……」

「ああ、冒険者達のおっぱいは大きいしな。たとえ巨乳じゃなくても美乳が多い……」

「おっぱいは関係ありません。けど、アリサの言うことはわかります。Ｌｖを含め地力は私達の方が上なのに、換金所にいくと下級冒険者のパーティがより稼いでいる、なんてことがありますし」

「まず『魔石』をモンスターの亡骸から抽出し、収拾するという『前提』からして違う。地上のモンスターは何代もの繁殖を通して胸部の『魔石』は小さくなっている。体を解剖してもほぼ視認できないほどに。だがダンジョンから直接産まれ落ちる最初の個体は上層域でも小さくて１Ｃから1.5Ｃ、爪ほどの大きさだ。これが直接の収入源なのだから『効率』も上げざるをえないだろう。サポーターという『文化』もそれが発端に違いない。専門職のサポーターは蔑視されているようだが、あれはあれでダンジョンの探索を進める上で有用な――」

「だから話が長いのよ、ナッセン！」

約一名通常運転する牛人は置いておいて、ダンジョン探索を終えたアリサ達は寮の食堂で何度も話し合いの場を設けた。他の『小隊』とも積極的に意見交換をしながら。

ナッセンが片っ端から解析・分析するように、ダンジョンの生態系や『地形が修復し、壁からモンスターが産まれる』という構造も興味はつきない。もぐればもぐるほど景色を変えていく人智を超えた地下迷宮に、レフィーヤは到達階層を更新する度に心臓の高鳴りを覚えたほどだ。

更に、レフィーヤはダンジョン内でやたらと活躍してしまった。

『砲台』と呼べるほどの火力がここぞと猛威を振るったのだ。『第七小隊』の連携は抜群で、Lv.1とはいえ優秀な洞察眼を持つナッセンの指示が加われば、レフィーヤの魔法火力はモンスター達に何もさせなかった。

万能感、あるいは全能感。

世界の誰もが知るダンジョンで、誰よりも活躍できるという事実に、高揚せず澄まし顔を浮かべるというのはレフィーヤには難しかった。

「レフィーヤ、すごいわ！　あんなにいた『オーク』の群れを一発で倒しちゃうなんて！」

「ア、アリサやナッセンが指示してくれるおかげですよ……前衛で暴れるバーダインの方がすごいですし」

「そんなことない！　バーダインもレフィーヤの援護があるから気兼ねなく攻められると言っ

てたもの！」

ダンジョンは構造上、『前衛』と『後衛』の役割分担をはっきりと強いる。

当時の『学区』の中でも飛び抜けた『魔力』を持っていたレフィーヤが戦場の脚光を浴びることはある意味当然のことで、アリサは興奮した面持ちで言ってきた。

「貴方、冒険者に向いているんじゃない？」

彼女のその言葉が、レフィーヤが『冒険者』という職業を意識し始めた切っかけだったのかもしれない。

その日、『学区』は港街に帰港した際と並ぶほどの興奮に、包まれようとしていた。

「ねぇ、あの馬車じゃない！」

『学区』の目前で停車し、下りてきた猫人とエルフの女性冒険者に、やはり柵の前に集まっていた生徒達は歓声を轟かせた。

「【ロキ・ファミリア】だ！」

「黒毛の猫人と飴色の髪のエルフ……【貴猫】と【純潔の園】⁉」

「第一級冒険者の幹部はいないの？」

「馬鹿野郎、どっちもLv．4だぞ！」

「Lv．4で幹部になれないって何だよ……」

「【ロキ・ファミリア】やべー!!」

『眷族募集』にやって来た【ロキ・ファミリア】に、『学区』の生徒達は熱狂頻りだった。

アナキティ達は苦笑しているようにも見えたが、彼女達が手を振り返すと男子も女子も叫び声を上げたほどだ。どれくらいすごかったというと「エルフの方は実にいいおっぱいだ！　脱げばもっとすごいぞ！　俺にはわかる！」とバーダインが讃えれば「本当にくたばりなさいよバーダイン!!」「本気で死ねよバーダイン!!」「絶対にお姉様達に近付くんじゃないわよバーダイン!!」とアリサ達女生徒が本気で彼をしばく程度には凄まじかった。その光景を見てしまったレフィーヤも青ざめるほどだった。

【ロキ・ファミリア】の名声はレフィーヤも知るところで、周囲と同じように黄色い悲鳴を上げることこそなかったが、こっそり興奮はしていた。

曰く『男神と女神に代わる新たな希望』。

曰く『迷宮攻略の最前線』。

曰く『小人族の勇者とエルフの王族、そしてドワーフの大戦士が統べる大派閥』。

そんな風に世界中で謳われるオラリオの最大派閥だ。

敬い尊崇する王族が所属する【ファミリア】とあって、意識していなかったと言えばそれは真っ赤な嘘になってしまう。

「こうして眷族募集には来たけど……知っての通り、私達【ロキ・ファミリア】は初参加。勝手がわからないところもあると思うから、そこは目を瞑って頂戴」

「勿論、こうして足を運んだ以上は真摯に取り組みます。どうか貴方達の中から、ともに肩を並べる眷族が現れることを願って」

講堂を貸し切って開かれた説明会で見たアナキティとアリシアは、レフィーヤの目から見ても美しく、いわゆる『できる女性』として映り、同性として憧れずにはいられない存在だった。

バルドルと不仲のロキが『学区』の卒業生を取らないことは有名で、今回の『眷族募集』も随分と渋ったらしい。ギルドに何度も依頼されて仕方なく、らしいが、確かにアナキティ達が『学区』に訪れたのも予定より随分と後のことだった。

それでも他派閥に先駆けて、泊まり込みで説明会を開くアナキティとアリシアのもとには、常に追っかけがいた。話や質問をしたい意欲に満ちた生徒達である。戦技学科の人間相手に開いた説明会で、簡易的な『模擬戦』を開いた後は、その数も爆増した。アナキティは剣技、アリシアは魔法と弓で多くの者を虜にしたのである。

とてもではないが個人的な話はできない。そう思っていたレフィーヤだが、

「ごきげんよう、同胞の人」

「えっ…………えええええっ!? ア、アリシア様と、アナキティ様!?」

「様付けなんてしないで。私達、冒険者はそんな行儀(ぎょうぎ)のいい人種じゃないから」

たまたま書庫で一人課題をこなしていると、同じくたまたま書庫を訪(おとず)れたあちらから、なんと声をかけてくれた。アリシア達の『眷族募集(リクルート)』を行う上での条件の一つに、書庫を始めとした『学区』の施設の利用、及び見学があったらしい。

超混乱(パニック)に陥(おちい)るレフィーヤが面白かったのか、アリシア達は彼女を連れ出し、人が誰もいない『神殿塔(ブレイザブリク)』のテラスで三人、話を交わした。

「へぇ、貴方、『エリート部隊』って言われてる『第七小隊』の一員だったの？」

「い、いえっ、エリートどころか問題児集団で……！　規律も破ってばっかりですし、小隊が解体されないのが不思議なくらいで……！」

「ふふっ、冒険者も似たようなものです。先程アキが言った通り、行儀のいい者はほとんどいませんから」

学園層(アカデミック・レイヤー)を一望し、風に髪を悪戯(いたずら)されるレフィーヤは最初ガチガチに緊張していたが、こんな機会二度はないだろうと思い直し、思いきって尋(たず)ねてみた。

「あの、アリシアさん、アナキティさんっ。どうしてオラリオの冒険者は、迷宮探索だけに力を入れているんですか？」

「不思議なことを聞くわね。冒険者だから、っていう答えが欲しいんじゃないでしょう？　どういう意味？」

「えっと……『ギルド』にダンジョンにまつわる情報が集められているのはわかるんです。都市を支える魔石製品貿易のために、冒険者達に多くの『魔石』を集めさせたいという意図も。それでもあんなダンジョンという秘境で、目立った研究が進められていないというのが引っかかって……」

『学区』で『未知』の虜になったレフィーヤからすると、オラリオの冒険者は『とても不自然』に見えた。

人智を超えた『わからないもの』が目の前にあるのに、誰も解き明かそうとしない。

いや、しているのだろうが、積極的に見えない。

こと冒険者に至っては日銭を稼ぐためにダンジョンを探索している者が圧倒的多数だ。

レフィーヤも【ファミリア】の仕組みはわかっている。主神が生活を営むために『恩恵』を与え、眷族に稼いできてもらう。『学区』という枠組みの方が特別であることも重々承知している。だがそれでも、何故あのような『未知』の塊（かたまり）を放置できるのか。

知識欲が赴くまま問題を乱発するとはいえ、ダンジョンの正体に迫ろうとするナッセンの方がよっぽどまともに見えてしまう。

「どうして冒険者はダンジョンの謎を解き明かそうとしないんだろう、って……不思議に思ったんです」

オラリオの方針なのか。

それとも解き明かす必要がないという神々の神意？

レフィーヤはよく喋った。緊張と興奮も大いに関係していたが、やはり彼女も『学区』の生徒だった。

その姿を微笑ましそうに眺めるアリシアは、答えてくれた。

「求められているものが違うからです」

「えっ？」

そう言って、静かな笑みを浮かべながら、言葉を続けた。

「貴方が思っている通り、冒険者は日々のことで精一杯の者が大半を占めます。富と名誉、あるいは夢や野望、それらを求めてきた者達の多くが現実としのぎを削っている」

「……」

「ですが、一部の者達は……我々【ロキ・ファミリア】を含めた上位派閥は、何より『強さ』を求められます」

「強さ……？」

「そう。求められる理由は多々ありますが――『世界の悲願』を達成すること。全てはそれに繋がっている」

「!!」

そこまで言われ、レフィーヤははっとした。

「世界が求める『三大冒険者依頼（クエスト）』。男神（ゼウス）と女神（ヘラ）が消えた今、誰かがやらなくてはならない。そしてそれは、オラリオの冒険者と定められている」

レフィーヤは自分が失念していたことを認めた。

アリシアの言う通り、今オラリオに求められているのは『生ける終末』の打倒。それは千年前から変わってはいない。

富と名声、野望を求めるが故（ゆえ）、という理由は個々人の中で勿論存在するだろう。だが都市最大派閥と謳（うた）われる【ロキ・ファミリア】や【フレイヤ・ファミリア】がダンジョンを攻略し続ける根源的な理由はそこにある。

「かくいう私も、『竜の谷』に近い北の大地に里を持つ身。近隣の村々や森を脅（おびや）かす忌々（いまいま）しき竜を淘汰（とうた）したいがため、このオラリオへやって来ました。一族の聖女（セルディア）様のように……と言うのはおこがましいですが、怒りと使命に駆（か）られて冒険者になったのは確かです」

冒険者として戦う動機の一部まで話してくれたアリシアは「今では聖女（セルディア）様と同じ王族の御血筋（ごちすじ）、リヴェリア様のもとで戦えることを何より光栄に思っています」と相好（そうごう）を崩（くず）した。

「誰しもが世界を救うため戦っているとは言いません。ですが、私達は『役割』を理解しているつもりです」

「『役割』……」

「それに、階層を踏破し、遥（はる）か『最深部』に辿（たど）り着いた時、ダンジョンの謎を解き明かすことができる……冒険者は本能的にそれがわかっているのかもしれません」

それこそ、まだダンジョンが『大穴』と呼ばれていた時代、人類の砦を築く傍ら傭兵や探索者達が『未知』に挑み続けたように、と。

アリシアはそう締めくくって、レフィーヤの疑問に対して自身の回答を差し出した。

呆けていたレフィーヤは「あ、ありがとうございます!」と礼を告げた。

その時のレフィーヤは何故か心臓がドキドキしていた。冒険者の中でもきっと気高く、きらきらと輝いている【ロキ・ファミリア】の団員に触れて、高揚していたのかもしれない。

レフィーヤは咄嗟に、次のことを尋ねていた。

「あ、あの! 私が冒険者を目指すことはっ……その、えっと、おかしいでしょうか? 何と言うか、進路の一つというか……け、決していい加減だったり、不純な動機ではないんですけど!」

アリサに『向いている』と褒められたから、というのはある。

輝いているアリシア達に当てられて、という理由も多分にある。

いいんじゃない、と賛同してほしかったわけではない。ただ自分も目の前の眩しい存在になれるだろうかと、そう感化されたが故の質問だった。

それに対し、アリシアではなくアナキティは、少し思い詰めた顔を浮かべた。

「……『眷族募集』に来ておいて、こんなことを言う資格はないんだろうけど……お勧めはしないわ」

「えっ……」

「私は神じゃないから確信をもって言えないけど、アリシアが気に入っているくらいだから、貴方は素質のあるエルフなんだと思う。でももし、人に言われて何となく、なら冒険者を目指すのは止めなさい」

心の内を見透かされたようで、レフィーヤはお腹の辺りが熱くなった。

アナキティは決して咎める風ではなく、『忠告』の声音をもって告げた。

「冒険者は決して華々しい職業じゃない。つらいことだって……いいえ、つらいことの方が沢山ある。だから私は、今の貴方にはお勧めはできない」

「せめて貴方自身がなりたいと思わない限りは」という彼女の言葉に、レフィーヤは冷や水を浴びせられた気分になった。

実感がこもっているアナキティが言っていることは何よりも正しくて、レフィーヤの動機は何よりも浅はかだった。羞恥がエルフの耳を焦がし、穴があったら入りたい衝動に駆られた。

そして、そんなレフィーヤの心の動きなど、はっきりとわかったのだろう。

アリシアは、アナキティの肩に手を置き、レフィーヤの目の前まで来て、言ってくれた。

「大丈夫ですよ」

「っ……？」

「興味を持つことは何も恥ずべきことではない。そして『憧れ』ならば、より大切にすべきもの。重要なのは現実を知った時、興味と憧れだけにとどめず、考え、行動することです。欲するもののため、目指すべきもののため……あるいは、目標を見出すため」

レフィーヤの手を取って、もう片方の手で包みながら、アリシアは微笑んだ。

姉のように。人生の先輩のように。

「だから何もわからなくなったら、その時は飛び込んでみなさい。そして幾らでも間違いなさい。若者の特権は間違うことです」

「ただし、取り返しのつく範囲で、です」とアリシアはそこで初めてお茶目に笑ってみせた。

目を見開くレフィーヤを諭す彼女の——エルフの年長者の姿に、アナキティは肩を竦め、笑っていた。

「もし貴方が私の声の届く場所にいたなら。その時は、いくらでも諭して、正してあげます」

レフィーヤは、今でもその言葉を覚えている。

もしかしたら、レフィーヤが最初に憧れた冒険者とは、アリシアなのかもしれない。

彼女に手を包み込まれたレフィーヤは、その日からより真剣に自分の進路に関して考えるようになった。

アリシア達と話をしてからも、単位修得のためダンジョンへもぐる日々が続く。

疑似的な冒険者の経験を味わいながら、色々と考え、それでも答えは出てこない。

『冒険者か、それ以外の職業か』。そんな極端な考え方をするほどレフィーヤは迷宮都市に影響を受けるようになっていた。

「ウェール兄さん！　お久しぶりです！」

「やぁ、レフィーヤ。やっぱり来たね。君の母親から君が『学区』に入学したと手紙が届いた時から、今日のような日が来るんじゃないかって思っていたよ」

その日、レフィーヤは一人で、ある喫茶店を訪れていた。

オラリオ南西の隘路の先に建つ店の名は『ウィーシェ』。

察せる通り、レフィーヤと同郷のエルフが迷宮都市で営んでいる喫茶店だった。

そのまんまの名前を聞いた時、レフィーヤは思わず噴き出しそうになってしまったが、嬉しかったのも事実だった。里の同胞と離れた故郷をどこか彷彿させる店内は懐郷の情に浸らせ、同時に寂しさなんてものも和らげてくれた。そもそもこの喫茶店へ足を運んだのも、幼かった自分を知る人に、進路の話を聞いてもらいたかったからだ。

だが、

「――ウェール、親類か？」

「いや、ヘディン。里の同胞だよ。友人の娘だ」

「だろうな。お前には似ていない」

その日、店内には一人だけ客がいた。

店主(マスター)と同じく、眼鏡をかけた同胞(エルフ)。

異性(レフィーヤ)が羨(うらや)むほど、金の長髪は美しく、白い肌もきめ細かい。

男性でありながら絶世の美貌(びぼう)とも言える容姿に、つい見惚(みほ)れてしまったほどだ。

……って、あれ？　ヘディン？

その名前に首を傾げていると、彼は目を通していた本を閉じ、なんと席を立ってこちらへやって来た。

「『学区』の生徒だな。冒険者を志望しているか？」

「えっ？　えっ？」

「もしまだ進路を決めていないのなら、我が【ファミリア】を選択肢に入れておけ」

「待ってくれ、ヘディン。レフィーヤが自分で決めたのならともかく、僕はこの子が君の【フレイヤ・ファミリア】に入るのは反対だ。君の派閥(ファミリア)は何かと物騒(ぶっそう)だし、ね」

「物騒ではない冒険者の集団などこのオラリオにあるものか。それに私は口説いているわけではない。可能性を提示しているだけだ」

声をかけられ目を白黒させていたレフィーヤは、彼と店主(マスター)の会話を聞いて、絶句した。

（え～～っ⁉　都市最大派閥(フレイヤ・ファミリア)のヘディンって、ヘディン・セルランド⁉　【白妖の魔杖(ヒルドスレイヴ)】の二つ名を持つ第一級冒険者！　あのリヴェリア様と同じく、最も有名なエルフの一人‼）

その場で叫ばなかったのは奇跡と言っていい。

まさかの『オラリオ最強戦力の一角』との出会いに、レフィーヤは石像と化した。

それはアリシア達と出くわした時以上の衝撃だったかもしれない。

というか里では山羊のようにまったりとしていたお兄さんで知られていたこの店主はいかなる経緯で第一級冒険者などという存在と親しくなったのかと色々な意味で混乱していると、ヘディンはびくっとするレフィーヤを見て、言った。

「いい魔力を持っている。もし興味があるなら来るがいい。貴様は我等が主の目に叶うだろう。……勘だがな」

そして長台に金貨を置き、店を後にした。

レフィーヤは、その後ろ姿が消えた後も、呆然と店の扉を眺めることしかできなかった。

店主は「久々の再会だ。ごちそうするよ」なんて言って暢気に紅茶を淹れていた。

レフィーヤは、今しがたあった出来事が信じられなかった。

そして、この時に出会った彼が将来、敵対派閥の幹部として対立するなどとは、夢にも思わなかった。思える筈がなかった。

「第一級冒険者に……ス、勧誘された？」

それがレフィーヤにとってオラリオで遭遇した記念すべき最初の勧誘だった。

否が応でも、レフィーヤは『冒険者』という存在を意識せざるを得なくなった。

「珍しいな、レフィーヤが一人で私の教員室(へや)に訪ねてくるのは。それで、話とは？」

「その……進路について、なんですが……」

数日後。

とうとう頭が過熱(オーバーヒート)したレフィーヤは、レオンのもとへ相談に向かった。

空気を察してもらって教員室で二人きり。出された椅子に腰かけ、レフィーヤは手をすり合わせながら、たどたどしく喋った。

アリサには勧められ。

アナキティには警告され。

アリシアには憧れ。

ヘディンには、直接勧誘(スカウト)されてしまった。

『冒険者』という言葉が今やレフィーヤを苦しめている。

他人に褒(ほ)められて、気になって、少し勘違いもして、やってみて、進退を決める。

恐らく、多くの子供がそうであると思う。あるいは思っていたものとは異なるけれど、腹を括ってやってみたら意外と何とかなるものなのかもしれない。

レフィーヤは、考え過ぎてしまっているだけなのかもしれない。

しかし『自分のやりたいもの』『なりたいもの』が見えていないレフィーヤは、どうしても踏ん切りがつかなかった。

「なるほど……。先に言っておくと、レフィーヤと同じ悩みを持つ生徒は多くいる」

「……」

「しかし君の場合、どうやら周りが放っておかないようだな。それが迷う副因にもなってしまっている」

「そ、そんなっ」

苦笑を浮かべるレオンは、レフィーヤの話によく耳を傾けながら、様々な選択肢も提示してくれた。今いる港街(メレン)と迷宮都市(オラリオ)で可能な派閥体験先(インターン)、『学区』の卒業生が選んだ数々の進路、テーブルに大型の資料集(ファイル)を広げて情報の数々を指で示していく。

優柔不断なレフィーヤは『アルミラージ』のような唸(うな)り声を上げて、やっぱり答えが出せなかった。

それでも、レオンは嫌な顔を一つせず、進路相談を続けてくれた。

足を組むわけでもなく、椅子に腰かけながら顎(あご)に手を添える。そんな考える仕草一つとっても「見れば見るほどカッコいいなぁ」と、頭を使い過ぎてぼうっとしているレフィーヤは場違いにも思った。

よく『氷』と比喩されるエルフとは、また違った端整な顔立ち。精悍でありながら凛々しい。これならアリサ達も夢中になってしまう筈だと妙に納得してしまう。

レオンの人気の一つに、『騎士然』とした、という形容がある。

主神のバルドルが神の理想像だとするのなら、彼はおよそ『騎士』の体現といっていい。美しい姿勢とはそれだけで人を魅了するものだ。

レオン本人は教師の見本、『導く者』として自分を律しているに過ぎないのだが、それが偉く様になってしまうのだ。一般の『教師』という心象を飛び越えて、『騎士』という単語に結びついてしまうほどに。

誰にも真摯に接する彼の在り方は、そう、本来『騎士』のそれに近い。

「レフィーヤ。飲むといい」

「えっ……？　レ、レオン先生、これって……」

「内緒だぞ？」

長丁場となり、夜もすっかり更ける頃。

レオンが唇に指を立てて差し出してくれた温葡萄酒の温もりを、レフィーヤは今でも忘れていない。

ドン引くほど恋する乙女を謳歌していたアリサが側にいなかったのなら。

レフィーヤの初恋は——きっとレオンだっただろう。

「レフィーヤ。『俺』は自分が進む道とは、悩み続けるものだと思う。今の君のように」

「え？」

「だから君は何も間違っていない。沢山悩み、迷うんだ。ただし、それを惰性に変えてはならない」

　壁に寄りかかり、立ったまま、レオンは湯気が昇る温葡萄酒(グリューワイン)に自らも口付けながら、『教師』ではない自分の言葉で語った。

「悩んだ末の失敗は君を賢くする。しかし悩まない末の失敗は、多くの場合、財産になりはしないだろう」

「レオン先生……」

「だから、考えるんだ。答えが出ないなら、もっと長く、もっと深く。バルドル様も言ってくれたように」

「そして」、と。

　今の自分が伝えられる想いを、レフィーヤに差し出した。

「心が震えた時、自分に正直になるんだ」

「『心が震えた時』……？」

「ああ。俺は自分の心がどうしようもなく震えた、あの時。教師になろうと誓った」

　レフィーヤを優しく見下ろす獅子(しし)色の瞳は、大人の瞳をしていた。

それなのに、子供のような目の輝きが奥に見えた。

いつか、自分がなりたいものを決めた時。

レオンが教師を志(こころざ)した理由を聞いてみたい。

レフィーヤはその時、確かにそう思った。

◆

レオンの話を聞いて、レフィーヤはもっと考えることにした。

より自分の心と向き合うことにした。それは間違いではないと知ったから。

「レフィーヤ、18階層へ行くぞ！」

「はい……って、ええっ⁉　なに言ってるんですか、バーダイン！　『学区』の生徒が進めるのは15階層までですよ⁉」

「『迷宮の楽園(アンダーリゾート)』をどうしてもこの目で拝んでみたい！　ナッセンは既にこちらに引き入れた！　他にも味方は多数いる、俺達の冒険心を止められる術(すべ)はない！」

「だ、ダメですよ！　ダンジョンの禁止事項だけは犯してはならないってレオン先生達もあれだけ言ってたじゃないですかぁ！」

「校則と教師の教えとは破るためにある！」

「絶対違いますっ！　って、バーダイン！　行っちゃいました……あ～もう、アリサ～！　助けてくださーい！」

　そして、『特別実習（ダンジョン）』も佳境（かきょう）に迫る頃。

　レフィーヤは『冒険者』とは何か、深く知ることになる。

四章

教わる者、教える者

казка іншага сям'і.

настаўнік, вучань

最初の『特別実習』を終えた後、レフィーヤの教導は上手く回るようになった。

ひとえに『第七小隊』との関係が信頼と呼べるものに変わったからだ。

オラリオの冒険者としての『在り方』を示したレフィーヤは尊敬を集め、ナノやミリーリア達からはより慕われるようになった。

「『岩窟の迷宮』で『異常事態』に巻き込まれた際、緊急手段の一つとして下部階層への避難が挙げられます」

「より深部の階層ほど危険値が高まるダンジョンで、ですの？」

「安全階層があるのは知ってますけどぉ……上へ戻る方が絶対に楽じゃないですかぁ？」

「『縦穴』という地形を持つ『岩窟の迷宮』だからこそ、発生しうる『最悪』と『最善』が存在します。是非を問わずとも、ナノの言う通り引き返した方が安全ではありますが……それが許されない場合がある。念のため、意識の片隅に置いておいてください」

「……『縦穴』を回避することが一番重要だってことだろう。穴の出現は無作為と言われてるが、本当に規則性はないのか……ないんですか、先輩？」

「いい質問です。ルーク。岩窟内の『縦穴』は開口と修復を繰り返していますが、特定の地点ではなく、時間帯によって穴の出現が集中する地帯が——」

毎日『特別実習』から帰る度、空き教室を借りて開かれる反省会兼座学。

『第七小隊』の面々は意欲的に発言し、レフィーヤもそれに応えた。

ルークは最初が最初だったので決まりが悪そうにしているものの、しっかりレフィーヤの指示を仰ぎ、冒険者としての教えを請うようになった。口調もちゃんと変えようとしている。

彼の『世界で苦しんでいる人々を助けたい』という初心は変わっていないが、不相応の進行速度を望むのは止めている。彼は今できることに全て取り組み、その上で自分と仲間を死に追い込まない『最大戦速』を求めるようになった。少年のそのひた向きな姿が、レフィーヤにはやはり眩しく映った。

「攻めがちのルークには前衛壁役の視点と技術、逆に一歩引きがちのコールには積極性と何かの攻め札、ミリーには効率的な精神力の運用と『並行詠唱』の技術、ナノには私達の『大木の心』を……ナノ達は私が教えられるけど、ルークとコールはレオン先生達の力を借りた方がいいですね」

何より、レフィーヤも『教導者』として積極的に取り組むようになった。

勿論、それまで手を抜いていたわけではないが、教える楽しみと導く責任を鮮明に自覚したことが大きい。宛てがわれている『学区』の客室でノートに羽根ペンを走らせる彼女の後ろ姿に、お茶を運びにきたアリサは「昔の優等生が帰ってきた」と喜んだ。

そして『第七小隊』専用の『教導』が上手くいくようになったなら、次は本格的な『講演』である。

「――冒険者として私より聡（さと）く、経験を積んでいる方は数え切れないほどいます。なので私が貴方達（あなたたち）に教えるのは、『学区』の生徒が冒険者になった際の『価値観』の違いについて。迷宮都市（オラリオ）において学生の頃の世界観は一新されると、そう考えてください」

講堂。

すり鉢状の大広間（ホール）には現在、空席は一つとして存在しなかった。立ち見の格好で耳を傾（かたむ）ける者もいるほどで、熱心な生徒達の眼差（まなざ）しが、檀上で話すレフィーヤにそそがれている。

不特定多数を対象にした上級冒険者（レフィーヤ）の『講演（セミナー）』は、希望者が殺到した。

冒険者を第一希望に据える者達が優先されるのは勿論だが、戦闘職を希望していない生徒からも応募の声が続々と上がり、急遽（きゅうきょ）学園層（アカデミック・レイヤー）の中でも最も広い『第一講堂』を使用する羽目となったほどだ。

『学区』の卒業生兼、現役の第二級冒険者、そして迷宮都市最大派閥（ロキ・ファミリア）の一員による『講演（セミナー）』ということもあって大人気の様相を呈（てい）している。――余談ではあるが、眷族募集（リクルート）に来た通常の冒険者はこのような『講演（セミナー）』は開かない。『学区』の卒業生であるレフィーヤだからこそ依頼された事柄である。

「『ダンジョンは生きている』。様々な学説や文献がその言葉を語っていますが、私達冒険者の認識は異なります。『ダンジョンは意志を持っている』。無限のモンスターを産むあの地下迷宮には、明確に冒険者を殺しにくる瞬間が存在する」

『……!!』

「野外調査の一環で生徒達もモンスターの巣穴や遺跡で冒険を繰り広げているかと思いますが、ダンジョンの場合は大自然そのもの――いえ『天災』が敵であると捉えておくといいかもしれません。これまで冒険者は怪物に勝つことはできても、迷宮にはことごとく敗北してきた」

希望者の数を聞いたレフィーヤは当初うろたえはしたものの、檀上に上がって数えきれない生徒達を前にしても、緊張はしなかった。

少し前の自分ならばしていたかも、と冷静に心境の変化を分析しつつ、生徒達の反応を見ながら話を進める余裕さえあった。用意された大型の黒板に白墨の音を響かせ、流麗な共通語と丁寧な図を書き込んでいく。

「ダンジョンを保有すること以外でオラリオの特異な点を挙げるとするなら、それは【ファミリア】の総数。神々が最も集う場所とも言われている迷宮都市は、騒動にこと欠きません。入団当初、私が最も印象に残っている言葉の一つに『闇討ちには気を付けろ。俺達は【ロキ・ファミリア】だ』というものがあります。後日、私は身をもって痛い目を――」

レフィーヤはダンジョン以外にも、オラリオの【ファミリア】、冒険者の心構えなど時間が許す限り説いた。調べればわかる情報より、自分の経験談とそれにまつわる見解こそが生徒達のためになるのではと、何となく思ったからだ。

そしてそれは多分、正解だった。

生徒達がこの『講演』に求めていたのは、教師達が教える知識ではなく、当事者の『生の声』だったからだ。

「最後に質問を受け付けます。何か聞きたいことはありますか？」

『学区の教育はオラリオでも通用しますか！』

『都市の中で探索系の派閥と生産系の派閥は釣り合いがとれているとお思いでしょうか！』

『ギルドの都市運営について、疑問視する政策が多々見受けられると感じています！　レフィーヤ先輩の意見を聞かせてください！』

レフィーヤが最後に質疑応答の時間を設けると、出るわ出るわ。

さすが『学区』、いやこれこそが『学区』といったところか。

挙手と質問が途切れない。昔は『あちら側』に自分もいたことに感慨深いものを覚えながら、レフィーヤはできる限りの問いに答えた。

「『学区』の教育に限らず、得た知識はなにかしら役に立つと私個人としては思っています。ただし、得た知識を『知恵』に加工する必要はありますが。生産職は知名度の関係で見えにくいだけであって、オラリオには多く内在していますね。ギルドに関しては、治安の面では確かに完全とは言えませんが、オラリオの存在理由という観点から見ると、私は一定の理解を示せると思います」

『世界最速兎についてどう思いますか！』

「……まぁ頑張ってるじゃないんですかね」

『同じ屋根の下で暮らす【剣姫】様はどんな香りがしますか⁉　ハァ、ハァ……！』

「貴女には矯正が必要なので後で私の部屋に来なさい。お仕置きをします」

一部の質問に対しては雑な答えやにっこりとした笑みを返してしまったが、つつがなく質疑応答は進行した。

『未到達領域はどのような場所でしたか⁉』

「……ギルドに規制されているので、深層域の情報は話せません。ですが、私の印象を語るならば、『地獄』でした」

『『っ……！』』

「それまでの層域とは規模が異なります。尺度が異なります。脅威が違い過ぎる。あそこは別世界。一度『未開拓領域』に足を踏み入れれば、冒険者は一度『常識を破壊される』。私はそれを知りました」

そして、時間も迫り、最後の質問。

『世界の惨状に対して、今のオラリオの在り方は正しいのか。どうお考えですか？』

ルークにも叫ばれたものと同じ問い。

レフィーヤはすぐに答えず、自分を見つめる生徒達を見回す。

講堂の奥、四人で固まっている『第七小隊』にも聞かせるように、自らの考えを──喪失と後悔を味わった今だからこそ言える胸の内を、語った。

「今の世界の現状は、男神(ゼウス)と女神(ヘラ)の三大冒険者依頼(クエスト)失敗に起因するもの。その認識は間違ってはいません」

『はい。だからこそオラリオは、深い誠意と早急な対応を世界に示す義務が――』

「ですが、裏を返せば『後がなくなった』ということでもあります」

『!!』

質問者の生徒が目を見開くのを他所に、レフィーヤは言葉を続ける。

「当時の男神(ゼウス)と女神(ヘラ)の戦力は間違いなく『神時代(しんじだい)』が始まって以来、最強だと聞いています。それが、敗(やぶ)れてしまった。オラリオはおろか神々の予測も上回って。『黒竜』もまた、千年の時を経て力を蓄(たくわ)えていた」

それは、リヴェリアが口を滑らせた数少ない昔話の一つだった。

男神(ゼウス)と女神(ヘラ)、そして『黒竜』に興味を持ったレフィーヤ自身も文献(ぶんけん)を調べ、震えた。

Lv.8、そしてLv.9を擁(よう)する二大派閥の敗北。

それが意味するところは、現在のオラリオの戦力ではどう見積もっても『黒竜』に打ち勝てないという絶対的事実。

迷宮都市(オラリオ)が掲(かか)げるダンジョン攻略。

それは眷族(ファミリア)の成長を促(うなが)す施策(しさく)であり、世界が望む『英雄』を生まんとする『願い』である。

冒険者達がダンジョンを探索すること、【ロキ・ファミリア】が『遠征』に繰り出すこと、そしてレフィーヤが己を磨こうとすること。全ては繋がっている。

先程触れた『オラリオの存在理由』についてもそうだ。

娯楽好きの神々が助長している節はあるが、『戦争遊戯』が推奨されている背景には、街に被害を及ぼす『抗争』を抑止する他に、【ファミリア】同士を競わせて互いを高めていく狙いがある。少なくともレフィーヤはそう考えるようになっている。

アマゾネス同士を殺し合わせる闘国――【カーリー・ファミリア】と直面した際、レフィーヤはおぞましいと感じたが、なんてことはない。オラリオもある種の『蠱毒』なのだ。

絡み合う神々の思惑があるにせよ、全ては『約束の地』たるオラリオの『次代の英雄』を生まんがための過程と言っていい。

「だからこそ、万全を期さなければならなくなっている。失敗は……下界中の希望が潰えることと同義と言っていい。恐らく『次』が人類最後の機会だと、私はそう思っています」

講堂は静まり返っていた。

話し声一つすら漏らさず、生徒達はレフィーヤの一言一句に息を呑み、聞き入っている。

「冒険者の立場から言うと誤解を招くかもしれません。ですが、あえて言います。どうか貴方達には『部外者』ではなく『当事者』になってもらいたい」

そしてレフィーヤは、問いに対する己の答えを、提示した。

「『黒竜』はオラリオが討（う）つ。そうだとしても、世界中の人々がオラリオに全てを任せる、というのは違う。『支え合い、助け合う』。神時代（しんじだい）に入り、種族の垣根を越えつつある私達の最大の武器は、それです」

今日までの日々を思い出す。

未知（ダンジョン）に挑（いど）む【ファミリア】の結託（けったく）を。

派閥の垣根を越えて人造迷宮（クノッソス）攻略に臨んだ冒険者達の咆哮（ほうこう）を。

選ばれなかった者達でさえ牽引（けんいん）し、大きな力のうねりへと変える、『英雄の資格』を持つアイズ達（たち）第一級冒険者の背中を。

あの光景を世界規模で巻き起こすことこそが、答えの一つであると、レフィーヤは確信している。

「私も精進する身。どうか限られた者達だけではなく、全ての者が力を合わせて下界の悲願を勝ち取らんことを願います――私からは以上です。これで、講義は終わります」

レフィーヤは檀上の上で、胸に片手を置き、エルフの礼をもって締めくくった。

生徒達から返ってきたのは、万雷（ばんらい）の拍手だった。

「『教える者』として、貫禄が出てきた」

檀上を後にした、舞台袖（そで）。

席を立たない生徒達が頻りに論議を交わし、未だホール内の興奮がさめやらない中、出迎えたレオンはそう言ってくれた。

「アリサと同じで、レフィーヤにも教師として素質がある」

「そんな……買いかぶりです。私は一介の冒険者ですし」

「そうですよ、レオン先生！　私がいつも先生の側にいるからって、自分の右腕として相応しい存在だなんて、そんな告白めいたこと……！」

「アリサ、そこまでは言われてません……」

赤らんだ頬を両手で挟み「キャー！」と勝手に身悶えするアリサに呆れつつ、でも得るものは確かにあった、とレフィーヤは胸の中で思う。

『学区』への出向期間が終了すれば、また【ロキ・ファミリア】で教わる日々に舞い戻る。そこで指導する側の視点を持てたことは、相手が何を伝えたいのか、どこに辿り着いてほしいのか、それらをより早く、深く気付くことができるだろう。

更に生徒達に要点を説明することでレフィーヤも『勉強』することができた。

普段、無意識的、感覚的に行っていることを言語化する。

自分の行動を振り返り、解説する。

それはつい『本能的』に行動しがちとなる上級冒険者にとって、戦術の『復習』にも『予習』にもなる。恐らく【ロキ・ファミリア】の中ではフィンやリヴェリアが最も得意な作業だろう。これは次回以降の戦闘に反映することができるものだ。

『教わる側』のみに甘んじてはいけない。甘んじていてはもったいない。

レフィーヤはまた一つ、賢くなれた気がした。

現金なもので、最初は不満だった教導も、今では主神に向かって感謝できる。

と、そこで。

舞台袖にいるレフィーヤのもとに、大広間から女生徒達の黄色い声が聞こえてきた。

『レフィーヤ先輩、やっぱりカッコイイ！』

『ねっ、ねっ！　そうだよね！　やっぱりエルフだからかなぁ』

『綺麗で凛々しいっていうか……あの人がまだ第二級冒険者なんて信じられない！』

『憧れちゃうよね～！』

聞こえている。聞こえているぞ、後輩たち。

第二級冒険者の五感を舐めないでくれ。

つい顔を赤らめるレフィーヤを、レオンは微笑ましい笑みで、アリサは口に手を当ててくっくっくっと笑みを噛み殺しながら見守っている。

「わ、私なんか、大それた評価を受け取れるエルフじゃあないのに……」

「行き過ぎた謙虚は嫌味になるわよ、レフィーヤ。そして客観性を欠いた視点は自分も周囲も不幸にする」

ぐうの音も出ない。

レフィーヤの常識とは――讃えられる基準とはアイズ達であり、第一級冒険者だ。

しかしオラリオの外で活動していたアリサ達の基準からすれば、レフィーヤも十二分過ぎるほど突出した人物である。

どちらも間違っていないし、どちらも正しい。

『学区最強戦力』と呼ばれる教師陣――その中でも『最超』と呼ばれるレオンだけは、レフィーヤの言い分も理解した上で、言ってくれた。

「受け取っておけ、レフィーヤ。正当な評価は、君が成長する上で必要になるものだ」

「……はい、努力します」

その言い方に、レオンは苦笑を返した。

羞恥と格闘しつつ、本当に上手く回っている、とレフィーヤはふと思う。

教導も講演も。思っていた以上に。

これも自分が『変わる』と決めたからこその結果なのだろうか。レフィーヤにはわからないが、成長している自分は自覚できて、嬉しいし、光栄だった。

しかし、称えられる一方で、困ったことも発生していた。

「う～～～っ……!!」

講演が無事終了した翌日。

『第七小隊』への教導のため資料をまとめていたレフィーヤは、睨まれていた。

涙目で唸っているナノに。

「えっと……ナノ？　私、貴方に何かしてしまいましたか？」

本人はとても恨みがましい目をしているが、瞳に涙を溜めたその姿は大変可愛らしく、いいところ威嚇している小動物のようだ。頭を撫でてあげたい。

とは言っても、ちょっとつらいものはある。

あれほど先輩先輩と呼んで、ちょろちょろと後ろに付いてきて、懐いてくれていたと思っていたのに。

レフィーヤが恐る恐る尋ねると、ナノはまるで恋人を奪われた女のように声を上げた。

「レフィーヤ先輩の、泥棒猫ぉ!!」

「えええっ？」

「ルークを誘惑しちゃダメって言ったのにぃ～！」

いや『女のように』ではなく、まんま寝取られた少女だった。

全く身に覚えがないレフィーヤは変な声を出してしまう。

「ま、待ってください、ナノ。貴方、一体なにを……」

「……ですぅ」

「え？」

「ルークは、レフィーヤ先輩に一目惚れしちゃったんですぅ！」

目を瞑って叫ぶナノに、レフィーヤはとてもとても胡乱な表情をした。

「はぁ？」

理解できない表情とも言う。

誰に、誰が、一目惚れ？

レフィーヤがつい間抜けな顔を晒していると、ナノは一層いきり立った。

「とぼけたってダメですぅ！　初めてダンジョンに行ったあの日から、ルークの先輩を見る目は変わってますぅ！　レフィーヤ先輩はそれをわかった上で翻弄する小悪魔ですぅ！」

「翻弄してないですからね……。あー、でも……確かに最近、ルークの様子がおかしかったような……」

何だか余所余所しいなー、とは思っていた。

視線を感じて振り返ると、真っ赤になって慌てて目を背けたり、いつも何か言いたそうに口をもごもごとしていて、「どうかしましたか？」と笑いかけると「な、何でもない！」とそっぽを向かれた。レフィーヤは、やっぱり嫌われちゃったなぁ、と思っていたのだが。

そしてその頃から、ナノは大切な人に裏切られて亡くなった亡霊のような面持(おもも)ちでこちらを見るようになっていた気がする。

「レフィーヤ先輩はルークにベタ惚れされてますぅ！」

「そ、そんなことは……」

「あるんですぅ！　幼馴染(おさななじみ)の私にはわかります！　ルークはもう、先輩なのに年下という陳腐(ベタ)なギャップに悩殺(のうさつ)されてる哀(あわ)れな童貞(どうてい)野郎なんですぅ‼」

「さすがにそれは言い過ぎです……」

あと意外に口が悪い。

はぁはぁ、と肩で息をして興奮しっ放しのナノに、レフィーヤは頭痛を覚えてしまった。

「……たとえそれが本当だったとしても、安心してください。私が彼の想(おも)いに応えることはありません」

「それはそれで腹が立ちますぅ！　ルークはとってもカッコいいんですー‼」

「私はどうすればいいんですか……」

何を答えても大噴火(ファイアー)してしまう後輩の怒りに、げんなりしてしまう。

八方塞(ふさ)がりのレフィーヤが途方に暮れた顔をしていると、ようやく落ち着いたのか、ナノは顔を悲しみに染め、ぽつぽつと喋(しゃべ)り始めた。

「レフィーヤ先輩は十五歳なのに、Lv．4で、【ロキ・ファミリア】の団員で……ドジでちんちくりんな私じゃあ逆立ちしたって敵わないですぅ……」

「ナノ……」

「カッコよくて、綺麗で、凛々しくて……ルークが憧れるのも、しょうがないです。先輩みたいな人を『高潔なエルフ』って言うんだって、私、思っちゃいましたもん……」

その呟きに、レフィーヤは伸ばそうとしていた手を、ぴたりと止めた。

『高潔なエルフ』という単語。

それを聞いて——あぁ、そうか、と。

今まで抱いていた『疑問』と『戸惑い』が氷解し、全てが繋がる音が聞こえた。

どうして生徒達が自分を見て騒いでいるのか。『凛々しい』とか『綺麗』とか『カッコイイ』とか、少し前のレフィーヤ・ウィリディスには似つかわしくない評価を頂戴しているのか、はっきりと理解する。

今の私を通じてナノ達が見ているのは——フィルヴィスだ。

彼女の戦い方を学び、彼女を忘れまいとするレフィーヤは、『高潔なエルフ』であった彼女の面影を引きずっている。アリサに『大人びた』と言われたのも、きっとフィルヴィスの幻影を追いかけていたからだろう。

だって、そうじゃなかったら、レフィーヤが『高潔なエルフ』なんて言われる筈がない。

（噴飯もの、ですね……）

私（レフィーヤ）がアイズに憧れたように。

私（レフィーヤ）がフィルヴィスに憧れたように。

誰かがレフィーヤ・ウィリディスに憧れるなんて、考えてもみなかった。

大切な人を喪（うしな）って、誰かに憧憬を抱かれるようになったというのなら——こんな皮肉なことはない。

「……大丈夫ですよ、ナノ。そんな憧れ、一時的に過ぎません。ただの気の迷いです」

だからレフィーヤは、自嘲（じちょう）の笑みを浮かべながら、そう言った。

「ふぇ？」

「私がどれくらい情けなくて……格好悪いエルフか知れば、彼も幻滅（げんめつ）して目を覚まします」

惨（みじ）め、という言葉を言おうとして、やめた。

鬱陶（うっとう）しいくらい自己嫌悪が過ぎるから。

視線をずらし、窓の外を見る。今日も晴れ渡る蒼穹（そうきゅう）を、魂（たましい）が還（かえ）るところの天上を。

『高潔なエルフ』と呼んでもらうには、まだ足りない。何もかも足りない。

『高潔な妖精（フィルヴィス）』には、一向に届かない。

彼女はもっと強くて、美しく、そして悲しい人だった。

そんな人を、レフィーヤは愛した。

「——っ」

その時、目の前にあるエルフの瞳を見て、ナノは言葉を失った。

体を揺(ゆ)らし、青ざめた。

レフィーヤが、それに気付くことはなかった。

「レフィーヤ、大丈夫かなぁ～」

ティオナは呟(つぶや)いた。

【ロキ・ファミリア】本拠(ホーム)『黄昏の館』。

レフィーヤが『学区』に出向して十日が経(た)とうとする頃、応接間のソファーにだらしなくもたれながら、都市の南西、レフィーヤがいるであろう港街(メレン)の方角を眺(なが)める。

「私達と違ってレフィーヤは学があるんだし、上手くやってるわよ。それに、古巣なんでしょう？　勝手だってわかってるわ」

「うん……レフィーヤは、誰とでも仲良くなれるし……」

同じくソファーに腰かけているティオネとアイズが答える。

が、ティオナは顔を曇(くも)らせたまま言葉を続けた。

「そっちはあんまり心配してないけど……このまま帰ってこなくなっちゃったりとか、さぁ」

「ありえないわよっ！　……ありえないわよね？」

「でも、レフィーヤ……ベートさんのところにも行っちゃったし……」

「「うっ」」

しゅんとするアイズの言葉に、ティオナとティオネが落ち込む。

ここ最近、レフィーヤを欠いた三人娘はこんな調子だった。

ぶっちゃけ、やることがないのだ。

勿論アイズはアイズで自己鍛練(じこたんれん)をしているし、ティオネは団長(フィン)の手伝いに勤(いそ)しみ、ティオナは団員達(ナルヴィ)とともにダンジョンにもぐっている。だが、何ていうか、こう、すっかり平和になってしまった反動か、こうしてぐたーとする時間が増えた。

人造迷宮(クノッソス)攻略戦が終わるまでずっと戦い漬けだったので、これもまた『冒険者達の休息』であるのだが……動かずにぐたーとする分だけ、ついレフィーヤのことを考えてしまう。

そして過剰な不安に襲われるという負の連鎖(スパイラル)に陥(おちい)っていた。

（いつも、いることが当たり前になってたんだ……）

だから寂(さび)しいんだ、と。

今はぽっかり空席になっているソファーの上を見て、アイズはぼんやりと思った。

「安心せぇ、ティオナ。もし校長(バルドル)のアホがレフィーヤを囲おうとしたら……即刻うちが大号令かけて『学区』ブチ壊(こわ)したる」

「飛躍し過ぎよ……『学区』まで壊す必要ないでしょう」

「しかもそれブチ壊すの、あたし達じゃーん」

応接間にいる最後の四人目。

朝っぱらから酒を飲んでるロキに、ティオネ達が半眼を向ける。

「ねぇ、なんでロキはレフィーヤを行かせちゃったの？　いめーじちぇんじしたレフィーヤが心配だってこと、何となくわかるけどさー。あたし達が側にいてあげたら、ダメだったの？」

「おうおう、ホンマ前触れなく核心突っ込んでくるなぁ、ティオナは。さすがうちが認めた天真爛漫キャラや！　無邪気アマゾネスってジャンルやっぱええなー！」

「誤魔化さないでよー」とティオナが唇を尖らせると。

ロキは残りの酒をぐいっとあおった後、少し間を挟み、口を開いた。

「んー……『教わる者』っちゅうのは、極論、間違ってても許されるんや」

「？」

「『教える者』がそれを叱ってくれるし、何だったら正してくれる。甘えが許される、っちゅうのは言い過ぎかもしれんが……とにかく、やる気があるんやったら、ひたすら前に突き進める。間違ったままで、前につんのめることが許される」

「……レフィーヤのこと？」

首を傾げるティオナ、問いただすティオネには答えず、ロキは話を続ける。

「ただ『教える立場』に回ると、そうは言ってられん。今度は自分が導かないとあかん『教わる者(モン)』が、そのまま『鏡』になる」

「『鏡』……？」

アイズが目を向けると、ロキは空になったグラスに反射する自分の顔を、じっと見つめていた。

「『鏡』の前に立った時、誰に何と言われようと解(ほど)けんかった硬いもんに、ふと気付けることがある……うちはそんなところ、期待しとる」

「どういうことよ？『教わる立場』のままじゃあ、何も気付けないってこと？」

「そこまでは言わん。けど『鏡』になっとる時は、鏡自身のことはどこにも映らんやろう？」

「ロキの言ってること、わかんないよぉ～」

ティオネとティオナの反応に、ロキは明確なことは何も言わず、笑うばかりだった。

そこでふと、彼女は標的(ひょうてき)を変える。

「アイズたんはレフィーヤのこと、どう思う？　危なっかしさ代表の大先輩として～」

ニヤニヤと笑いながら、アイズの隣(となり)にどっかりと腰を飛込(ダイブ)させる。

そのまま「うりうり～」と人指し指で、すべすべの頬をグリグリしてきた。アイズはやめさせようとするが、

「ま、確かにアイズに比べれば今のレフィーヤも可愛いもんよね」

「うん、アイズが一番危ないもんね！」

ロキと反対側に座るティオネがやはり頬をグリグリと突いて、ソファーの背後に回ったティオナが金の長髪を手に取ってだばーと左右に広げる。三方に囲まれ、反論することもできず、されるがままの人形になり果てた。

左右からも後ろからも、うにょんうにょんされるアイズは小動物（ハムスター）のように困り果てながら、ロキ達の言ってることは合ってる、と感じた。

今のレフィーヤは、アイズよりは危うくはない。

自他ともに含め、アイズ達はそう思っている。

だが、

「今のレフィーヤは、危なくはないけど……怖い、かな」

アイズは自分の手を見下ろしながら、そう呟いた。

「怖い？　どういうこと、アイズ？」

「レフィーヤが……レフィーヤじゃなくなっちゃいそうで」

「レフィーヤじゃなくなる？」

「うん……私には、『目標』がある。でもレフィーヤには、それがない」

ティオネとティオナが疑問を口にし、ロキが黙（だま）って見つめてくる。

幼い頃の自分と面影（おもかげ）が重なる今のレフィーヤだからこそ、アイズにはわかることがあった。

それはアイズ自身上手く説明できない直感的なものだったが、けれど間違っていないと確信できた。

そして過去の自分は愚か、現在のアイズとも決定的に異なるからこそ、『怖い』という言葉を用いた。

「レフィーヤは『目標』がないから、きっと、ずっと満足できない。私達がもう大丈夫だよ、って言っても………多分、レフィーヤはやめられない」

恐らく今の少女を止めることができるのは『ただ一人の人物』で、そして『彼女』はもう、どこにもいない。アイズには結論が出ていた。

しかしそれを上手く伝える術がない。思ったことを言葉に落とし込めない。つくづく話すことが苦手な自分に失望しながら、アイズは目を伏せた。

「ごめん……うまく、言えないや……」

「ええで、アイズたん。何となくわかるし、アイズたんがちゃんと他者のことを考えてあげてるっちゅうことが大事や」

ロキはそれまでのふざけた態度を消し、頭をポンポンと手の平で叩く。

「ま、あの腐れ学区に送り出した一番の理由は『原点回帰』や。……『母校』っちゅうもんは案外、色々気付かせてくれるらしいからなぁ」

「原点回帰……？」

「そや。で、レフィーヤが自分のことを思い出してくれたらいい。うちはそう思っとる」

そしてアイズ達の視線を浴びながら、ソファーに寄りかかり、天井を仰(あお)いだ。

「任せっきりやけど……さて、どうなっとるかな」

◆

「くしゅんっ！」

レフィーヤは、口を押さえてくしゃみをした。

「まぁ、レフィーヤ先輩、風邪(かぜ)ですか？　風邪ですわね！」

「いえ、そんな筈は……」

「レフィーヤ先輩、今のくしゃみ可愛かったですぅ！　きっと誰かがレフィーヤ先輩の可愛らしいところ見たいって噂(うわさ)してるせいですね！」

「からかわないでください、ナノ」

ミリーリアとナノのきゃいきゃいとした声に、レフィーヤは頬の紅潮(こうちょう)を誤魔化すため目を瞑(つむ)り、必死に澄(す)まし顔(がお)を作ろうとした。

場所は港街(メレン)西側、巨大造船所の前。

『学区』は現在、陸(おか)に上がっていた。

浮遊装置の出力を最大にすれば海面から陸地に上がることも可能な超巨大船(フリングホルニ)は――『学区』は浮遊装置の長時間にわたる酷使回避及び自然保全の観点から海路のみを採用している――大点検大修理(オーバーホール)真っ最中である。

普段は都市の『工業区』で働いているオラリオの技師が、総動員で船体底部の装置や装甲を交換しては修理している。もう冬の入口だというのに造船所内に立ち込める熱気は技師達を汗だくにし、ドワーフを始めとした屈強な男達が脚衣(ズボン)と下着(タンクトップ)一枚で歩き回る光景はまさに工業都市にでも迷い込んだような錯覚をもたらす。トントントン、ドンドンドン、という鍛冶場(かじば)とも異なるハンマーの旋律(リズム)に、レフィーヤは情緒的(じょうちょてき)なものを感じてしまう。

「話を戻しますよ。今日はダンジョン中層域で『小遠征』をします。そして18階層、安全階層(セーフティポイント)へ向かう予定です」

大点検大修理(オーバーホール)中は制御層(コントロール・レイヤー)、居住層(ライブ・レイヤー)、学園層(アカデミック・レイヤー)の三段階で整備を受ける。

今は制御層(コントロール・レイヤー)の大改修中。

主な住人である船員や魔術師(メイジ)が追い出され、各々居住層(ライブ・レイヤー)や港街(メレン)で宿を取っている中、学園層(アカデミック・レイヤー)から下りてきたレフィーヤは『第七小隊』の面々とともにオラリオへ出発しようとしていた。

「迷宮の楽園『アンダーリゾート』……！　うわ～、楽しみですぅ！」

「ダンジョンなのに『朝』と『夜』が存在する幻想の階層……僕、一度でいいから行ってみたかったんだ！」

「『学区』在籍中に18階層に辿り着けたのはごく僅かと聞きますわ！」

「そのごく僅かも、違反した上に死にかけた連中ばかりらしいけどな」

ナノ、コール、ミリーリアがはしゃぐ。ルークも普段の冷静沈着を装っているが、楽しみにしているのが透けて見えた。

『学区』が生徒達に進出許可を出しているのは最高でも『岩窟の迷宮』。それも15階層まで。

二人のLv．3を擁する『第七小隊』は中層域を優に突破できる戦力は有しているが、しかしやはり『冒険者』と『学生』は違う。冒険者達が『上層』から積んできた迷宮に対する『経験値』が不足しているのだ。証拠に、例年『特別実習』に臨む生徒の中で大怪我を負って帰ってくる者が後を絶たない。時には、死者が出る時もある。

能力で補うとしても、15階層という『学区』側の判断は正しいとレフィーヤは思っている。

そういうレフィーヤも、学生時代はしっかり死にかけた身だ。

「楽しみにするのは結構ですが、これは決して遠足ではありません」

レフィーヤは教導者の顔となって、生徒達の空気を引き締める。

「この一週間で貴方達は文句がないほど成長し、ダンジョンに適合しました。『中層』のモンスターには後れを取らないと私が保証します。ですが――」

「『油断は禁物』」

「「ダンジョンは何が起きるかわからない」」

「その通り。問題ないですね。では、行きましょう」

ルークとコールが、ナノとミリーリアが言葉を揃える光景に、レフィーヤは満足そうに頷（うなず）いた。派閥体験（インターン）に向かう者、『第七小隊』と同じくダンジョンに挑む者、それぞれの目的をもって都市（オラリオ）へ向かう周囲の生徒達ともに、造船所前から出発した。

もうそろそろオラリオと港街（メレン）を往復するのも飽（あ）きた、という生徒達も、一度都市の門をくぐってしまえば最初の日のように興奮の面持ちで辺りを見回す。『学区』が滞在する期間、オラリオは『学区特需（とくじゅ）』を狙（ねら）う商人や【ファミリア】によって、普段よりずっと盛況となるためだ。

特製のヌガーや蜂蜜（はちみつ）を並べるお洒落（しゃれ）なお菓子の店。

珍しい書物を置いた喫茶店。

とにかく学生が好みそうな借受店舗（テナント）がずらりと並ぶようになる。

道をちょっと曲がるだけでも瀟洒（しょうしゃ）な裏通りが姿を現し、「ここは本当にオラリオかな？」とレフィーヤも苦笑してしまうほどだった。ナノやミリーリアなどは休息の日、他の女生徒とともにお勧め場所（スポット）の発見、もとい開拓を進めているらしい。

南西の『交易所』周辺が特に盛り上がっているのを脇に、レフィーヤ達は都市北西、『ギルド本部』へ向かう。迷宮探索の手続と、念のため『中層』で何らかの異常事態（イレギュラー）が起こっていないか情報を確認するためだ。

「――ひっ⁉」

「ん？」

ギルド本部の前庭を進んでいた時だった。

レフィーヤとすれ違った少年が短い悲鳴を上げる。

少年はルーク達と同じ『学区』の生徒で、使い込まれていない学園支給の戦闘服（バトル・ユニフォーム）を身に纏（まと）っている。種族は兎人（ヒュームバニー）。腰にはモコモコの丸い尻尾、髪は茶色で長い耳が生えている。瞳は前髪に隠れがちだった。

何故か怯（おび）えられてしまったが、初対面の筈である。

そう、初対面の筈なのだが……んー？

（どこかで見たことがあるような……）

とレフィーヤが瞳を細めて見つめていると、固まっていた彼は慌てて目を背けた。

「ラピ君、何してるの？　早く行こう？」

「う、うんっ！　ごめん、ニイナ！」

ハーフエルフの女生徒に呼ばれ、少年は慌てて『小隊』と思（おぼ）しき生徒達のもとへ向かった。

「今のは……」

「ああ、『落ちこぼれ小隊』ですわ」

「落ちこぼれ？」

「【バルトル・クラス】の『第三小隊』なんですけど、僕達『第七小隊』とは真逆で……その、歴代最底辺の小隊(ワースト・パーティ)って呼ばれてます」

「小隊長のニイナ、とっても頑張ってるのに可哀想(かわいそう)なんです。私より頭が良くて、いい子なのに……しかもまだ十三歳なんですぅ！」

「落ちこぼれの集まりっていうより、全員尖(とが)ってるあまり、全く連携が取れてない印象だったな。模擬戦をやった限りでは。確か……中途入学して余った新入りが入って、今は五人一組(ファイブマンセル)を組んでるって話だ」

レフィーヤが首を傾げると、ミリーリア、コール、ナノ、ルークの順で説明してくれる。

レフィーヤが在学中には『歴代最底辺の小隊(ワースト・パーティ)』などと呼ばれる不名誉な小隊は存在しなかったが、中々の問題児の集まりなのだろうか。

少なくとも、あの兎人(ヒュームバニー)の少年に限って言えばかなり『できる』ような印象を受けたが……

私(レフィーヤ)の勘違い？

まぁ、レフィーヤがアリサ達とともに所属していた過去の『第七小隊』も、エリートであると同時に問題児集団(トラブルメーカー)でもあった。

天才と馬鹿はなんちゃら、というものかもしれない。

「あの小隊に『中層』入り、先を越されてしまいそうですね……」

背中が見えなくなるまで『第三小隊』を眺めた後、レフィーヤ達は『ギルド本部』へ入った。

◆

手続きを済ませたレフィーヤ達は北西のメインストリート――『冒険者通り』で『小遠征』のための道具を揃えた後、ダンジョンへもぐった。

勿論、苦戦することなく『上層』を踏破し、『中層』へと突入する。

「【唸る閃流、祝福の咎鳴。光輝をもって高貴を砕く。故に喰らえ、雷の大顎】――ルーク、下がって！」

「ああ！」

厳かに、丁寧に、正しく紡がれる魔の単語が、『魔力』の氾濫を生む。

鮮やかな赤紫の魔法円が少女の足もとで花開き、激しい放電現象を引き起こす中、ルークの射線退避とともにナノは聖　銅　製の魔杖を突き出した。

「【ザルガ・アマルダ】！」

『オオオオオオオオオオオオオオオオオオオオオオオオオオッ⁉』

閃雷の直射砲。

都合十にも及ぶ雷条が束ね、重なり、純粋な砲撃となってダンジョンごとモンスターを焼き払う。交戦していた三頭の『ライガーファング』は、跡形もなく吹き飛ばされた。

「ナノッ、もう少し加減をなさい！　『ドロップアイテム』はおろか『魔石』も収拾できないじゃありませんの！」

「はっ⁉　ごめぇん、ミーちゃ～んっ！」

「――待って。横穴っ、新手が来る！」

「ナノ、ミリー！　陣形変えろ！　急げ！」

ミリーリアとナノが言い合いをしたかと思えば、戦闘終了後も周囲を警戒していた斥候の狼人が耳を立ち上げて瞬時に索敵し、ルークがミリーリア達の補助をしようと身を翻す。

ダンジョンがたたみかける『連戦』にもうろたえず、『第七小隊』は冷静にモンスター達を捌いていった。

「初戦、あれだけ苦戦した『ライガーファング』もあっけなく一蹴。苦手意識を持つどころか、習性を利用した応用までこなして……う～ん、やっぱり可愛げがないくらい、優秀ですね」

パーティからは離れた位置で、レフィーヤは呟いた。横から襲いかかってくる兎型のモンスター、『アルミラージ』を片手間で切り裂きながら。

特別実習が始まってもう一週間。ここまでくると、レフィーヤは生徒達のみに戦闘を任せるようになっていた。緊急時には手を貸すつもりでいるが、今のところそのような機会は巡ってきていない。

（四人とも、ちゃんと成長してる……）

仲間の顔色を窺いがちだった弱気な後衛は砲撃合図以外にも積極的に指示を出し、小隊の制御をしている。そもそも戦場で最も広い視野を確保しているのは当然、後衛だ。ナノが積極性を覚えた今、『第七小隊』は更に強くなるだろう。

ルーク達も彼女を信頼し、背中を預けることで思いきった行動を取っていた。ルークが自ら中衛に下がり、前衛をミリーリアとコールに切替した時は驚いた。どうやらレフィーヤがいない間に訓練し、配置を満遍なくこなせるようにしていたらしい。

こちらをちらりと振り返ったミリーリアの自慢顔さえなければ完璧だった、とレフィーヤは苦笑する。

「うん、改善されていますね」

失敗を糧にし、試行錯誤を重ね、発展させている。

一石二鳥に身に付くものではない。与えた課題に真摯に向き合い、今日まで妥協しなかった結果だ。やはりルーク達は勤勉で、優秀である。

後は十分な経験さえ積めば、彼等は冒険者としてもめきめきと頭角を現していくだろう。

レフィーヤは『第七小隊』の成長を純粋に喜んだ。

それこそ我がことのように。

これが『教える者』の醍醐味なのだろうと理解もしながら。

しかし。

（でも……今日のダンジョン、『嫌な感じ』がする……）

喜ぶ一方で、レフィーヤはチリチリと首筋が焦げる感覚を覚えていた。

何か『違和感』がある。

そしてその『違和感』は積み重なって、頭の奥でうっすらと『警鐘』を鳴らしている。

（周囲に異変はない……危険なモンスターの気配があるわけでもない……じゃあ、私が感じている『違和感』はなに？）

様子を見るべきか。

確信を得るまで辺りを探索すべきか。

それとも大事を取って退くべきか。

現在地は15階層の正規ルート。『第七小隊』と自分ならばこの階層の『異常事態』にも十分対応できる。

その前提の上で、レフィーヤが一人で考え込んでいると——

『キキャアアアアアアアアアアアアア！』

「ひやぁああああああああああああああ⁉」

岩が崩れ、ダンジョンから産まれ落ちる音とともに、ナノの悲鳴が響き渡った。

後衛として孤立していた彼女の頭上を、何十匹もの蝙蝠のモンスターが脅かす。

「ただの『バッドバット』ですわ！　もう、驚かさないでくださいまし」

「ご、ごめん、ミーちゃん。うう、私今日、謝ってばっか……」

ちょうどモンスターを倒し終えたミリーリアが、難なく矢でまとめて串刺しにする。ルークも壁を蹴って跳躍し、旋風のごとく群れを八つ裂きにした。

やはり如才なくモンスターを蹴散らす中──レフィーヤだけは顔色を変えた。

エルフの尖った耳を揺らし、はっと辺りを見回す。

『キィァァァァァァ──────‼』

『キキィィィィィィィィィィィ！』

『イアアアアアアアアアアアアア！』

突如として響き渡るのは、幾重にも重なったモンスターの啼き声だった。

「な、なんですの⁉」

「辺りから『バッドバット』の怪音波が……！」

「まさか、大量発生か⁉」

現在地から遠く離れた地帯、しかしあらゆる方角、あらゆる場所から轟く岩盤が爆ぜるような音、その後に続く甲高い叫喚に、生徒達も身構えた。

『バッドバット』は直接の戦闘能力はほぼ皆無なものの、『怪音波』で冒険者の動きを阻害してくる蝙蝠型のモンスター。その何十匹、いや何百匹にも及ぶだろう怪音波の連なりに、聴覚に優れる獣人のコールは思わず耳を塞ぐほどだった。

――ルークが言った通り『バッドバット』の大量発生。

間違いない。

レフィーヤの『違和感』はこれだった。

特定のモンスターの無遭遇。

『岩窟の迷宮』の暗がりに必ずと言っていいほどひそんでいる『バッドバット』の姿を、一度も目にしなかったこと。

よっぽどの『異常事態』を除き、ダンジョンの各層域ではモンスターの『絶対数』は固定されている。恐らくはダンジョンがまとめて産み落とすために姿が見えなかった『バッドバット』はたった今、15階層全域で一斉に夥しい産声を上げたのだ。

『壁』ではなく、『天井』の中から、岩盤を突き破って。

(――不味い!!)

レフィーヤが『明確な危機』を察知した時には、既に手遅れだった。

ナノの頭上、バッドバットが生まれた天井が、均衡を失ったように崩落した。

「なっっ!?」

「きゃあああああああああああああああ!?」

モンスターの産出によって穴だらけになった天井が呻き、一気に抜け落ちる。

岩の凶悪な雪崩（シャワー）が降りそそぐ中、昇華（ランクアップ）を果たしている眷族（けんぞく）達は凄（すさ）まじい反射速度で地を蹴った。驚愕を漏らし、悲鳴を上げ、自身の回避行動に精一杯となる。『バッドバット』大量発生による副次的産物は、まるで建物の倒壊（とうかい）のごとき轟音（ごうおん）を連鎖させながら、階層中を衝撃と震動で包み込んだ。

そして。

「ナノ⁉」

「ぁ──」

片やナノとミリーリアとコール。

片やルーク。

三人と一人を隔（へだ）てるように、彼等の間に巨大な岩盤が落下した。

咄嗟（とっさ）に手を伸ばすルークの先で、唖然（あぜん）とするナノ達の姿が、岩盤によって遮断（しゃだん）される。

「ルーク、だめっ！」

レフィーヤは、仲間を追おうとする少年の胴体に片腕を回し、跳（と）んだ。

そして彼女の直感を肯定するように、地面までもが崩れていく。

レフィーヤは横穴へと飛び込み、凄まじい崩落範囲から緊急脱出を図った。

「ナノぉおおおおおおおおおおおおおおおおおおおおおおおおおおおお！」

少女を呼ぶ少年の声は、岩の轟音にかき消された。

「ロキーッ！　大変っ‼」

朝から引き続き、アイズ達が応接間で身を休めていると。

慌ただしい足音を響かせ、エルフィが駆け込んできた。

「ダンジョンの『中層』で大規模な崩落だって！　『ギルド』が大騒ぎになってる！」

「！」

その報告に、アイズ達は目を見張った。

聞けば15階層を中心に『岩窟の迷宮』が崩れており、進行ルートが全て塞がれてしまっているらしい。

複数の階層にわたって落盤し、現状14階層からは一切先へ進めないとのことだ。

「『学区』の生徒達は？」

真っ先に、アイズはそれを尋ねていた。

未熟な学生達の生死、ひいては一人の後輩の安否を。

「『学区』の生徒は、ダンジョンへ行く前に、ギルドに手続きをしているから、数はわかってて……そのほとんどが地上に帰還できてるらしくて………でも、『小隊』が二つ、帰ってきてないらしくて……」

途切れ途切れに言葉を発するエルフィは、顔を青白く染めながら、言った。

「そのうちの一つが、レフィーヤの『第七小隊』らしいです……」

その言葉を聞くが早いか、アイズ達は立ち上がっていた。

「行こう！　レフィーヤを助けに！」

「ええ、岩なんて無理矢理掘り進んでやるわ」

ティオナとティオネが仲間の危機に猛り、アイズもそれに続こうとする。

だが、一人ソファーに腰かけたままのロキが、眷族の背中を制止した。

「自分ら、落ち着きぃ。岩盤に押し潰されとらん限り、レフィーヤなら余裕や。今のあの子はLv．4のスーパーレフィーヤやで？」

「でもロキ、もしものことがあったら──！」

「それに、うちの『恩恵』の数は減っとらん。少なくとも、まだレフィーヤはくたばっとらんっちゅうことや」

ロキのその言葉を聞いて、ティオナ達は熱くなりかけていた頭をすぐに冷やした。

「崩落した岩を無理に壊して進んでも、二次災害を引き起こすだけや。専用の装備、あとは魔導士達の協力が要る。もう動いとる筈のガネーシャ辺りと連携するんや。ティオネ、自分が指揮を執れ」

「わかったわ！」

「フィン達にはうちが伝えとく。アイズもティオナも行きぃ。館にいる団員は全員連れてってええ」

「うん！」

「わ、私も行ってくる！」

ティオネ、ティオナとアイズ、そしてエルフィが駆け出していく。

指示を出し、あっという間に一人になったロキは、広い応接間に盛大な溜息の音を響かせる。

「あの子の大切な時期やっちゅうのに……ほんま空気を読まんなぁ」

立ち上がり、窓辺に歩み寄る。

今や大きな喧騒に包まれている中央広場の方角を見ながら、神はぼやいた。

「都市がいくら平和になっても、ダンジョンはダンジョンやなぁ」


「ルーク、無事ですか？」

それまで続いていた地鳴りのような鳴動が、ようやく収まりつつある中。

レフィーヤは側で膝をついている少年に声をかける。

場所は15階層の横道。正規ルートから大きく外れた、狭く細い洞窟の一つだった。

相当に、かなり逃げた。広範囲に及ぶ天井の崩壊は殺人的で、さしもの第二級冒険者も逃走以外の手段を取ることができないほどだった。

今も辺りに土煙が立ち込めており、つい顔をしかめてしまう。

「ナノ……コール、ミリー……くそっ!!」

地面についていた少年の手が拳を作り、勢いよく振り下ろされる。

ルークは荒い息を野放しにし、無力感に打ちひしがれ、行き場のない怒りによって震えていた。それを側で見守るレフィーヤもまた、生まれてこのかた一度もしたことがない舌打ちを、思わずつきそうになった。

フィンやリヴェリア、ガレスならば『バッドバット』の異変に気付き、すぐさま撤退を指示しただろう。生徒という庇護対象を抱えながら『違和感』の原因を探るなど、そんな間の抜けた選択で迷わなかった筈だ。

Lv.4になった程度で、何でもできるなどと勘違いしていたのか。

自分はやはりまだまだだ。

ナノ達を危険な目に晒してしまったレフィーヤは、胸の内で己のことを罵った。

「……ルーク、息を吸ってください。そしてゆっくり吐いて。呼吸が落ち着いたら、私の質問に答えてください」

無様な自分に対する感情をおくびにも出さないレフィーヤは、瞬時に切り替えた。

その声を聞いて少しは理性が働いたのか、ルークは言う通り深呼吸をして、立ち上がる。

「『第七小隊』が崩落を経験したのは、これが初めてですか？　『学区』の野外調査(フィールドワーク)中に似たような事故に遭遇(そうぐう)したことは？」

「……ある。大陸南西(テレサス)の遺跡で一度、死にかけた。遺跡全体が崩れて……あの時は救援を待って、何とか切り抜けた……」

「それなら、ナノ達も最悪(パニック)には陥(おちい)っていないでしょう。ダンジョンの中とはいえ、一度でも経験を積んでいるなら基礎的な対処法もわかっている筈」

その差は大きい。

決して自分を見失わないということは、ダンジョンにおいて飛躍的に生存確率をはね上げる。

「問題は、ナノ達が高い確率で下部階層に落ちているということ。崩落に遭ったあの地帯(エリア)で、足場が抜けました。岩盤の奥に消えたナノ達は、恐らく巻き込まれている……」

ルークを引っ張って逃げる寸前、床が崩れたのをレフィーヤは確かに認めた。

第二級冒険者(レフィーヤ)も隊長(ルーク)も欠いた『第七小隊』では、落下を避けられないのは必至だろう。

「……なんでだ」

そこで。

冷静に分析するレフィーヤの横顔に、ルークは声を震わせ、眦(まなじり)を裂(さ)いた。

「何でっ、あんたはそんなに平然としているんだ⁉　ナノ達が無事なのかもわからないっていうのに‼」

それはもっともな疑問である。

長年連れ立った仲間と引き離されたルークの心中が、穏やかでいられる筈がない。冷静さを保つことも難しいだろう。自分が彼と同じ立場であったなら――エルフィ達と離れ離れになったのなら、レフィーヤも少なからず動揺する。

だから、レフィーヤは彼を刺激しないように、かつ毅然とした態度で、指を立てた。

「私が平然としている理由は二つあります。第一に、取り乱しても何も状況は変わらないこと。騒いでいても体力の無駄です。精神を疲弊させてもしょうがない」

「っ……！」

「付け加えると、ナノ達が生存している以外の前提で、私達は動けません。死んでいるかもしれない、けれど逆にまだ生きているかもしれない。この可能性が同居している中、三人を見捨てて地上へ帰還する選択肢を取れますか？」

できる筈がない。

こちらを見返すルークの双眸が、眉間に皺を溜めながら、言外に返答していた。

彼の情動が治まりつつあるのを見計らい、レフィーヤは二本目の指を立てる。

「第二に、先達が取り乱せば後進も取り乱す」

「!!」

「だから私は虚勢だろうと、貴方達『生徒』の前では澄まし顔を浮かべます」

実際、今のレフィーヤは動じていないが、たとえ更に理不尽な状況に追い込まれたとしても、冷静さを保っていただろう。

リヴェリアやアイズ達が、そうだった。

ダンジョンの異常事態に見舞われる度に慌てて、怯えるばかりだった自分の前で余裕を決して失わなかった。決してレフィーヤを不安にさせる言動はしなかった（脅かしの冗談は口にしていたが）。

冷静さを示すこと。

絶えず喋ること。

冗談、軽口、何でも構わない。

こうして泰然とし、言葉を交わすことは、非常時に大切なことだ。些末に過ぎずとも安心を分かち合うことができる。

以前まではレフィーヤは助けられてきた。

今度は、レフィーヤが違う誰かを助ける番だ。

「……すまない、先輩。また熱くなっていた」

「いいえ、状況が状況です。仕方ありません」

数秒見つめ合った後、ルークは完全にかっかしていた頭を冷まし、詫びてきた。

最初のダンジョンで食ってかかった時、注意されたにもかかわらず取り乱していた自分を恥じる彼に、レフィーヤは冒険者としてではなく、レフィーヤ個人としての言葉を贈った。

「ルーク。貴方の熱くなりがちな言動は、冒険者になる上では悪癖かもしれませんが……私は貴方のその仲間想いのところ、嫌いじゃありません」

レフィーヤは微笑んだ。

好ましいと、素直な思いを込めながら。

そして微笑まれたルークは、薄暗い岩窟の中でもわかる程度には顔を赤くした。

腰の小鞄から地図を取り出し、視線を落とすレフィーヤが気付くことはなかったが。

(脱出のため、正規ルートからはかなり遠ざかった。幸い現在地はわかっている……けど、次層への連絡路からは遠い)

逃走経路を全て記憶しておいたレフィーヤは、つつつ、と地図上の現在地から正規ルートの道筋をなぞる。

(脱出ルート、という意味では人造迷宮がありますが……私達は使えませんね。機密であることはもとより、私とルークが脱出できてもナノ達を助けられないなら意味がない)

名工の遺産は各層域と繋がっているが、『鍵』を持っていない今は有効活用できる目処がない。何より『扉』のある地帯からは遠く離れている。精々、人造迷宮の存在を知る勢力が救助隊として利用できる程度だろう。

「……まずは、ナノ達との合流を最優先にします」

思考を働かせるレフィーヤは方針を打ち出す。

幸い、階層内でキャンプする予定の『小遠征』だったので、食料や水、道具（アイテム）は通常より多く用意しておいた。半分はレフィーヤが、もう半分はサポーターを兼任している魔導士のナノが所持している。二人が各パーティに別れたのは不幸中の幸いだった。

生存しているナノ達が孤立したまま活動できる時間は、ざっと計算して約半日。

一箇所にとどまって消耗を抑（おさ）えるなら話は別だが、モンスターが絶えず強（し）いる『連戦』の中では、補給の時機（タイミング）を考えてもその辺りが限度だろう。

その半日を刻限（タイムリミット）にして、三人の少年少女を広大な中層域から見つけ出さなくてはならない。

「先輩……俺達の他に崩落に巻き込まれた小隊や、冒険者達は……」

「捨て置きます。他の小隊が取り残されていたとしても、残念ながら面倒はみきれません。同業者なら尚更（なおさら）。分断された仲間を発見することがそもそも困難を極めます。いるかもわからない不特定多数を助けられるほどの余裕は、私達にはありません」

時間はない。選択肢を違える余裕も、迷っている暇（ひま）もない。

そうはっきり告げるレフィーヤに、ルークは口を引き結んだ。

自分達のパーティのことは自己責任。冷たくも聞こえるが、決して間違っていない冒険者の判断を、心優しい少年は受け入れた。

彼もまた仲間を助けたいというエゴを優先させる。

それに——口では言うが、レフィーヤは苦しんでいる者を見つけた場合、即刻助けるに違いない。

これはルークの迷いを打ち消すための『非情』であり、『嘘』だ。

「ルーク。私は、はぐれたナノ達ならきっと『こうするだろう』とわかったつもりでいますが、意見を聞きたいです。私より、ナノ達と遥かに長い時を過ごした貴方の見解を」

そのように前置きをして、レフィーヤは尋ねた。

「『救助』を待つか、それとも自分達で『道を切り開くか』。この状況下で、ナノ達はどんな選択をすると思いますか？」

その問いに。

ルークは一度目を瞑った後、すぐに瞼を開いた。

「あんたと……先輩と会う前だったら、俺達はきっと救助隊を待ってた」

過去の自分達を思い出す少年は、しかし次には大声で叫んだ。

「でも、あんたに沢山のことを教わった今は！　きっと下の階層へ、へ、へ、行く！　運や偶然に命を預けたりなんかしない！　自分達の手で、道を切り開きにいく!!」

危険を冒してでも『冒険』する。

『冒険者』になる。

その答えに、レフィーヤは笑った。

「良かった、私も同じ考えです。ならナノ達は18階層を目指す、そう想定した上で私達も動きます」

「ああ！」

誰かが負傷して身動きができない可能性もあるが、ミリーリアは『回復魔法』を使える。

よっぽどの怪我でなければ移動できる筈だ。

彼女達が『冒険者』になることを信じ、進むしかない。

「行きましょう」

階層中の崩落発生から、僅か五分。

レフィーヤ達は行動を開始した。


「ミーちゃんっ、平気……？」

「この程度の怪我、掠り傷ですわ。それより、わたくしを庇ったコールが……」

「僕も、大丈夫…………止血できる。だからナノ、泣いちゃダメだ。水分の一滴も無駄にしちゃいけない」

『神の恩恵(ファルナ)』を分け与えられた眷族でもなければ、碌(ろく)に視界も利かない薄暗い空間の中。

ナノ、ミリーリア、コールは膝をつき、固まっていた。

崩落に巻き込まれ、少女達を庇った狼人(ウェアウルフ)の少年は、頭部及び右眼周囲に裂傷(れっしょう)を負っていた。

衣服を破り、大きな眼帯のように巻かれた布はすぐに真っ赤に染まったほど。塞がれた右眼は地上に戻らない限り使いものにならないだろう。

一方で、言葉通り血は確かに止まっていた。

迅速(じんそく)な応急処置を自らの手で済ませ、道具(アイテム)の浪費を嫌ったコールは、誰よりも状況を理解している。

今、自分達は生存闘争(サバイバル)の状況に片足を突っ込んでいると。

孤立無援。脱出困難。絶望必至。

そんな中で、コールの左眼は、ナノ達とともに生きて帰ることを諦(あきら)めていない。

仲間の男の子のその気丈な姿に、涙ぐむナノは、必死に鼻をすすって、涙を引っ込めた。

心優しい彼の献身と勇気に報(むく)いようと、

「コール、ミーちゃん。レフィーヤ先輩の教えてくれたこと、覚えてる?」

「勿論。『中層』での緊急時、地上への帰還が困難だった場合、あえて下へ……安全階層(セーフティポイント)へ避難する方法もある」

「最初は何でこんなこと教えるのか甚(はなは)だ疑問でしたけれど……やっぱり、あの方は冒険者ですのね」

コールとミリーリアと一緒に、笑みを分かち合う。

「きっとね、ルークとレフィーヤ先輩も私達を探してくれる。だから……あの人達を信じて、進もう！」

「先輩方が息絶(いきた)えている可能性は考慮しませんの？」

「しないよぉ！　だってルークと、レフィーヤ先輩だもん！」

「ははは……そうだね。そうに違いない。希望はあるんだ」

あっけらかんと笑うヒューマンの友に、エルフと獣人も大きく頷(うなず)く。

汗が頬を伝う中、三人は意志を統一した。

「コール、現在地は割り出せます？」

「ああ、地図(マップ)は持ってる。落ちた地帯(エリア)自体は覚えてるし……正確な位置はまだ割り出せないけど、進んでいけば16階層のどの辺りにいるかは、わかる」

「それは重畳(ちょうじょう)。ならば三人一組(スリーマンセル)で行きますわよ。ナノ、貴方も働きなさいな」

「うん！　私も前衛、するよ！　精神力(マインド)とっておかないと！」

ルークの代わりに副隊長のミリーリアが指揮を預かる中、ナノは背負っていたバックパックを引っくり返した。山ほど出てくる道具(アイテム)の中から、拳大の鉄球と繋がった鎖(くさり)を解く。

聖銅（セイント・アイアン）製の長杖（ロッド）と連結させれば、あら不思議、連接棒型（フレイル）の武装――いわゆる星球武器（モーニング・スター）に早変わりした。

「レオン先生達にも自衛のやり方、教わってるから大丈夫！　私も戦えるよ！」

「魔導士が自衛目的で、星球武器（モーニング・スター）を選ぶ理由がわかりませんわ……。やっぱりナノの頭はパーですわ……」

「ミリー、落ち着いて……頭を痛めちゃダメだ……冷静に、冷静に……」

意外に恐慌（パニック）からほど遠いナノ達は、周囲を警戒し、立ち上がった。

崩落跡の岩がごろごろと転がる洞窟状の通路の中、空いている道の一つを斥候（スカウト）のコールが指差す。

「他の道はモンスターの臭いがする。行くなら、あっちだ」

「うん……行こう！」

少年（ルーク）の宣言通り。

少女達（ナノ）は、『冒険』に身を投じた。

五章

鏡の声

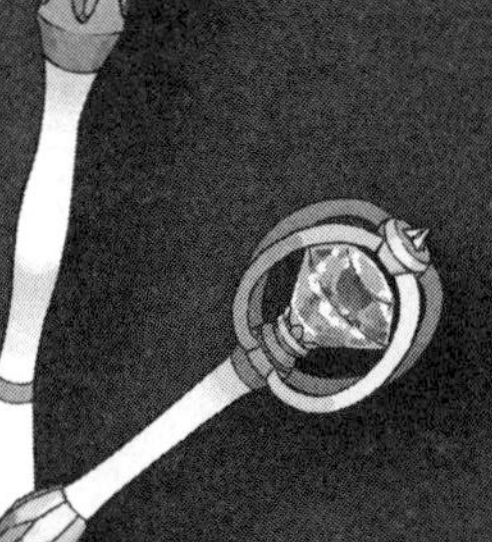

Іэта казка іншага сям'і.

голас у люстэрку

「バルドル様！」

『学区』の校長室。

音を立てて扉を開け放ち、レオン、そしてアリサが駆け込んできた。

「よく来ました、レオン。オラリオの一報は既に聞いていますね？」

「はい、ダンジョンにて大規模な崩落が起きたと。……状況は？」

トネリコ素材の大きな机を挟んで、バルドルとレオンが素早い情報確認を行う。

階層規模の巨大な『異常事態』にオラリオが対処に追われる中、『学区』もまた動き出そうとしていた。

「ほとんどの生徒は閉じ込められる前に脱出し、死者もまた出ていないようです。……が、『第三小隊』、そして『第七小隊』が取り残されている可能性が高い」

瞼が閉じられたままの神の相貌からは笑みが消えている。

その声音も事実以上の情報以外、何の感情も含まれていない。

「レフィーヤ……」

眉をひそめるレオンのすぐ後ろで、アリサの顔から色が失われた。

同じ【クラス】の後輩達、そして旧友の安否に、彼女の胸が不規則な鼓動の音を奏でる。

「自分も向かいます。オラリオ側だけに任せることはできない」

「ええ、お願いします。他教師達を連れていって構いません。現場の判断は任せます」

「バ、バルドル様！　私も――！」

「アリサ、貴方は残ってください。レオン達が出払えば、こちら側の指揮系統が不足する。支援物資の供給はもとより、必要ならば『錬金学科』の『倉』も解放する必要がある」

救助隊に志願するものの待機を命じられるアリサは、正しく状況を俯瞰している神の声に異を唱えることもできなかった。「……はい」と絞り出すように返事をする。

レオンは短く頷き、時間を惜しむように部屋を出ていった。

「レフィーヤ達は……無事でしょうか？」

「生存は間違いなく。私の恩恵の数は減っていません。五体満足かはわかりかねますが……彼女、そして彼がいる小隊で良かった。最悪は避けられている筈」

堪らず尋ねてしまうアリサに、バルドルはそこで小さく唇を曲げた。

意味深な発言をアリサが不思議に思う中、彼はすぐに笑みを消す。

「杞憂があるとすれば、それはレフィーヤの内側。極限状態の中で、彼女の心がどう傾いてしまうか――」


――無茶苦茶だ。

ルークはその光景を目の前にして、そう思ってしまった。

「【間もなく、焔は放たれる。忍び寄る戦火、免れえぬ破滅。開戦の角笛は高らかに鳴り響き、暴虐なる争乱が全てを包み込む――】」

紡がれる『超長文詠唱』。

その呪文の規模と『魔力』の総量だけでもルークは震え上がるというのに、当の本人は涼しい顔で連続行使をしている。

何より常識を疑ってしまうのは――ここまでの大規模殲滅魔法が『攻撃』のために使われていないことだ。

「【焼きつくせ、スルトの剣。我が名はアールヴ】」

現在、ルーク達の周囲にはモンスターの影など一つもない。

そんな中で静かに最後の詠唱文が落とされると、レフィーヤの足もとから、召喚した翡翠色の魔法円が一気に広がった。

無数の通路を塞ぐ岩盤の下をすり抜けて、半径約八〇Mの効果範囲内、モンスター及び人がいないか探知する。そして付近に冒険者も生徒もいないことを確認すると、レフィーヤはあっさりと広域殲滅魔法を解除した。

次に、短杖を持つ左手を前方に突き出す。

「【解き放つ一条の光、聖木の弓幹。汝、弓の名手なり】」

朗々と響き渡るのは、彼女の本家本元（オリジナル）の呪文。

構えられた杖（つえ）が照準しているのは、進路を塞ぐ巨人の亡骸（なきがら）のごとき岩々の塊。

そして詠唱中の魔法とは別に右手に用意されているのは『腕輪状（リング）の小型魔法円（マジックサークル）』。

「【狙撃せよ、妖精の射手。穿て、必中の矢】――【アルクス・レイ】！」

特大の大光閃（ビーム）が放たれ、岩の塊（かたまり）を呑（の）み込む。

甚（はなは）だしい衝撃と炸裂音（さくれつおん）。

岩盤を穿孔（せんこう）するどころか消滅させてしまうあまりの破壊力に、既に均衡（バランス）を失っている岩窟が二次災害を巻き起こそうとするが――レフィーヤはすかさず告げた。

「【追奏解放（カノン）】！」

二重追奏（スキル）の起動鍵（スペルキー）。

広域殲滅魔法（レア・ラーヴァテイン）より前に先行詠唱されていた『魔法』が直ちに発動する。

「【ウィン・フィンブルヴェトル】！」

撃ち出されるのは猛烈な三条の吹雪だ。

今度は右手を突き出し、翡翠の魔法円（マジックサークル）を再度展開するレフィーヤが放った氷波（ひょうは）の砲撃は、崩れ落ちようとしていた迷宮そのものをたちまち凍（い）てつかせた。

精密な制御（コントロール）と膨大（ぼうだい）な出力。凶悪な岩盤を凍（こお）らせ、受け止め、支えつつ、内部を空洞状にする。凄（すさ）まじい冷気に腕を盾にしていたルークが顔を上げると――そこには『氷のトンネル』ができ上がっていた。

崩れようとしていた岩窟の内側に築かれた、強固な『氷窟（ひょうくつ）』である。

「ふぅ……いっぺんに『魔法』を使うと、精神力（マインド）の消費も馬鹿になりませんね」

口では言うが、その顔に消耗（しょうもう）の色は一切見えない。

『三種の魔法』の連続行使。

最初の魔法は『探知器（レーダー）』。魔法円（マジックサークル）内ならば人間、怪物全てを識別できる広域殲滅魔法（レア・ラーヴァテイン）を広域展開し、同業者や生徒が付近にいないか確認した後（のち）、巻き込む心配がないとわかった時点で大砲撃（アルクス・レイ）をもって岩々を撤去（てっきょ）。そして支えを失って崩れる岩窟を、絶対零度（れいど）の吹雪（ウィン・フィンブルヴェトル）で凍結させる。内部に『空洞』を作りながら。

行く手を遮（さえぎ）る岩を消し飛ばし、落盤を防ぎ、同時に進むことのできる『道』を築（きず）く。

言うは易しだ。

しかし、こんな芸当ができる冒険者が一体何人いる？

ダンジョンの掘進作業など多大な時間と労力が必要なのは想像に難（かた）くない。

相応の人数を割いて、専用の装備を用い、細心の注意を払ってようやく開通できる隧道（トンネル）を、レフィーヤはたった一人で築（きず）き上げてしまったのだ。

途方もない魔法行使と、桁違（けたちが）いの馬鹿魔力。

——これがLv．4。

――いや、これが【ロキ・ファミリア】の【千の妖精（サウザンド・エルフ）】。

『学区』の旅先で何度も耳にしたレフィーヤの雷名が、決して過大評価などではないことを、ルークはあらためて実感した。

背筋を震わす畏怖（いふ）とともに、彼女もまた『英雄候補』の一人なのだと、そう理解する。

「……無茶苦茶だ……」

既にこの『氷窟』の光景を四度見せつけられているルークが、今度は声に出して呟（つぶや）くと、レフィーヤは振り返った。

「非効率的なのは認めます。ですが、魔法を撃った先で冒険者達を巻き込んでしまったら、目も当てられません」

「わかってる……わかってるけど……！」

自分より年下の少女に何度も助けられ、ルークはつまらない男の矜持（きょうじ）に翻弄（ほんろう）されてしまう。

ルーク達が一度撤退（てったい）した地帯（エリア）は崩落範囲が広く、どの横道（ルート）も塞がれてしまっていた。閉じ込められていたと言っていい。事実ルーク一人ならば打開することができず、それこそ救助を待つことしかできなかっただろう。

その時にレフィーヤが言ったのはただ一言。「進みましょう」である。

魔導士がいれば卒倒するような『三種の魔法』の連続使用でずんずんと進行してしまった。

「どれだけ精神力（マインド）があるんだ」とか「普通思い付いたとしてもやるか？」とかそんなことをブ

ツブツ呟きながら、ルークは自分の常識が破壊されていく気分を味わった。

「……あんた一人で岩盤を掘れるなら、脱出経路を作った方がいいんじゃないのか？　先に14階層への道を……」

「地上も騒ぎを聞きつけて、【ガネーシャ・ファミリア】辺りが既に動いている筈(はず)です。ので、そちらは任せます。私一人より、大勢で当たる彼等の方が遥かに効率はいいですから」

思ったことをそのまま口にするルークに、レフィーヤは氷窟を進みながら淡々と答える。

両者ともに正規ルートを掘り進めば確かに時間は短縮されるが、ナノ達との合流は一刻を争う。そして、先行している自分達の方が遥かに彼女達には近い。

優先順位をぶれさせないレフィーヤに、確かに、とルークは納得した。

「それにしても、ついていないですね。次層へ続く『縦穴』になかなか巡り会えない」

レフィーヤの常識破りの方法で崩れたダンジョンの中を進めるとはいえ、それにも精神力(マインド)という名の限度がある。何より彼女自身が口にした通り、非効率的だ。

レフィーヤは馬鹿正直に正規ルートを進むのではなく、下部階層へ近道(ショートカット)できる『縦穴』を探していた。これならば迷宮内をさまよわず、18階層を一足飛びで目指すことも可能だ。

もう馬鹿砲撃(アルクス・レイ)を足もとに撃って自ら縦穴を作り上げればいいんじゃないか、とルークは投げやりに思ったが、流石(さすが)にそれはダンジョンに数ある暗黙の了解の中でも暴挙だ。直下に冒険者がいれば確実に息絶えるし、そうじゃなくても高確率で落盤に巻き込まれる。

レフィーヤが王族(リヴェリア)から譲り受けた広域殲滅魔法(レア・ラーヴァテイン)は『横』を探知できても、『縦』を探ることはできない。

「でも、もう16階層だ。あと一度『縦穴』を見つければ、17階層に辿り着ける」

「そうなんですけどね……思っていた以上に時間をかけ過ぎてる。私達はともかく、ナノ達が心配です」

ルークの言葉通り、現在地は16階層。

崩落の憂(う)き目に遭(あ)った15階層から何とかここまで到達していた。

レフィーヤが取り出す懐中時計をルークも一瞥(いちべつ)すれば、『第七小隊』がダンジョンにもぐって既に半日が経(た)とうとしていた。

そろそろダンジョン滞在の最長時間を更新する。

本来ならば、身も心も苦しくなってくるところだが……

(……全く疲れていない)

崩落のせいでダンジョンが地形回復を優先しているせいか、モンスターが全く産まれ落ちない。そして当然、レフィーヤが作り上げた『氷窟』の中では——迷宮壁が凍りついてしまえば——モンスターが産まれることなどない。

落盤に押し潰されず生き残ったモンスターも出てくるには出てくるものの、それも通常時と比べれば僅(わず)かだ。一応レフィーヤは後衛だが、何だったらルークより早くモンスターを仕留めてしまう。もう全部このエルフ一人でいいんじゃないかな。

(俺、いる意味なくないか……？)

前衛(ルーク)の存在理由とは？　そんな風に考え込んでしまう。

一層、自分のことを卑下(ひげ)してしまう。

そうなると当然の摂理(せつり)のように口数は減り、レフィーヤとの間には沈黙の帳(とばり)が落ちるようになった。

「……ルーク、恥ずかしいことを聞いていいですか？」

「……なんだよ、恥ずかしいことって？」

沈黙に耐えられなくなったのか、レフィーヤが尋ねてくる。

ルークは怪訝(けげん)な表情を浮かべた。

「恥ずかしい、というより思い上がった、という方が正しいかもしれないんですけど………

ルークって、私に気があるんですか？」

ゴンッッッ!!　とルーク少年は真横の氷壁に頭を激突させた。

「わ!?　大丈夫ですか、ルーク!?　足、滑っちゃったんですか!?」

目を丸くして全く見当外れなことを言っちゃってくれる年下の先輩に、ルークは顔を真っ赤(まか)にしながら吠(ほ)える。

「な、なっ、なに言ってるんだぁ!?　そんなわけないだろうッッッ!!」

「あ、ですよね。良かったぁ。あれだけ敵視されていたルークに好きなんて言われたら、私、本当に困っちゃいますし」

動転を重ねた声で叫ぶと、笑顔でもたらされた返答（カウンター）が『グサッグサッグサッ！』と心を穿（うが）って蜂（はち）の巣にする。

足がふらつきかけるルークには気付かず、レフィーヤは心底ほっとした顔を浮かべた。

「実はナノに変なことを言われちゃって。ルークが私のことを意識してるんじゃないか、って」

「……俺が今、黙（だま）っていたのも、そーいうことだと思ったから？」

「はいっ。迷宮の中で男女の感情を持ち込むようなら、しっかり叱らなきゃって。あー良かった。対応を決めかねてたんですよ」

ちくしょう、この女、嬉しそうな顔しやがって。

ルークは怒っているのか悲しいのか泣きたいのか、渾然（こんぜん）とした感情で拳（こぶし）を震わせた。

そもそも本人に直接尋ねるヤツがいるか！

俺（ルーク）は別に好きではないが！　ああ、全然彼女のことなんか気になってはいないが!!

しかしもし、本当にもし好きだったとしても、「私のこと好きですか？」なんて尋ねられて「ハイ貴方が好きです」なんて即答できる筈ないだろうに!!

恋愛ヘタクソか！

やっぱり――嫌いだっ！

『教える立場』を全うするため、頭脳の回路が完全に『教師』に切り替わっているお間抜け妖精（エルフ）を、ルークは真っ赤な顔で睨（にら）み続けた。

「元気、出ましたね」

「えっ？」

「どうか卑屈（ひくつ）にならないでください。私が今、何でもできるように見えるのは、貴方より『経験』を積んでいるだけに過ぎません」

そんな折（おり）、ふっと笑ったレフィーヤに、ルークは目を見張った。

「だから負い目を感じる必要なんかないんです。そもそも私は貴方達の教導者（インストラクター）なんですから、背伸びをしようとするのは当たり前じゃないですか？」

その笑みに、ルークは先程とは別種の羞恥（しゅうち）を覚えた。

自分の存在理由なんて疑わしい。そう考えていた心の内を、レフィーヤは正確に見抜いていたのだろう。塞ぎ込むルークに元気を出させるために、一芝居を打ったのだ。……いや、さっきの発言は全て本音だと思うが。別に泣いて（クツタレ）なんかない。

（俺はまた、決めつけてこの先輩（ひと）を見ていたのか……）

よく見ればレフィーヤは周囲を常に警戒し、地図（マップ）の確認も怠（おこた）っていない。自前の精神力（マジック）・回復薬（ポーション）だって小刻みに補給している。

ルークの出番がないほどモンスターに出くわさないのは、彼女が最適かつ最短のルートを選んでいるから。精神力が無尽蔵に見えるのは、生存闘争の中であって適切な補給を済ませているから。

彼女は冒険者として『当たり前のこと』をしているから、だから強く見えるのだ。

ルークは冒険者として『当たり前のこと』ができていないし、まだわからない。

きっと、それだけなのだ。

少年はまた教えを授かり、今度こそ劣等感なんてものと別離した。

「ルーク、まだ動揺していますか？」

「……正直に言うなら、まだ。ここまでの災害を、いや『地形の悪意』を想定したことがない。ナノ達も同じだと思う」

築かれた氷窟を抜けた後、横穴から出会い頭、襲いかかってきた『ヘルハウンド』を二人で同時に撃破する。『魔石』だけは収拾して、先を急いでいく。

「なら、また一つ貴方達は賢くなりました。これがダンジョンです。レベル適正が遥かに上回っている層域でなお、冒険者を窮地に追い込み、命を奪っていく」

ルークは息を呑んだ。

最初の死線と呼ばれる『中層』でさえ、第二級冒険者のパーティを死地に追い込む。

あるいは、あっさりと殺す。

事実、レフィーヤを欠いていればルーク達は全滅していただろう。

『ダンジョンが殺しにかかってくる』。

この言葉の意味を、ルークははっきりと理解した。

これがダンジョンなのだ。

この地下世界は、至るところに致死の陥穽(トラップ)を仕掛けているのだ。

「……あんたも、死にかけたことがあるのか？」

逸(はや)る気持ちを抑え、階層に閉じ込められて一度目の小休止(レスト)を挟む中。

水筒をあおってこちらに渡してくるレフィーヤに、ルークはふとそんなことを尋ねていた。

「アイズさん達が……【ファミリア】の仲間がいなかったら、五十回くらい死んでいると思います」

「なっ」

ルークは絶句した。

冗談、などではない。

目の前にいるエルフは本気で『五十以上の臨死(りんし)』を体験したと言っている。

こんな凄腕(すごうで)の魔導士が、そこまで――？

考えていることが表情にありありと出ていたのだろう。レフィーヤは唖然(あぜん)とするルークに苦笑を見せた。

「私がルークと同じLv．3だった頃なんて、もっと未熟でした。仲間の足を沢山引っ張ってしまうくらい」

「……今は、そんなに強いのに？」

「ええ。五十回死にかけて、ようやくここです。だから私も、もっと精進しないといけません」

ルークより強く、ルークより大人のエルフは、もう一度笑った。

受け取った水筒も口にできないほど戸惑っていると、彼女は辺りを警戒しながら、声音を変える。

「ルーク、もし貴方が私を『強い』と思ってくれるなら……私から教わったことを、他の誰かに伝えてください。貴方の血肉になった事柄を、一人でも多くの人に分けてあげてください」

小休止（レスト）を終えて進む傍ら（かたわら）、整ったエルフの横顔が、独白めいた言葉を重ねる。

「先人の教えを後進に継ぐ。それが『教わる者』の義務だと……今回の教導（インストラクト）を経験した上で、私はそう思いました」

それは他の誰のものでもない、『少女の言葉（レフィーヤ）』のようにルークには聞こえた。

彼女が思い、感じて、ありのままを伝えた。

実感と万感が込められていたからこそ、ルークの胸には強く届いた。

「そして、一人でも多くの人を救ってください。誰かの悲しみを一つでも多く減らしてください。大切な人を、喪わないで」

——だから、ぞくっ、と。

想いが込められた本心だからこそ、ルークはその言葉に、背筋をわななかせた。

警戒を忘れて、隣にいる彼女を咄嗟に見てしまう。

正面を見つめる妖精の双眸は、何も映していなかった。

(何を見てるんだ、どこを見てるんだよ——誰だよ、あんたは)

その時、ルークの脳裏に浮かんだのは『第七小隊』のミリーリアとコール。

そして笑みを浮かべるナノ。

間が抜けていて、世話を焼かせ、そのくせ何かと姉貴面をしようとする幼馴染。

そんな大切な者達が、ズタズタになって血の泉に沈む光景を——レフィーヤの眼を見ることで、想起してしまった。

肺腑が凍りつく錯覚を覚えながら、ルークは、唇を震わせる。

「あんたは……誰かを、死なせたのか?」

気付けば、そう問うてしまった。

「殺しました」

呼吸が途絶えた。
「この手で。やむをえなかったとはいえ。私が、あの人を殺した」
それは告白ではなかった。懺悔でもなかった。
彼女にとってただの事実だった。
まるで迷宮の闇が少女の心から引きずり出すように、その情報をルークに伝えた。
その時の状況はルークにはわからない。
深手を負い、苦しむその人物を苦しませないように、介錯したのかもしれない。
自分達が生き残るために泣きながら切り捨てたのかもしれない。
ルークにはわからない。だが、今はそんなことはどうでもいい。
今、彼女は自分がどんな顔をしているのか、気付いているのか。
どんな瞳をしているのか、わかっているのか。
「……ッッ!!」
ずっと思っていたことがあった。
彼女は強い。
けれど彼女の強さは──時々怖い。
彼女は平然と自身を追い込む。
彼女は冷静に生と死の境界を見極めているように感じる。

彼女は、ナノ達が慕い、ルークも想いを寄せる『レフィーヤ・ウィリディス』ではなくなる時がある。

『変貌』という言葉では言い表せない彼女の瞳の変化を、ルークは恐れ、焦燥に駆られる時があった。

しかし、一番気にくわないのは——。

「ルーク？」

「……いや。何でも、ありません」

こちらの注視に気付き、彼女が、レフィーヤが振り向く。

その紺碧色の双眸には今、ルークが映っている。

少年はその瞳から逃れるようにうつむき、手を握りしめた。

ナノ達を助けたい。ナノ達に会いたい。一刻も早く。

隣にいる『彼女』を『独り』にさせないために。

そう、思ってしまった。


「ふぇ〜〜〜〜〜〜〜〜〜〜〜〜〜〜〜〜〜〜〜〜〜〜〜〜〜〜〜〜〜〜〜⁉」

ナノ達は、逃げていた。

何度目とも知れない大群との遭遇を前に、岩窟の通路を激走していた。

「あんな数、ズルイ〜〜〜〜⁉　陣形なんて意味ないじゃ〜〜んっ！」

「いいから走るんだ、ナノ‼」

泣き言を連ねるナノのすぐ後方で、コールが全く余裕のない声で叫び返す。

『ミノタウロス』に『ヘルハウンド』、おまけに憎き敵『ライガーファング』まで。

ダンジョン最大の武器である『物量』で殺しにかかってくる夥しいモンスター達。

前衛が欠けていない、本調子の『第七小隊』ならば、力ずくで制圧することも可能だっただろう。しかし、『連戦』を強いられるナノ達の体力は現在、著しく削がれていた。まともにやり合う選択など取れないほどに。

迷宮の苦境。過酷な生存闘争。

舌なめずりをするダンジョンが、ナノ達を確実に追い込んでいく。

「――【芽吹く若葉、新緑の光。伸びよ、伸びよ、伸びよ。木を登り、花を潤し、森を彩れ】」

そんな中で、エルフのミリーリアが詠唱を敢行する。

純粋な魔導士であるナノと比べ魔力は乏しいものの、能力の中でも『器用』と『敏捷』が優れた彼女はまさに『弓』と『歌』に優れた森の狩人だ。

未だLv．2でありながらレフィーヤの教えを思い出し、『移動』と『詠唱』、その二つの行動(アクション)のみに集中しながら『並行詠唱』を奏(かな)でる。

「【そして縛れ。蛮族(ばんぞく)を戒めよ。ここは番人(なんじ)が守りし森の祠(ほこら)──】!!」

崩れかけの壁、突き出た岩の突起。

疾走する中で迷宮の数々の組成物を片手で叩くと──種を植えるように触れると──光の粒が生まれ、たちまち小型の魔法円(マジックサークル)が複数展開する。

そして雄叫(おたけ)びを上げるモンスター達が通り過ぎる寸前、『魔法』を発動させた。

「【シルヴァー・ヴァイン】!」

魔法円(マジックサークル)から一気に伸びる無数の光鞭(こうべん)、いや『魔力の蔦(ツタ)』。

緑光を帯びる蔦はまさに罠(トラップ)のごとく、獲物を追いかけることに夢中になっていたモンスター達を縛り上げ、拘束した。

『ヴォオオオオオオ⁉』

『ガアアアッ──⁉』

四肢や胴体を絡め取られ、モンスターの群れが地響きとともに転倒する。

謹製(きんせい)の『束縛魔法』。

見事にハマった『魔法』に快哉(かいさい)を叫ぶ暇(ひま)もかなぐり捨て、ミリーリアは走りながら上半身をひねり、照準。

足が宙に浮いた体勢で振り向き様、弓に番(つが)えた三本の矢を瞬時に速射した。

脱出しようともがいていたモンスター達の頭部を一寸狂うことなく貫き、絶命させる。

「っっ――!! ナノッ!」

「うんっ!」

流麗な狩人の技に、全速力で走っていたコールは片手で地面を削り、反転。

ナノとともに身を翻(ひるがえ)し、二本の短剣(ダガー)で今にも脱出しそうな『ミノタウロス』と『ヘルハウンド』の首を掻(か)っ捌(さば)いた。

「よいしょぉおおおおおおおおおおおっ!」

止(とど)めに、ナノの星球武器(モーニング・スター)。

頭上高く弧を描く鎖の先、拳大の鉄球が、少女の『魔力』を吸収して人の頭部ほどの『光球』と化し、更に無数の魔力の棘(スパイク)まで生やす。

『学区』が誇る『錬金学科』の発明《マジック・スターハンマー》が、モンスター達に炸裂(さくれつ)した。

『ゴッッッ!?』

魔導士とはいえ、Lv.3の能力(ステイタス)で振り下ろされた雑な強撃。

倒れ伏していたモンスターをまとめて粉砕(ふんさい)し、地面にも無数の罅(ひび)と衝撃を走らせる。

モンスターの雄叫(おたけ)びは消え、生徒達の呼吸だけが響くようになった。

「やったぁ、ミーちゃんっ――」

危地を打開した功労者に駆け寄ろうとするナノの言葉は、途中で途切れた。

肩で息をするミリーリアは、頼りない足取りでモンスターの亡骸(なきがら)に近付いた後、放った矢を摑(つか)み、引き抜く。

三本あった内の一矢が、ボキリ、と音を立てて折れた。

「これで、残りの矢は五……」

右手に残る二本の矢に顔を歪(ゆが)めながら、腰の矢筒に押し込む。

ナノとコールは、何も言えなかった。

彼女の今の姿が、自分達の現状をありありと物語っていたからだ。

「コール……道具(アイテム)の残りは?」

「……回復薬(ポーション)が一、精神力回復薬(マジック・ポーション)が二分の一(ハーフ)……食料はつきて、水もあと少ししかない」

通路の真ん中で、モンスターの死骸(しがい)を放置し、息を整えながら、たった三人で車座になる。

バックパックを受け持っている少年の消え入りそうな声に、膝を突き合わせるミリーリアとナノは疲弊(ひへい)の色をより鮮明に浮き上がらせた。

現在地、17階層。

崩落によって進路を遮られ、何度も方向転換を強いられながら、何とかここまで辿り着いたナノ達だったが、とうとう『限界』の足音がひたひたと迫ってきた。

道具(アイテム)の消費が激しい。

通常よりずっと。

コールの読み通りならば、まだ持つ筈だった物資類が尽きかけている。

ダンジョンの『極限状態』。

舐めていた。この状況下における肉体の消耗を。精神の磨耗を。多大な負荷を。

絶えず迷宮に脅かされ、水、食料、回復道具、『小遠征』のために用意してあった品を使いきろうとしている。

（もう、ダンジョンに入って一日が経つ……）

震えかける指を自制しながら、コールはレフィーヤに手渡されていた懐中時計を取り出す。

『Lv．2なら補給なしで一日はダンジョンで活動できます』

レフィーヤはそう言っていた。しかしそれは、『冒険者ならば』という注釈がつく。

冒険者志望の学生に過ぎないコール達は、圧倒的に経験不足。モンスターとの交戦一つ取っても消耗の度合いが大きい。できるかはさておき、『魔石』を狙った一撃必殺に戦術を切り替えなくてはならなかった。

乱れかける呼吸を必死に律する。

自分が今、過呼吸に片足を突っ込んでいる自覚があった。

時間の感覚がおかしい。空が塞がれているせいだ。ずっと薄闇に包まれている地下迷宮は心を圧迫する。まだ一日しか経っていないなんて。こんなんじゃあ地上の救助もまだまだ時間がかかる。先輩達は自分達を見つけてくれるだろうか。ダメだ。いけない。他力をあてにしては。

でも、でも、でも——。

まだ十五のコールは、短い生涯の中で今が最も辛い局面だと断言できた。

その上で、弱音を吐くもう一人の自分と必死に戦っていた。

そしてそれは、押し黙るミリーリアとナノも一緒だった。

——まずい。

隊長不在の今、小隊の状態を常に気を配っているコールは、瓦解が目前であることを悟ってしまう。

「ミーちゃん、コール……道具、使って。水も要らない。私、Lv.3だからっ。二人より、平気だよ」

「……何を生意気言っていますの、ドジナノ。誰がいつも貴方のこと守っていると思って？貴方こそ補給なさい。いざという時に動けない魔導士ほど、お荷物はありませんわ」

口を開いたナノに、コールははっとした。

下手くそな笑みを浮かべる彼女に、ミリーリアが睨んで、訴え返していた。

物資を巡って争いを起こす。そんな最悪をナノ達は犯さない。頭にすらない。

コールが前にいた小隊では、それが起きた。

今よりずっと生温い野外調査中に遭難し、生徒同士で殴り合った。コールは呆然と見ているだけで何もできなかった。部隊は解散した。

——コールはこの『第七小隊』が好きだ。

互いを尊敬し合い、助け合い、絆で繋がれている。エルフとかヒューマンとか、種族なんて何も関係ない。大好きなんだ。だから、喪いたくない。

コールは回復薬をミリーリアに、精神力回復薬をナノに押し付けた。

呆然とする彼女達に向かって、立ち上がり、笑った。

布を巻き、止血した筈の頭の傷がズキリと痛んだ。

カッコをつけた男の勲章だった。

コールが兄のように慕っている、ルークの真似だった。

「進もう。……あとちょっとで、18階層に辿り着ける」

その呼びかけには多分に願望が含まれている。

それでも、ナノ達は心優しい少年の言葉を信じた。

彼がくれた最後の補給を済ませ、立ち上がり、力強く頷きを返す。

斥候のコールが先頭になって、歩き出した。

（これが、最後の経路……もしここも崩落で塞がれていたら、終わる。心が折れて、引き返せなくなる。地上には、もう——）

筒状に丸めた地図を片手で握り締めながら、コールは祈った。

——このままじゃいけない。

——頼む。

——行かせてくれ。

コールのその『神頼み』は、冒険者が最もやってはいけない愚行だった。希望に縋り、落とされた際の衝撃は計り知れない。故に熟練の冒険者ほど常に今より最悪を想定して動く。コールは自分で己の首に縄を回してしまった。

しかし、ダンジョンの気紛れか。

彼等は見逃された。

「……！　やった、やったよ、ミリー、ナノ！　『大通路』に出た！　ここから後は一本道だ！」

「ほ、本当⁉」

「はは………わたくしの、日頃の行いのおかげですわ！」

17階層最奥の大広間に続く大通路。

巨人が通り抜けられるほど巨大な通路は、さしもの崩落でも塞ぎきれない。崩れた跡は確かにあちこちにあるものの、ここまで出てしまえば後は前進するのみだ。

ナノは喜びの声を上げ、ミリーリアは安堵の笑みを浮かべる。

コールもまた活力を取り戻し、気を引き締めてモンスターの襲撃を警戒しながら、進む速度を速めた。

希望を目にして、笑みを宿し、進み、進み、進んだ。

進んで、進んで、進み続け――次第に届いてくる『衝撃』と『咆哮』に笑みを消していき、
それでも、進むしかなかった。

そして、突き付けられた。

『絶望』の二文字を。

「――――――――――――――――――――」

辿り着いた17階層最奥の大広間。

またの名を『嘆きの大壁』。

継ぎ目が存在しない巨大壁は今や内側から崩れ、瓦礫の山と化している中、間の主は遥か
視界の奥で暴虐を尽くしていた。

『オオオオオオオオオオオオオオオオオオオオオオオオオオオオオオオオオオオオッ!!』

17階層『迷宮の孤王』。

ナノ達が初めて目にするダンジョンの階層主、ゴライアス。

彼等が遭遇したモンスターの中でも、間違いなく最上級の強さを誇る巨人は、眼下の獲物に
その大木のごとき両手を振り回していた。

「ぐあああああああああああああああああああああっ⁉」

「ちくしょおっ、強ええええええっ⁉」

「こんなの抜けられねえよぉ！」

悲鳴を上げるのは上級冒険者パーティだった。

彼等もまた崩落に巻き込まれ、地上への帰還の術を失ったのだろう。

ナノ達より早くに決断し、機転を利かせ、一足早くここに辿り着き――そして階層主の壁にぶち当たった。

大広間最奥に存在する18階層の連絡路をまるで守るように陣取るゴライアスを、通り抜けることができない。階層主の他にもいる無数の雑兵（モンスター）が強行突破を困難にさせていた。

「……階層主（ゴライアス）の次産間隔（インターバル）は、まだ二日は余裕があったのではなくて？」

「報告した冒険者が勘違いしていたか……ダンジョンはよっぽど意地悪か、どっちだろう？」

中層域に進攻（アタック）する前、『ギルド本部』でレフィーヤとともに確かに調べた掲示板の情報を思い返し、ミリーリアがエルフの相貌（そうぼう）を忌々（いまいま）しげに歪める。コールは、自分でもちっとも笑えない空っぽの冗談を口にすることしかできなかった。

崩れた『嘆きの大壁（たいへき）』の修復は大きく進んでいる。

ゴライアスが産まれて既に長時間経過している。ならば早くここに辿り着いていたとしても、ナノ達の運命は決まっていたのだ。

拳を振るえば、あらゆるものが壊れる。

足踏みをするだけで、広間全体が衝撃に包まれる。

存在自体が天変地異のごとき巨人の怪物に、『第七小隊』は呆然と立ちつくした。

「お、おいっ、学生（ガキ）どもぉ！　見てねえで助けろォ！　助けてくれええっ!!」

こちらに気付いた冒険者の一人は、よく見れば以前ナノ達に『怪物進呈（パス・パレード）』を行った強面の男だった。大広間の入り口にたたずむ『第七小隊』に叫びかけてくる。

びくっ、とナノ達は肩を揺らす。

必死の形相、余裕の欠片もない声。

学生より遥かに経験を積んでいる冒険者さえ切り抜けられない『窮地（きゅうち）』。

自分達より遥かに大柄で強そうな荒くれ者達が助けを求める光景は、生徒達にとって恐怖でしかなかった。

ナノ達は再び、ダンジョンに突き付けられた。

『絶望』とは別の、極限の『選択』を。

「……ミーちゃん、コール……」

そして誰も動けずにいる中。

口を開いたのは、ナノだった。

「あの人達……助けよう」

ミリーリアとコールが弾（はじ）かれたように振り向く。

何だったら少女は、三人の中でも一番顔を青く染めながら、それでも言った。

「見殺しになんか、できないよ……！」

「待ちなさい！　状況をわかって言ってますの⁉」

「わかってるよ！　私達がどれだけヘトヘトか、あの階層主（モンスター）がどれくらい強いか、嫌ってくらいわかってる！」

声を荒（あら）げるミリーリアに、ナノは叫び返す。

自慢の戦闘服（バトル・ユニフォーム）はボロボロで、武器も傷だらけ、顔も血で汚れている。

そんな状態でなお、少女は声を打った。

「でも、それでも私達、『学区』の生徒だもん！」

エルフの少女と獣人の少年が、目を見張る。

「世界を見て回ってきた！　沢山の人を助けてきた！　ルークと一緒に悲しんで、苦しんでる人達を救えるようになろうって、頑張ってきた！　それなのに、ダンジョンの中じゃあ誰かを見捨てるの⁉」

「っ……！」

「私、そんなの嫌だよぉ！」

『学区』の生徒としての誇りと責任。『第七小隊』の昔日の誓い。

それを高らかに叫ぶ。

「……レフィーヤ先輩が教えてくれたこと、覚えてる？」

不意に、彼女の声が柔らかくなる。

「『どんなに恐れても、どんなに拒んでも、人は冒険をしなきゃいけない日がやってくる』」

「……それが、今だって？」

「わかんない！　でも、レフィーヤ先輩なら！　どんなにボロボロでも、どんなに辛くても、絶対にあの人達を助けにいく！」

ナノは笑った。

生まれたての小鹿のように手足を震わせながら。

それでも、満面の笑みを湛えてみせた。

「私、あの人に向かって胸を張れる冒険者になりたいな！」

コールは笑った。

笑うしかなかった。

その通りなんだと、胸を震わせた。

「……行こう。ミリー」

「……あぁもう！　バカナノ！　バカコール!!」

エルフの少女が思いきり叫び、先頭を切って走り出す。

ナノも、コールも続いて、巨人の雄叫び轟く戦場へと足を踏み入れた。

本当は三人ともわかっていた。戦うしかないのだと。ここから逃げ出しても、18階層に辿り着かない限り未来はない。そして真理を学び、正しきを信ずる『学区』の生徒が、冒険者達を囮(おとり)にして自分達だけ安全階層(セーフティポイント)へ逃げ込むことなどできない。

ならばやはり、ナノの言う通り、今ここで『冒険』に身を投じるしかないのだ。

「【雷(いかずち)よ、天の称号よ。地(ち)の血統に背信すべく、汝の声を分け与えん。駆ける我が身に雷名の祝福を】――【ザルガ・イエール】!!」

開幕攻撃はナノだった。

大広間の中央まで進み、モンスター達を射程圏に置いた彼女は頭上に魔法円(マジックサークル)を広げ、雷の雨を見舞う。

驚愕する冒険者達を避け、何条もの雷弾が雑兵(モンスター)達を撃ち抜く中、灰褐色(はいかっしょく)の巨軀(きょく)の一部を焼かれた階層主(ゴライアス)は、ギロリとその眼を魔導士の少女に向けた。

「怖いよぉ……！　怖いけどぉ、もっとこっち見てーっ！」

『迷宮の孤王(モンスターレックス)』の威圧感に心底恐れながら、それでもナノは呪文を唱え、これ見よがしに『魔力』を発散させた。ゴライアスといえどLv.3の魔導士による必殺(まほう)は無視できなかったのか、なんと足もとに転がっていた大岩を摑(つか)み、ぐわっと投げつけてきた。

ナノが驚いて詠唱を中止(キャンセル)し、慌てて逃げる中、ミリーリアと冒険者達は瞬時に動いた。

「わたくし達のバカ魔導士が引きつけているうちに、早く逃げなさいな！」

「てめぇ等……！　『学区』の生徒どもは本当にいい子ちゃんばっかだなぁ！」

　ナノの『魔法』によって大部分が姿を消した雑兵(モンスター)相手に、残り少ない矢を放ってミリーリアが支援攻撃を行う。それに冒険者達は憎まれ口じみた快哉(かいさい)を叫んだ。

　ゴライアスの注意が逸れた隙(すき)をついて、彼等は言われるまでもなくトンズラをこく。負傷した仲間に肩を貸しながら、雑兵(モンスター)の追撃を振り切り、巨人の足もとのすぐ近くを横切っては続々と広間最奥(さいおう)の連絡路へと入っていく。

『オオオオオオオオオオオオオオオオオオオオオオオオッ！』

　これに怒り狂うのはゴライアスだ。

　視線の先のナノ、足もとの冒険者、どちらの対応も中途半端になる。『魔法』に焼かれながら何度も踏み潰しを行う様は地団駄(じだんだ)をしているようで滑稽(こっけい)だったが、しかしそこは『迷宮の孤王(モンスターレックス)』、振り下ろされた足が床を砕き、殺人的な石雨が飛び散った。

　石弾を躱(かわ)し、震動する石床に何度も足を取られそうになるミリーリアは唇を噛(か)み締め、不安定な態勢でありながら最適な一射を放ち続ける。

「やっぱり使えるぜ、お前等ぁ！　俺達の【ファミリア】に来いよ！」

「冗談はその顔だけにしてくださる！」

　強面(こわもて)のリーダー格の冒険者が仲間の矢筒を奪い、ミリーリアに投げつけた。

　殿(しんがり)の彼を残して、冒険者は全員撤退(てったい)済み。あとは生徒達だけだ。

「行きますわよ！」

「うん！　コール！」

「後ろにつく！　先へ行くんだ！」

集団から離れたモンスターを斬りつけ、後衛(ナノ)の周囲を守っていたコールが叫ぶ。

ミリーリアの呼びかけに二人は走り出し、恐ろしい階層主へぐんぐんと近付いていった。

『――――ッッ!!』

お前達だけは逃がさないとばかりに、ゴライアスは雄叫びを上げた。

階層の主(あるじ)の声に呼び出され、ナノ達の後方、大広間の入り口から新たなモンスター達がどっと雪崩(なだ)れ込んでくる。原始的で最も厄介な『仲間を呼ぶ』行為。迫りくる怪物の波に、ナノ達は目の色を変えて走る速度を上げた。

モンスター達が背後より猛然と迫ってくるが、問題ない、先に発走(スタート)していたナノ達が連絡路前に辿り着く方が早い。だから時機(タイミング)を合わせろ。好機(チャンス)は一度きり――。

ナノ、ミリーリア、コールは一瞬で意思疎通(アイ・コンタクト)を交わした。

エルフの狩人(ハンター)が巨人の周りを旋回(せんかい)しながら威嚇(いかく)射撃を行い、杖を抱える魔導士は『その時』に備えて力を溜め込む。

そして狼人(ウェアウルフ)の斥候(スカウト)は、ゴライアスの射程圏内ぎりぎりを見極め――腰の小鞄(ポーチ)に手を回した。

「三、二、一――――行け(ゴー)!!」

取り出した球体の突起を押し込み、『魔力』を流し込んで、投擲する。

コールが投げつけた球体は大きな弧を描き、巨人の眼前で、眩い『光の花』を咲かせた。

『〜〜〜〜〜〜〜〜〜〜〜〜〜〜〜〜〜〜〜〜〜〜〜〜〜〜〜〜⁉』

学区が誇る『錬金学科』謹製の魔道具『光色の輝花』。

頭上高く炸裂した閃光弾が、ゴライアスの視界を奪う。

巨人がもがき苦しむ中、コールの合図とともに地を蹴りつけたナノ達は、一斉に連絡路へ向けて全力疾走する。

「ははっ、最高だぜ、お前等ぁ！」

冒険者顔負けの連携を披露し、こちらへ向かってくる生徒達に、リーダーの男は歓呼した。

『第七小隊』は優秀だった。

『学区』側の『即戦力』の評価に違わず、上級冒険者達も認めるほどの腕で、竦み上がるほどの窮地を決意と胆力で乗り越える。

レフィーヤの教えを吸収した『第七小隊』は最適な選択を行い、階層主を一瞬とはいえ手玉に取った。

だが。

やはり、彼等は『経験』の浅い学生だった。

『オオオオオオオオオオオオオオオオオオオオッ‼』

「――――」

最後尾にいた少年の背後を、一頭の『ライガーファング』が強襲する。

咄嗟、振り向きざま手甲を嚙ませるもコールは押し倒され、先に連絡路へと飛び込もうとしていたナノとミリーリアが足を止めてしまう。

「「コール⁉」」

少女達の悲鳴が耳を打つ中、凄まじい力と勢いでこちらに牙を突き立てようとするモンスターに、コールはがむしゃらに格闘した。

(追いつかれた⁉　一頭だけ⁉　あんなに距離があったのに！　一体どうしてっ――⁉)

証拠に、自分達を追いかけている集団は今もまだ遠い。

激しい混乱に見舞われるコールは――気付いてしまった。

嚙んでいる手甲をミシミシと鳴らし、今にも腕を嚙み潰さんとしている強い咬合力に。

逆立っているモンスターの総毛に。病のように血走っている怪物の双眼に。

今も口もとにべったりと付着した血肉と、きらめく『紫紺色の結晶』に。

(『強化種』――‼)

コールは衝撃に撃ち抜かれた。そして全てを悟ってしまった。

一戦前の遭遇。

コール達が倒し、放置していい、いい、いったモンスターの群れ。

『第七小隊』は疲弊するあまり、死骸に埋まる『魔石』の処理を怠ってしまった――。

「――ちくしょうッ!!」

抵抗を続けながら、コールは己に向かって罵倒を吐いた。

この『ライガーファング』は喰ったのだ。コール達が野放しにした同族の亡骸から、多くの『魔石』を。そして強化された潜在能力をもって、パーティ最後尾のコールに追いついた。

肉体の消耗と精神の圧迫によって頭から抜け落ちていた戦闘の後処理。

極限状態が故の不注意。

取るに足らない、些細な過ち。

しかし、それがダンジョンでは文字通りの『命奪り』。

コールは自分達の失態を呪った。

先輩には『どんな時も魔石だけは必ず始末しろ』とあれだけ言われていたのに!

「くっっ!?」

引き返したミリーリアが矢を射って、『ライガーファング』のこめかみを撃ち抜く。

それでも倒れないモンスターは、ナノの杖の強打を浴び、ようやく絶命した。

僅か数瞬の攻防。

駆け寄ったナノ達がコールを直ちに立ち上がらせるが、しかし、それでも、遅かった。

『オオオオオオオオオオオオオオオッ!』

両腕を振って苦しんでいたゴライアスはまさか意図してか、何と背中から後方へと——連絡路が存在する壁へと倒れ込んだ。

「う、うおおおおおおおおおおっ⁉」

呆然とする強面の冒険者の男が、落ちてくる巨大な影に絶叫を上げ、連絡路内部へ逃げ込む。

次の瞬間、轟音を奏でて、大広間最奥の壁面は粉砕した。

「……そん、な……」

粉砕音と震動の余韻が長引く中、呟きを落としたのは、ナノだった。

巨人がゆっくりと腰を上げると、そこには跡形もない連絡路の光景が広がっていた。次層へ繋がる唯一の洞窟はひしゃげ、内部さえも圧壊し、とどめに崩れた岩石が周囲を塞いでいる。

迷宮壁の一角が巨人の倒圧に負けるように、へこんでいた。

希望の退路を失い、ナノの膝から力が抜け、その場にへたり込む。

呼吸をすることを忘れているコールとミリーリアも、その顔を絶望に染めた。

『オオオオオッ……』

立ち上がり、視界が回復したゴライアスが哀れな生徒達を睥睨する。

モンスターの群れも追いついた。

正面には恐ろしい巨人、後方には夥しい怪物。

必死不可避の包囲網に、ナノ達は今度こそ心の折れる音を聞いた。

ゴライアスが地響きを立てて近付いてくる。モンスター達が包囲網を狭めてくる。

怪物の無慈悲の暴力が、生徒達の身も心も引き裂こうとする。


「【ヒュゼレイド・ファラーリカ】！」


その時だった。

怪物以上に凶悪な魔力弾の暴雨が、大広間に降りそそいだのは。

『〜〜〜〜〜〜〜〜〜〜〜〜〜〜〜〜〜〜〜〜〜〜〜〜ッッ⁉』

夥しいの火炎矢がモンスターの背を射抜いては爆砕(ばくさい)し、燃焼させる。

ゴライアスまで思わず歩みを止めるほどの甚大(じんだい)な火力。瞬く間に断末魔の悲鳴が連鎖する中で、時を止めていた生徒達ははっと後方を振り向いた。

視界の奥。大広間の入り口前。

そこには長剣を携える少年、そして短杖(ワンド)を突き出すエルフが立っていた。

「ル〜クぅ、レフィーヤせんぱぁ〜〜〜〜〜〜〜〜〜〜〜いっ！」

ミリーリアとコールが瞠目(どうもく)する中、ナノは真っ先に泣き出した。

間に合った。

視線の先で誰一人として欠けていないナノ達を認めた直後、レフィーヤは駆け出した。

「ルーク、ナノ達の回復を！　道具（アイテム）を使いきって構いません！」

「わかった！」

Ｌｖ．４とＬｖ．３の疾走は彼我（ひが）の距離を瞬（また）く間に消した。

レフィーヤは並走するルークを置いて飛び出し、奇襲され動転しているモンスターの群れに斬りかかる。

「ふッッ！」

『グガァァ⁉』

短剣《灰のティアーペイン》で『ミノタウロス』を斬断、更に片足で跳躍（ちょうやく）し、宙を踊りながら流れるように『アルミラージ』達を解体。全身を燃やして絶叫を上げながら飛びかかって来る『ライガーファング』には容赦（ようしゃ）なくつま先を叩き込み、その首をへし折る。

一斉砲火（ヒュゼレイド・ファラーリカ）でなお仕留めきれなかった群体（モンスター）の注意（ヘイト）をかき集めながら、Ｌｖ．４の能力（ステイタス）をもって暴れ抜く。

「ミリー、回復薬（ポーション）だ！　回復しろ！」

「……ええ、ええ！」

「ナノも泣いてないでさっさと立て！」

「ルぅ〜グぅ〜〜！」

レフィーヤが引き付けている間、ルークはモンスターの檻の一角を突破し、小隊メンバーに合流する。

ルークの頬には傷、防具には破損した跡がいくつかあった。

ゴライアスの咆哮を聞きつけ、無茶を通してこの17階層を強硬突破してきたのだろう。放られた瓶を受け取るミリーリアはつい涙ぐみ、ナノは濡れた顔をぐしぐしと腕で拭った。

「ルーク……」

「なんだコール、少し見ない間に随分と男前になったな！」

血染めの布を巻いた狼人の少年に、ルークはニヤリと笑ってやった。

コールは間を空けて、破顔し、手渡された回復薬を頭から被る。

笑みを消したルークは傷付いた仲間を庇うように、近付いてくるモンスター達を怒りの形相で薙ぎ払っていった。

(手持ちの道具ではナノ達の全快は無理でしょうが、しばらくはルーク一人に任せられる)

視界の端でルーク達の様子を確認するレフィーヤは、戦況を冷静に俯瞰した。

周囲にはおよそ雑兵が十五、階層主が一。

階層主はともかく、周りの敵は今のレフィーヤならばすぐに片付けられる範疇だが——

(——こっちを見てる)

ゴライアスはすぐに襲いかからず、じっと眼差しをそそいでいた。

まるで知識を得た『赤ん坊』のようにレフィーヤ達を窺っていたかと思うと、その分厚過ぎる胸筋を膨らませ、大音声を放つ。

『オオオオオオオオオオオオオオオオオッ！』

思わず耳を塞ぎたくなるほどの、迷宮の隅々まで届く雄叫び。

先程ナノ達を追い詰めた『呼び声』であり、ここへ駆け付ける前にレフィーヤ達も聞いた遠吠えだ。

間もなく第二級冒険者の知覚網が捉えるのは、モンスター達が移動し始めたようなひしめく足音の気配。大広間の入り口にはモンスターが三々五々と集まってくる。

地形が破壊され新たな個体を産み落とせないダンジョンに代わって、17階層に残っているモンスターを集める気か。

敵のたった一つの行動で、戦況が変わる。

(あのゴライアス……知性が高い)

レフィーヤのその考察を聞いたなら、ナノ達は頻りに頷いただろう。

魔導士への投石を行い、退路を塞いだ視線の先の階層主は特殊である、と。

ダンジョンの中で産まれ落ちる同種のモンスターの中には、当然弱い個体もいれば、強い個体も存在する。そして、その法則は長い次産間隔（インターバル）を持つ階層主にも適合する。

どうやらこのゴライアスは『強個体（あたり）』のようだ。

よりにもよってこんな時に、とレフィーヤは眉をひそめた。

（この大広間にモンスターが殺到してくるなら、後ろの通路口から逃げ出しても意味はない。どこかで大群に捕まる）

ナノ達の体力が回復しても、精神の磨耗はいかんともしがたい。今の『第七小隊』を終わりの知れない強行軍（デスマーチ）に付き合わせるのは避けたかった。

更に『嘆きの大壁』に繋がる大通路はゴライアスも移動できる仕様となっている。より狭い空間で巨人（ゴライアス）と雑兵（モンスター）との大乱戦だけは願い下げだ。

18階層への連絡路が潰されている今、この状況を切り抜けるには『敵の親玉』の撃破が最も妥当である。

レフィーヤはこちらを見据える巨人と視線を交わした。

（先行詠唱してある『魔法』は召喚魔法（サモン・バースト）が一つ。今から超長文詠唱は……無理ですね。あのゴライアス、私が歌い出すのを待ってる……）

大広間に入る前、念のため二重追奏（スキル）で腕輪（リング）状の魔法円（マジックサークル）を付与しておいた左手。

現在進行形で集まってくるモンスター。

そして今も自分を追っている巨人の眼球。

それらの要素を全て踏まえて、レフィーヤは起死回生の『砲撃』を捨てた。

巨人(ゴライアス)と雑兵(モンスター)の挟撃(きょうげき)の最中(さなか)、『第七小隊』を守りながら超長文詠唱を断行するのは分が悪い。

レフィーヤは決断し、『優先順位』を定めた。

「ルーク、ナノ達を連れて『嘆きの大壁(たいへき)』へ！」

「『嘆きの大壁(たいへき)』⁉　どういうことだ、先輩！」

「あの壁からゴライアス以外のモンスターは産まれません！　大壁(たいへき)を背にして、陣形(フォーメーション)を組んでください！」

継続的に襲いかかってくるモンスターを斬り捨てながら、ルークはレフィーヤを見やる。

後方襲撃(バック・アタック)を防ぐ意図、と少年はそう判断した。

回復したとはいえ今のナノ達に背中を守らせるのは危うい。事実、ルークも息が上がりつつある。当然と言えば当然で、遭難前も合わせれば、もう一日以上ダンジョン内でモンスターと戦い続けている。コール達の物資の消耗が激しかったように、ルークも潜在的な強負荷(ストレス)が体にのしかかっていた。

広間の真ん中で戦って四方を取り囲まれるより、壁を背にして三方に集中した方が、確かに負担は減るだろう。

（でも、そんな後ろ向きな作戦でいいのか、先輩！）

この状況で攻めず、『亀』になっていいのか。

ルークが思わず見返すと、レフィーヤは鋭く叫んだ。

「早く！」

ぐずぐずしてモンスターが今より集まってくれば『長文詠唱』さえ難しくなる。

紺碧色の瞳にそう訴えられる少年は、経験で勝る冒険者の言うことを信じるしかなかった。

「お前等、走れ！」

「う、うん！」

Lv．3の膂力で強引にモンスター達の壁をこじ開け、大広間を横断する。

『第七小隊』が『嘆きの大壁』に進路を取った瞬間、レフィーヤはすかさず詠唱を開始する。

「【ウィーシェの名のもとに願う！　森の先人よ、誇り高き同胞よ――】！」

『オオオオオオオオオオッ！』

案の定、『魔力』に引かれてゴライアスは動き出した。

レフィーヤは自分のもとに直進してくる巨人を見据えながら、先行詠唱済みの『魔法』とは別の召喚魔法を組み立て、偉大な王族の力を呼び出す。

「【終末の前触れよ、白き雪よ。黄昏を前に風を巻け】」

災害にも等しいゴライアスの猛攻を凌ぎながら、ぎりぎりのところで呪文を紡いでいくレフィーヤを他所に、ルーク達は大広間の西端、『嘆きの大壁』へと辿り着いた。

「ついたぞ、先輩！」

『嘆きの大壁(たいへき)』はレフィーヤが告げた通り、ゴライアスしか産まない巨大壁である。

今も巨人が暴れている以上、別のモンスターが産まれることはない。

まだごろごろと岩の塊(かたまり)が転がっている大壁(たいへき)の前で、ルークは振り返る。

「早くっ、あんたもこっちに――」

そこまで叫んだルークの言葉は、途切(とぎ)れた。

恐ろしい階層主と、モンスター達の攻撃に脅かされながら、舞うように戦っているレフィーヤは――詠唱を完了させ、ルーク達に左手を向けていいいた。

『第七小隊』が時を止める中、砲門に見立てた短杖(ワンド)から、その氷撃を発射する。

「【ウィン・フィンブルヴェトル】」

蒼氷の輝きが生徒達の視界を埋めつくす。

目を疑いながら身構える『第七小隊』だったが、しかしその『魔法』は彼等を凍てつかせることもなければ傷付けることもなかった。

漂う冷気に身を震わせ、恐る恐る目を開けたルーク達は、絶句した。

「氷が、辺りを覆(おお)って……⁉」

正面、左右、そして頭上が、氷塊と氷柱によって遮断(しゃだん)されていた。

外から見れば、歪(いびつ)で巨大な氷の三角錐(さんかくすい)が形成されているのがわかる。

何匹ものモンスター達が攻撃を繰り出し、炎を吐き出しても、分厚い氷壁は決して崩れることはない。

角度を調整して放たれた三条の吹雪はまさに『氷の結界』となって、ルーク達を閉じ込めたのである。

「ダメだ、ルーク！　出れない！」

「内側からも破壊できませんわ！」

「……なんだよ、それ……ふざけんな、ふざけるなよ!!」

武器で何度も氷の壁を殴るコールとミリーリアの声に、呆然と立ちつくすルークはわなわなと震え、怒鳴り声を上げる。

「どうしてっ！　どうしてぇ、先輩!?」

ナノの涙に濡れた声も、外にいる彼女に届くことはなかった。

「乱暴な真似をして、ごめんなさい」

氷結魔法（ウィン・フィンブルヴェトル）を放ったレフィーヤは一度大きく後退し、ゴライアス達から距離を取る。

あの『氷の結界』はそう簡単には破れない。少なくともレフィーヤが死んでも残り続ける。

もしもの時は地上からの救助隊、あるいは18階層側から連絡路を開通させて援軍が来ることを願おう。

今の状態で、レフィーヤは『第七小隊』を守り切れる自信がなかった。

だから彼等を安全地帯に遠ざけ、結界の中に閉じ込めた。

レフィーヤは自分の命より、ルーク達を『優先順位』の上に定めたのだ。

より確実な選択をもって。

何より──戦ってみたい。

深層の階層主(ウダイオス)と一人で戦ったアイズのように、自分も、あの『怪物』と。

「死ぬつもりはない、負けるつもりもない……だってここで敗れたら、『自分を守って誰をも救う』なんて、夢のまた夢だから」

自分が『魔法剣士』になった理由を呟きながら、すっと双眸を細める。

氷結魔法(ウィン・フィンブルヴェトル)をゴライアスに撃ってもよかったが、きっと仕留めきれなかっただろう。足を止めて詠唱に専念した『本気の砲撃』ならともかく、『並行詠唱』では魔力が練り切れない分、威力も精度も落ちる。少なくとも今のレフィーヤの技術ではそうなる。私(レフィーヤ)が愛したあの『美醜(びしゅう)の少女』には、まだ一向に届かない。

だから、『魔法剣士』になった覚悟をその身に装塡(そうてん)する。

前方には凶悪な巨人と雑兵。

後方からも続々と新たなモンスターが現れる。

ちょうど大広間の中央に立つレフィーヤは、右手で握る短剣(ソード)を振り鳴らし、左手に持つ短杖(ワンド)を構える。

感傷の時など待たず、巨人の怪物は号砲を上げた。

『ゴオオオオオオオオオオオ！』

たった一人の敵に向かって鬨の声が放たれ、モンスター達が動き出す。

レフィーヤは、歌った。

「【誇り高き戦士よ、森の射手隊よ。押し寄せる略奪者を前に弓を取れ。同胞の声に応え、矢を番えよ】！」

多数対一。

超乱戦が予想されるこの圧倒的不利な状況で、『並行詠唱』ができる場面と時間は限られている。

行使できるのは短文詠唱の直射魔法、あとは初撃のみ広域攻撃魔法。

二つ分の詠唱をしなければならない召喚魔法は不可能と判断していい。

左手に今も残している『先行魔法』の使いどころが勝負の分かれ目であり、レフィーヤの切り札となる。

「【帯びよ炎、森の灯火。撃ち放て、妖精の火矢。雨の如く降りそそぎ、蛮族どもを焼き払え】！」

ぐんぐんと敵勢が近付き、ゴライアスが投石を行った瞬間、レフィーヤは駆けた。

自ら正面へと突き進み、詠唱を完了させ、解き放った。

「【ヒュゼレイド・ファラーリカ】！」

『────────────────────ッッ⁉』

砲撃発射に相応しくない超近距離。

広域乱射される怒濤の炎矢が、突撃していたモンスター達を根こそぎ火葬する。

モンスターだけでなく地面も粉砕し、膨大な煙が立ち込める中、ゴライアスは一瞬レフィーヤの姿を見失い、うろたえた。

「────【解き放つ一条の光、聖木の弓幹】!」

その一瞬の虚をつき、疾走する。

煙を破って己の懐へ突き進むエルフに、階層主は確かに驚倒した。

彼の前に広がっていた雑兵の壁は既にない。呪文を奏でながら肉薄してくるレフィーヤに接近を許したゴライアスは、迎撃のためその巨腕を薙ぎ払う。

それに対し、レフィーヤは怯まなかった。

彼女の宿敵である『兎』を真似るがごとく、加速する。

「シッッ‼」

『グッッ⁉』

腕が払われる前に懐へ侵入し、そのまま敵の右脚をすれ違いざま短剣で斬りつける。

大樹に刃を走らせたかのような鈍音と手応え。敵の体皮を割いて肉を抉り、血を吐かせた。

遅れて薙ぎ払われた腕が、後方の地面をめくり上げる波濤のごとき破砕音を轟かせる。

ゴライアスの凄まじい『耐久力』に屈することなく、短剣は刃毀れすらしていない。

だが大型の武器でもない《灰のティアーペイン》では決定打にもなりえない。

レフィーヤが勝利をもぎ取るには、やはり『魔法』しかなかった。

「【汝、弓の名手なり！　狙撃せよ、妖精の射手】！」

魔法を放った側から次弾の詠唱を開始しなければならない強制的な戦況。『魔法』の連続行使に今から精神力がわないているが、知ったことではなかった。むしろ非常時でさえなければ、レフィーヤはこの状況に感謝したかった。

『魔法剣士』としての自分が戦う上で、間違いなく最高の環境と、最強の敵。

ゴライアスの推定潜在能力はＬｖ．４。数字はレフィーヤと互角。

これを乗り越えれば、自分はもっと強くなれる。

それを確信して、レフィーヤは胸の奥で猛った。

相貌を氷のように凍てつかせながら、その内では何ものよりも熱く。

巨人とつかず離れずの距離を保ち、常に動いて撹乱しながら、果敢に短剣で斬りかかる。

（前の私じゃあ、ありえなかった――）

三年前、いや数ヵ月前のレフィーヤが想像できただろうか。

階層主の懐で、たった一人で戦う自分の姿を。

どんなに全身を戦意で燃やそうと、それでも必ず心の一部は震える。

いくら変わったところで、未だ消しきることのできない惰弱(だじゃく)な『レフィーヤ・ウィリディス』は存在する。

巨人の咆哮(ハウル)が心を揺さぶる。

巨人の威容が、記憶を喚起する。

追憶の奥から、情けない声が聞こえてくる。

弱くて、泣き虫で、大っ嫌いな、過去の私(レフィーヤ)の声が——。


「あ、ぁぁ——」

三年前。

現在と同じ場所、『嘆きの大壁(たいへき)』がそびえる17階層の大広間で、レフィーヤは青ざめて、震えていた。

「ナッセン……アリサ……みんなっ……」

恐ろしい巨人を前に、血まみれで倒れ伏す仲間達を見て、カチカチと歯を鳴らしていた。

その日、『第七小隊』はまたもや校則を破った。

18階層を見たい、という問題児(バーダイン)の発案によって第一、第二小隊の面々も巻き込み、十二人の学生で『岩窟の迷宮』に進攻(アタック)したのだ。勿論、アリサとレフィーヤは止めた。しかしそれで止まるバーダインではなく、ナッセンも『迷宮の楽園（アンダーリゾート）』に興味を持って協力する始末だった。レオン達に告げ口する前に『学区』を飛び出した彼等に溜息（ためいき）をつき、レフィーヤ達も仕方なしに後を追ったのだ。

どこか楽観的な考えがあった。

今までも平気だったのだから、今度も大丈夫だろうと。

『岩窟の迷宮』はもう何度も探索している。しかも今度は二つの小隊も加わった中規模パーティ。ほとんどがＬｖ．２で、ちょっとした冒険者の遠征隊にも似ていた。

だから心配はあっても、きっと18階層に行けてしまうんだろうな、と心のどこかで思っていた。

その『規格外の巨人』を目にするまでは。

「うそ……うそっ……うそぉ……！」

既に冒険者が討伐済（とうばつず）みと聞かされていたゴライアスは実は生きていて、ひそんでいた大通路で強襲してきた。

悲鳴を上げて大広間まで追いやられた後、凄惨（せいさん）な宴（うたげ）が始まった。

まず小人族（パルゥム）のナッセンが倒れた。

攻撃の直撃を浴びたわけではない。

ただ巨人が手を振り下ろし、大地が砕け、舞った岩弾に当たった。

そして潰れたトマトのように血を流し、動かなくなった。

次はアリサ。

まだ息があるナッセンを救い出そうとして、モンスターに囲まれ、蹂躙(じゅうりん)された。

泣き叫ぶ彼女をバーダインは守ろうとして、怒りの雄叫びとともに飛び込み、片腕を犠牲にしてアリサとナッセンを救出した。

そして、そこまでだった。

「逃げろっ、逃げろレフィーヤぁあああああああああああっ!!」

自責と後悔を孕(はら)んだ大音声を放ち、片手で遮二無二(しゃにむに)大斧を振り回すバーダインは、『ミノタウロス』の群れに囲まれて風前の灯火だった。

他の小隊メンバーは階層主の咆哮(ハウル)を浴び、強制停止(リストレイト)に追い込まれ、真っ先にやられていた。

振るわれた巨腕によって、壊れて、舞った。

瞳に涙を溜めるレフィーヤは、立ち竦(すく)むことしかできなかった。

心のどこかで、隊長(バーダイン)さえいれば何とかなると思っていた。

お調子者で問題児で、けれど精悍(せいかん)で頼もしく、兄のようにレフィーヤ達のことを見守ってくれる、とても強い彼さえいてくれれば、どんな窮地も切り抜けられると、そう思っていた。

しかしそんなバーダインまで片腕を失い、顔を絶望に染めている。『ミノタウロス』に殺されようとしている。

ダンジョンは嘲笑っていた。この『約束の地』がどうして『世界の中心』と呼ばれ畏れられているのか、『古代』から今まで一体どれほどの人類の命を奪った『魔窟』なのか。それを忘れていた生徒達を見下ろし、酷薄な手で頬をなぞり、首を一思いに摑み折ろうとしている。

レフィーヤの心は、あっさりへし折れた。

「【解きっ、はなっ……一条の、ひかり……聖木のっ……ゆがら……】」

恐怖に縛られるレフィーヤは、絶望に震える喉で、喘ぐように呪文を吐いた。

足など動かない。

逃げることもできない。

今にもへたり込んでしまいそう。

それでも歌わなければ、一人で戦っているバーダインが、血の泉に沈むナッセンが、ボロボロに傷付いたアリサが死んでしまう。

強く握り過ぎて離れなくなった手で、揺れる杖を構えながら、戦慄に酔いしれるそんなレフィーヤを、巨人の影が覆った。

「────────」

悪夢の象徴が、ゆっくりと拳を振り被る。

心臓が破裂しそうになった瞬間、詠唱を終えたレフィーヤは咄嗟に『魔法』を放っていた。

「ア、【アルクス・レイ】!!」

放たれる閃光矢、正面からぶち当たる巨人の拳。

凄まじい光の飛沫が発生し、視界が真っ白に染まる。

甲高い炸裂音とともに、レフィーヤは後方へと吹き飛んでいた。

「あぐっ⁉　…………ッ⁉」

そしてゴライアスは、後ろへ仰け反っただけだった。

レフィーヤ渾身の砲撃と衝突した拳を頭上に上げ、反動後屈した体勢で。

その拳は煙を吐くだけで、傷一つ付いていない。

レフィーヤの『魔法』は、巨人の僅か一撃を防いだだけだった。

「あ、あ……ぁぁ……！」

ゴライアスは、ゆっくりと体勢を直し、何の温度もない怪物の眼で、震え上がる脆弱な妖精を睥睨する。バーダインが力つきたのもその時だった。

レフィーヤは、あまりにも無力だった。

レフィーヤ達はもう、抗えなかった。

あの時、無残なまでに、レフィーヤ達『第七小隊』は壊滅したのだ。


(——あの時から、私はどれくらい変わった？)

当時の記憶の高速再生が灼熱の感情を生む。

惨めだった自分。無力だった自分。泣くだけだった自分。その延長が『大切なものを喪ってしまった結果』に至るのだと、今のレフィーヤは信じて疑わない。

無様な記憶を塗り替えるように、そして当時の自分へ怒りと憎しみをぶつけるように、声を放った。

「【穿て、必中の矢】！」

『オオオオオオオオオオオオオオオッ！』

響き渡る詠唱とともに、猛り狂うゴライアスがその鉄拳を振り被る。

眼下のレフィーヤに照準された右拳。かつての自分を絶望に突き落とした巨拳。

過去の記憶を今と重ね合わせるレフィーヤは、眦を裂いた。

あれから自分はどれだけ強くなったのか？

――試してやる‼

「【アルクス・レイ】‼」

突き出した短杖から放たれる大光閃、そして同時に繰り出されるゴライアスの拳。

衝突する互いの必殺と必殺。

エルフとモンスターの顔を照らす激しい閃光。

そして僅かな拮抗の後、レフィーヤの魔法が肩ごと巨人の腕を消し飛ばした。

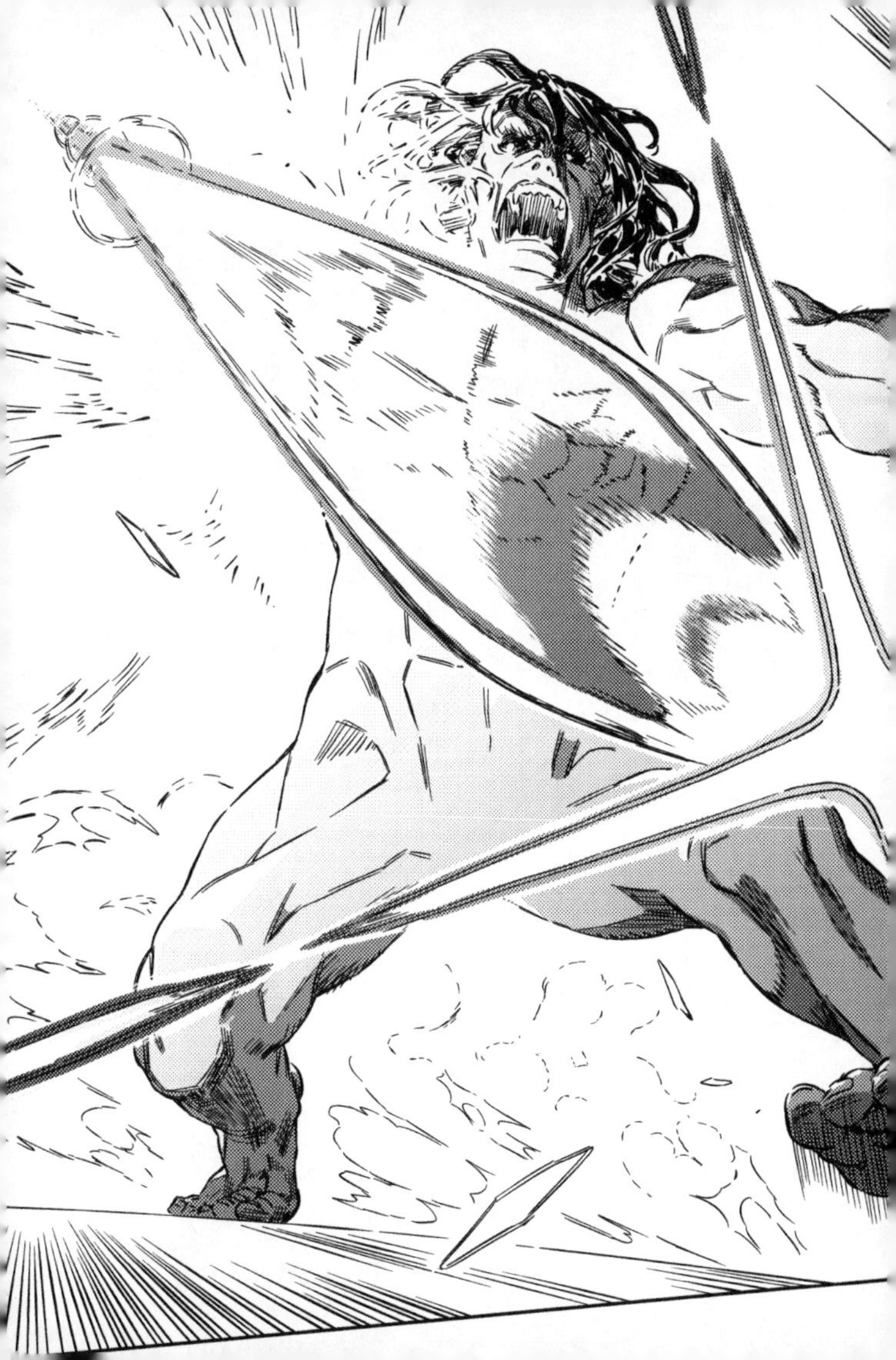

『～～～～～～～～～～～～～～～～～～～～～～～～～～～～～～～～ッッッ⁉』

拳から肩にかけて右腕を失ったゴライアスは、凄まじい絶叫を上げた。

超熱の煙が噴き出す肩口を左手で押さえ、頭部から伸びたその黒い髪を振り乱しながら、大広間を地響きで包んで悶え苦しむ。

そのあまりの大音声に、結界によって外と遮断されているナノ達でさえ恐怖した。

未だかつて聞いたことのない、おぞましいほどの怪物の痛哭を引きずり出したのが一体誰なのか、正しく理解する生徒達は蒼白となる。

「【解き放つ一条の光、聖木の弓幹。汝、弓の名手なり】！」

レフィーヤはその光景に何の感慨も抱かず、結果だけを受け止め、すぐさま新たな弾丸を装填する。

疾走からの『並行詠唱』をもってゴライアスに止めを刺そうとする彼女に、ようやく入り口からここまで辿り着いた援軍のモンスター達が、そうはさせぬと襲いかかった。

「邪魔を、しないでッ‼」

目を開いた形相でレフィーヤは殺戮を開始した。

剣を振って八つ裂きにし、肘と膝で骨を砕き、取りつこうとするモンスター達にやむなく『魔法』を使用する。甚だしい閃光が大群の一部をごっそり抉る中、それでも途切れることのないモンスターの増援が彼女に群がった。苦しんでいたゴライアスも双眼を血走らせ、雑兵を蹴散らすことも構わず攻撃を繰り出す。

形勢はあっという間に逆転した。

力が突出した個体に、四十にも及ぼうかという群体。

振るわれる巨撃は直撃を防いでも余波だけでレフィーヤの細い体を殴り飛ばし、薙がれる爪と牙はどこかしらの彼女の肉体の一部を掠め取っていく。

布が破れ、血が舞った。

耳の先端を削がれ、山吹色の髪の一部を裂かれた。

凶悪な怪物どもの雄叫びが、嗜虐的な哄笑の音色に変ずる。そんな風に幻聴する。しかしそれでも、レフィーヤの相貌は揺るがない。

絶望はなく、戦慄はなく、怯えすらなく。

動きは止めず、歌も紡ぎ、絶えず剣を閃かせる。

彼女の心を埋めつくすのは自問の声のみ。

あの人ならどう動く？

あの人ならどんな対処をする？

フィルヴィスさんなら、どう立ち向かう？

問いかけに答えるのは肉体だった。彼女の動きを、彼女の構えを、彼女の並行詠唱を、ありとあらゆる挙動を、レフィーヤの全身をもって追従し、投影する。

「はああああっ！」

加速する。加速する。加速する。

『アルミラージ』を両断した。『ミノタウロス』を魔法で消滅させた。『ライガーファング』を『ヘルハウンド』の炎を利用して焼き払い、その黒犬（ヘルハウンド）の群れも巨人（ゴライアス）の攻撃を誘発して爆散させた。疾走し、詠唱し、踊り、閃き、短杖（ワンド）と短剣（ソード）を振るう。

頰を牙で抉られながら、腿（もも）を爪で切り裂かれながら、全ての攻防を次の段階（ステージ）へと押し上げる。

なれている。

私は『魔法剣士』になれている！

巨人にも怪物の群れにも屈さず、戦えている！

自分も守り、誰をも救える強い存在に近付いている!!

(――なのに)

心の奥の暗闇。

その片隅にたたずんでいる、『白い妖精』。

それはいつから見るようになったのかも定かではない『彼女』の幻影。

そんな『彼女』は、笑ってくれない。

貴方のようになっているのに、強くなっているのに、今の私を見て、悲しそうな表情をしている。

どうして？

どうして、貴方はそんな顔をするんですか？

わからない。

わからないけど、もっと上手くやれたら、私の中の彼女はきっと笑ってくれる。

彼女にもっと近付けたら、あの人はきっと私を褒めて、笑ってくれる！

「だからッ‼」

魔法が炸裂し、無数の怪物が灰に還る。

血が煙る戦場で、レフィーヤは悲壮の歌を紡ぎ、剣の調べを奏で続けた。


「ロキ」

館の空中廊下から『バベル』――その下に広がるダンジョンを眺めていたロキは、背中にかけられた声に振り向いた。

目の前で立ち止まるのは、リヴェリアだった。

「おー？　リヴェリア、ここにいてええんか？　レフィーヤを心配して、迷宮へ向かったと思っとったのに」

「ガレスが向かった。『土いじりはエルフの領分ではなかろう』と言われてな」

なるほど、とロキは思った。

確かに掘進（くっしん）作業で土の種族（ドワーフ）の右に出る者はいまい。鉱山や炭鉱と切っても切れない彼等がことに当たれば森の種族（エルフ）など形なしだ。

他派閥だけでなく『学区』側からも動員されている今、パンクが起きかねない程度には人員は過剰だろう。たとえ広大なダンジョンであっても、崩落が起きているのは都合三層ほどに過ぎない。

「んじゃ、暇なリヴェリアはうちの話し相手になりにきたっちゅうことか？」

「半分はそうだ」

「ならもう半分は、『恩恵』の数が減ったか確かめにきた、か？」

「……見抜いているなら、回りくどい聞き方をするな」

瞑目（めいもく）して嘆息するリヴェリアに、ロキはにししっと笑った。

神の洞察眼に非難めいた眼差しを送りながら、ハイエルフは答えを促す。

「それで、数は？」

「安心せえ、減っとらん。レフィーヤは無事や」

「……現状では『まだ無事』、が正しいだろう」

ロキは笑みを消し、リヴェリアを見返す。

「リヴェリアは、レフィーヤが逝ってしまうと思っとるんか？」

その問いかけに、リヴェリアは一度口を閉ざした。

「レフィーヤがダンジョンへ向かう際、私は必ず手を打った。エルフィやアリシア達にも頼み、決してあの子を一人にさせなかった」

「無茶をするから？」

「ああ。正確には『取り憑かれる』からだ。今はなき幻影に」

彼女が言わんとしていることを理解するロキは、黙って耳を傾ける。

「封鎖されたダンジョンで、ほぼ間違いなく孤立状態……『学区』の生徒が側にいるとしても、もはやレフィーヤは止まらないだろう。死地に直面した瞬間、今日まで培ったものをぶつけ、確かめようとする。自分自身の選択を」

今のダンジョンには、レフィーヤの意志を突き動かす全ての要素が揃ってしまっている。

リヴェリアはそう告げた上で、先程のロキの言葉を肯定した。

「己の妄執に身を捧げる者は、いつか必ずダンジョンに喰い殺される。……私はそれを、何度も見てきた」

翡翠色の瞳が遠くを見るように『バベル』を映す。

彼女の抱いている危惧を、ロキは否定も肯定もしなかった。

ただ言った。

「そうやなぁ。今のレフィーヤは、レフィーヤをやめようとしとる」

「バルドル様、レフィーヤの心が傾くとは……どういうことですか？」

『学区』中央の艦橋（ブリッジ）。

あらかたの指示を飛ばし、後は現場に任せるしかなくなった頃、アリサはバルドルが発した言葉について尋ねた。

それに男神は、ゆっくりと言葉を並べる。

「教導（インストラクト）の日々を通して、考えに余裕ができているとは思いますが……それでもレフィーヤの心の天秤（てんびん）は揺れ動いています。本人でさえも無自覚の領域で」

故にこちらが指摘しても気付けない。

【ロキ・ファミリア】やバルドル、レオン達が諭（さと）したところで効果がない。レフィーヤ自身が気付けていないのだから。

神のそんな言葉に、理解が追い付かないアリサは当惑を色濃くする。

バルドルは、静かな笑みを浮かべた。

「アリサ。貴方はレフィーヤと再会した時、どう思いましたか？」

「……別人のように思いました。髪を切って、大人びて、綺麗になって。レフィーヤは冒険者になってしまったんだと、私は……」

「そうですか。私は真実、『別人』に見えました」

「!!」

バルドルのその断言に、アリサは目を剝く。

同時に彼女は思い出した。

――『見違えた』。

この校長室でレフィーヤと再会した際、バルドルはそう言った。

あれが比喩ではなく、言葉通りの意味だったとしたら。

神の眼にも『レフィーヤ以外の誰か』として映っていたとしたら。

「ロキ自らがレフィーヤを募眷族官として派遣すると聞いた時、予感めいたものはありました。

そして彼女と顔を合わせた時、それは確信に変わった。怒りか、後悔か、あるいは贖罪か……

レフィーヤは『別の誰か』になろうとしている」

そこまで言われ、アリサは肩を震わせた。

今日まで何度か見かけた、どこか遠くを眺めるレフィーヤの横顔。

それがレフィーヤではない『別の誰か』に見える時が確かにあった。

アリサが知る筈のない、濡れ羽色の長髪のエルフが、レフィーヤと重なって見える瞬間が。

「恐らく、喪ってしまった者の『幻想』を追いかけ、レフィーヤはその者のために己の体を
差し出そうとしている」

絶句するアリサは他所に、神は何の感情も含めず、ありのままの事実を述べるように、言った。

「もし身も心も『幻想』に追いついてしまった時……たとえ生きて帰ってきたとしても、それはもう、私達の知るレフィーヤ・ウィリディスではないでしょう」

幾重もの怪物の絶叫が木霊する。

大地のうねりのごとく巨人の呻吟が漏れる。

たった一匹の妖精の剣舞と歌劇を止めることができず、血の雨と苦鳴を連鎖させる。

レフィーヤは、吠えた。

詠唱の旋律を決して途切れさせず、枯れることのない喉を『美醜の少女』のそれに重ね合わせ、乗り移らせていく。

詠唱は加速した。淀みがなくなった。無駄が消えた。

彼女の歌を、彼女の高潔を、気高く美しかった彼女の存在を反映して自分の存在を塗り潰していく。

あと少し。あと少しだ。

まだ勝てない。でももう勝てる。

あと少しだけ弱い私を殺して、強い彼女にもう一歩近付けば、この恐ろしいモンスターの海を渡りきり、高い巨人の頂を制すことができる。

他に捨てるものはなんだ。

他にすげ替える部分はなんだ。

フィルヴィスは私のために片腕を除いて喰われてみせた。

なら私は片腕くらい失ってもいいかもしれない。

彼女の痛みと悲しみを片腕分でも理解してやれたなら、きっと心の中にたたずむ『彼女』も笑ってくれるだろう。

行こう。

行ける。

私は本当の『魔法剣士』に辿り着ける。

解放の時を今かと今かと待ちわびる左手の魔法円。戦局の切り札にして決定的な時限爆弾が秒読を開始する。

モンスターを睨み、ゴライアスを射定め、たった独りで戦い抜く『魔法』に手を伸ばした。

「【追奏解放】ッ――!!」

自分の『選択』をダンジョンに叩きつけようとした、その時。

「レフィーヤせんぱぁぁいっ!!」

甲高い魔力の咆哮が巻き起こり、『氷の結界』が砕け散った。

「!?」

レフィーヤと、モンスター達の驚倒が西を向く。

そびえる『嘆きの大壁(たいへき)』の足もと。

きらめく細氷(ダイヤモンド)と電流の飛沫を散らしながら、ボロボロに傷付いた『第七小隊』が——ナノ達が姿を現していた。

破れる筈がない。破れる筈がなかった。

高位魔導士(レフィーヤ)が築き上げた『氷の結界』を、生徒達が砕けるわけが。

彼等は撃ったのだ。

ナノの『魔砲』を。

被害覚悟で、内側から結界を爆砕させるために、雷(いかずち)の零距離砲撃を、何度も。

「どうして——」

剣も歌も止めて、呆然とするレフィーヤの呟きの先を、駆け抜ける彼等は言わせなかった。

「あんたを助けるために決まってるだろう!」

火傷を負い、流れ出る血さえ焼き焦がした体で、レフィーヤを取り囲むモンスターに『第七小隊』が突撃する。

少女一人のみを狙って、背中を晒していたモンスター達は完璧に不意を突かれた。

「なに勝手なことしてるんだよ！　何でこんな独りよがりなことをするんだ！　俺は叱りつけたくせに、あんたが『死者』になろうとするなよ‼」

大群の壁に斬り込みながら、ルークが吠える。

「冒険者は助け合うと、教えてくれたじゃありませんの！」

「決して一人じゃダンジョンに勝てないって、貴方は言いました！」

矢を番えるミリーリアが、ナイフをモンスターに突き立てるコールが、必死に訴える。

「先輩！　独りで行かないでよ！　私達を置いて行かないでぇ！　『部外者』なんて嫌だよう！　一緒に、戦わせてよ‼」

精神力を失い、ふらつきながら、それでも近付いてくるナノが、涙声で叫んでくる。

ナノ達の言葉は、『レフィーヤの言葉』だった。

『教える者』としてレフィーヤが考え、レフィーヤが向き合い、レフィーヤが導き出した『彼女自身の教示』だった。

生徒達に伝えた偽りのない教えが、全て今のレフィーヤに返ってくる。

呆然と立ちつくす彼女に、『鏡』の言葉となってはね返ってくる。

「聞いてくれよ、先輩！　俺は誰かを助けたかったんだ！　それは生意気な使命感で、きっと自惚(うぬぼ)れていただけなんだ！」

灰色の髪をなびかせ、ルークが、単身ゴライアスに突貫する。

怒号を上げる巨人の注意を一人で引きつけながら、あまりの威圧感に剣を握る手を震わしながら、それでも己の想いを叫びに変えて、レフィーヤのために猛る。

「でも今は！　少し憧れているんだ！　冒険者にっ、あんたに!!」

レフィーヤの手が震える。

心臓が一つの音を奏でる。

「だから！　守られるだけは嫌なんだよ!!」

少年(ルーク)の鏡が映し出すのは、『在りし日のレフィーヤ』だった。

弱く、甘く、泣き虫で、しかし憧憬(しょうけい)を追いかけ続けた少女。

挫折(ざせつ)して、何度も倒れて、それでも憧れることを止めなかった、レフィーヤ・ウィリディスの原点だった。

「先輩、どこを見てるんですか！　貴方は一体、誰を見ているんですか!?」

汚れた赤金色(ストロベリーブロンド)の髪を揺らし、ナノが、ミリーリアとコールが切り開いた道を進んでくる。

頼りない足取りで、息を切らせながら、モンスターの咆哮が飛び交う中でレフィーヤだけを見つめる。

「私、怖いんです！　レフィーヤ先輩はレフィーヤ先輩なのに、たまに『他の誰か』になっちゃうことが！　レフィーヤ先輩がどこかに行っちゃいそうで、怖くてたまらないんです！」

立ちつくし、動けないレフィーヤの前まで辿り着き、叫びかける。

「ここにはいない人(だれか)を見ないで！　私達を見てよぉ、先輩!!」

少女(ナノ)の鏡が映し出すのは、過去の自分ですらない——呆然と目を見開く『フィルヴィス』だった。

幻想を追いかけ、少女の皮を纏い、少女の仮面を被る、偽りの白き妖精だった。

『鏡』に映る光景が全てをレフィーヤに気付かせる。

磨き抜かれた純粋たる『鏡』が、今のレフィーヤに『真実』を叩きつける。


「レフィーヤは、レフィーヤです！」

アリサは叫んだ。

たとえ神の御言葉(みことば)であろうと、友のためにそれを否定し、友の絆を引き寄せるように言い放つ。

「誰よりも優しくて、誰かのために泣いて傷付く！　あの子はどんなに優秀でも不器用で、真っ直ぐだから！　誰かになり変わるなんて絶対にできない！」

目尻から散る水滴が、友のことを想い、きらめく。

「ええ。その通りです、アリサ。いくら軌跡(きせき)を辿り、皮と仮面を纏ったとしても、でき上がるものは歪(いびつ)な何かでしかない。腐り落ちる骸(むくろ)を抱き締めることより凄惨(せいさん)な、哀(あわ)れな生者(せいじゃ)の末路です」

身を乗り出す少女に、バルドルは悲しげな笑みを浮かべて肯定する。

今も迷い続けている一人の生徒(こども)を憂(うれ)い、そして信じるように顔を上げ、思いを馳(は)せる。

「彼女は、レフィーヤ以外にはなることはできない」

「それでも――いくら自分を止(や)めたところで、レフィーヤはフィルヴィス・シャリアにはなれない」

とある光神(かみ)と同じ答えを、リヴェリアは風に乗せる。

ロキとともに、少女がいるダンジョンを眺めながら。

「今のレフィーヤならば『一つの結果』に辿り着けてしまうだろう。しかし、そんなものはただの自己満足に過ぎない。いずれ矛盾を起こして自壊する。答えなんてものは、わかりきっているんだ」

アイズとの違いはそこだ。

戦姫(アイズ)は危うい。

だが、彼女は『誰か』になろうとはしていない。

剣姫（アイズ）は自分の『目的』のために、ひたすらに強さを追い求めているだけだ。

他者の幻想を追い求める少女（レフィーヤ）は、アイズとは異なり、自らの手で壊れようとしている。

「そうやな。まさに今、きっと、レフィーヤは自分の中で矛盾を引き起こしておる。『教わる者（もん）』っちゅう『鏡』の前で、解（ほど）けんかった硬いもんを突き付けられて」

ロキがレフィーヤを『学区』に送り出し、バルドルが『第七小隊』をレフィーヤのもとに預けた理由。

それは生徒と向き合う上で正しく在ろうとする少女に、自身が抱える矛盾に気付いてほしかったから。

正しさを自覚していく上で、浮かび上がる『間違い（ズレ）』を知ってほしかったから。

『教師とは、生徒を導き、同時に生徒に教えられる生物（いきもの）である』。

教師（レオン）の言葉を借りるなら、それだ。

レフィーヤは、間違いを抱えたまま進むことができる『教わる者』ではなく、正しきを悟る『教える者』にならなければならなかった。

「気付いて、レフィーヤ！」

窓の外に向かって、アリサが叫ぶ。

「思い出せ、レフィーヤ」

迷宮を見据え、リヴェリアが呼ぶ。

「取り戻しなさい、レフィーヤ」

瞼を閉じたまま、バルドルが告げる。

「ん、あとちょっとやで、レフィーヤ」

流れが変わる風に目を開けながら、ロキが語りかける。


「「「貴方は他の誰でもない、レフィーヤ・ウィリディスだ」」」


異なる場所、異なる視点で、四つの声が重なったその時。

誰もが迷い続ける迷宮の中で、レフィーヤは、鼓動の音を聞いた。

「頼むよ、先輩！」

「お願い、先輩！」

ゴライアスの腕を駆け上がり、振り落とされ、背中から叩きつけられるも、それでも長剣を地面に突き立てて立ち上がるルークが。

レフィーヤの目の前で、杖を落とし、両手でボロボロの肩を摑んで、涙を流すナノが。

ともに言い放った。

「「貴方を守らせて!!」」

『鏡』が音を立てて砕け散った。

昔日のレフィーヤが、偽りのフィルヴィスが消え、矛盾という名の『真実』を突き付けられたレフィーヤの前に、生徒達の剥き出しの想いがぶつけられる。

紺碧色の瞳が揺れる。

頑(かたく)なに結ばれた決意と覚悟が解かれる。

ぼうっと、手もとから暖かな光が立ち昇る。

左手に付与される魔法円(マジックサークル)が——『妖精の円環(わ)』が待っていた。

彼女(フィルヴィス)の声を、師(リヴェリア)の声を借りて、レフィーヤに尋ねてくる。

『お前は何を選ぶんだ?』と。

「わたし、は……」

真っ白になった頭の中、その唇に最後の選択を委(ゆだ)ねられる。

傷だらけとなった体の内側に無数の想いが駆け巡った、その時。

『グアアアアアアアアアアアアアッ！』

「っっ――――！」

「きゃあ⁉」

棒立ちとなっているレフィーヤ達のもとに、ミリーリアとコールの迎撃をかいくぐった『ヘルハウンド』が飛びかかる。レフィーヤはナノを突き飛ばし、返す剣でその体躯を切り裂いた。

時間はない。モンスターは、ダンジョンは懊悩の先に辿り着く答えを待ってくれない。

だからレフィーヤは咄嗟に口ずさんでいた。己の最後の選択を。

恐ろしい怪物に囲まれながら、顔を歪める生徒達に見つめられながら、自己に埋没するように小さな声で、選んだ歌の欠片をかき集める。

そして、叫んだ。

「――【集え、大地の息吹。我が名はアールヴ】！」

己が選んだ答えを。

「【ヴェール・ブレス】！」

生じる翡翠の光。

発動するのは星を焼く雷でも、敵の攻撃を打ち砕く盾でもない。

いつもレフィーヤを導いてくれた『師』の魔法――光となって仲間を包み込む『防護魔法』。

驚くナノに、ルークに、そしてミリーリアとコールに、緑光の加護が付与される。

体の傷を癒し、物理、魔力、両属性の攻撃から守る魔力の衣を纏った『第七小隊』は呆然と、魔法を行使した冒険者を見た。

圧縮される時間の中で、レフィーヤは、その言葉を伝えていた。

「私を守ってください」

唇が選んだ選択を、瞠目する生徒達に告げていた。

「私は魔導士。私を守ってくれる――いいえ、守ると言ってくれた貴方達を救ってみせる！」

その言葉に。

その答えに。

ナノ達は涙を流し、顔をくしゃくしゃにして、笑った。

「「「「了解！」」」」

四つの声を重ね合わせて『第七小隊』は奮起する。

限界を超えている肉体を溢れる感情で埋めつくし、落ちた武器を拾い、握り締め、その身を護ってくれる光の加護に力を借りる。

その瞬間、彼等の心は一つになった。

「方円陣形！　三分、いいえ一分持たせてください！」

モンスターの海の中心でレフィーヤは願いを飛ばす。

彼女の脳裏に過るのは24階層の戦い。無数の食人花に囲まれたあの絶望的な防衛戦の中で、レフィーヤは『三分』の時間を要求した。

だが今は違う。

壮烈たる決意を己に装塡し、都市最強魔導士に肉薄せんことを誓った。

「ミリーッ、コールッ！　左右の猛牛を押さえろぉおおおおおおおお‼　ナノッ、最後になっていい！　詠唱、始めろォ！」

力をかき集め、ルークが猛然と駆け出す。

喉を震わせて指示を飛ばしながら、ゴライアスの前から一時離脱し、陣形の側に躍り出る。

ミリーリアとコールが雄叫びを上げて側面の敵と衝突する中、紺碧色の瞳と視線を交わし、彼女の正面を脅かすモンスターを蹂躙した。

前衛攻役の破壊力、そして学んだ前衛壁役の防御を同時に解放しながら、小隊の誰よりも奮迅の活躍を見せる。

「【ウィーシェの名のもとに願う】！」

詠唱を開始するレフィーヤは、短剣《灰のティアーペイン》を鞘に納め、これまでずっと腰帯に差していた長杖を抜いた。

片手剣ほどもあるそれを、右手に持ち替えた短杖と、連結。

一部の機構が稼働、可変し、身の丈を上回るほどの大長杖――まるでリヴェリアの《マグナ・アルヴス》のごとき魔杖へと移り変わる。

《双杖のフェアリーダスト》。

短杖と長杖、二振りで一つのレフィーヤの新たな武装は、番の杖。

短杖はフィルヴィスの装備《護手のホワイトトーチ》から、長杖はレフィーヤの杖《森のティアードロップ》の残骸から作り出されたそれは、オラリオ初と呼べる『連結機構』を持つ。

「【森の先人よ、誇り高き同胞よ。我が声に応じ草原へと来れ。繋ぐ絆、楽宴の契り。円環を廻し舞い踊れ】！」

レフィーヤの『学区』の知識までつぎ込まれた専用装備は、使い手が『魔法剣士』ではなく純然たる『後衛魔導士』に戻る時、その真の威力を解放する。

連結することで短杖と長杖に据えられた互いの『魔宝石』が共鳴し、爆発的な『魔力』のうねりを生み出すのだ。

「【至れ、妖精の輪。どうか――力を貸し与えてほしい】！」

開かれた足は肩幅、大長杖は両手で水平に構え、レフィーヤは高らかに歌う。

山吹色の巨大な魔法円を展開し、防衛するルーク達の顔を強い光で照らし出していく。

「【エルフ・リング】！」

召喚魔法を唱え、必殺の『魔法』を呼び出そうとするレフィーヤは――一瞬、その瞳に『あの時』の情景を映し出した。

「ぁ、ぁ……ぁぁ……！」

あまりにも無力で、どうしようもなく抗うことのできなかった、過去の17階層。

巨人の力によって容易く殺戮されようとしたレフィーヤ達を救ったのは――鮮烈な金の輝きだった。

「えっ――？」

レフィーヤをひねり潰そうとしていた巨人の手が斬りつけられ、生徒達とバーダインを喰らおうとしていたモンスターの首がはね飛ばされる。

後退するゴライアスの絶叫が響き渡る中、地面にへたり込んでいたレフィーヤは、『金の憧憬』と出会った。

「……平気？」

自分と一つくらいしか変わらないだろう少女。

美しい金髪金眼の彼女こそが、【剣姫】の名を轟かせるアイズ・ヴァレンシュタインだった。

「うわっ、なんかすごいことになってるーっ！」

「『学区』の生徒？　死なれる前にさっさと助けるわよ！」

アイズはティオナ達とともにダンジョンの奥深くへ向かう途中で、全滅しかけていた『学区』の生徒をたまたま助け出しただけだった。

しかしレフィーヤは、目の前に立つアイズのその美しさに、圧倒的な強さに、視線どころか意識さえも奪われた。

「……君は、魔導士？」

「え……あ、は、はいっ！　魔導士ですっ！　……でも、何の役にも、立てなくて……」

レフィーヤは肩を揺らし答えたが、すぐに下を向いた。

怯えるだけで何の力にもなれなかった自分。放った『魔法』さえ通用しなかった。

無力感に支配され、心が修復不可能なほどに罅割れようとしていると、

「魔法、撃って」

そう告げられた。

目を見開いて顔を上げると、アイズは、じっとレフィーヤのことを見つめていた。

「ここで撃たないと、君は立ち上がれない……それは駄目だと、思う」

直感的な思いを伝えるアイズの言葉は、要領を得なかった。

要領を得なかったが、絶望に軋むレフィーヤの心を揺らした。

「わ、わたしは、弱くて……意気地なしで！　一人じゃあ、魔法を唱えることも、できなくてっ……！」

「でも、助けないといけない人達が、いるよ？」

無力を恐れるレフィーヤの最後の抵抗を、アイズはこてんと小首を傾け、あっさりと断った。

彼女の視線を追えば、断たれた片腕をティオナに押し付けられ傷に呻くバーダインが、長髪を翻すティオネに守られるアリサとナッセンがいる。周囲で倒れている生徒達だって。

アイズ達三人で、全ての者を庇いきれるわけではない。

「私達がモンスターから守る。魔導士達はモンスターから、私達を救う」

私はリヴェリアにそう教わった。

アイズは最後にそれだけ言い、風となった。

鮮烈だった。

壮烈だった。

圧倒的だった。

人はああまで美しく、そして強く在れるのかと、そう思わせるほどに【剣姫】の姿は凄まじかった。金の長髪が光り輝く軌跡を描き、銀の細剣がまさに必殺の奇跡となって、絶望的だった筈の戦場を希望の光で照らし始める。

たった一人で彼女は恐ろしい巨人と渡り合っていた。

まさに物語の一節のように、怪物を圧倒していく。

それは正しく『英雄たる者』の勇姿だ。

一人でゴライアスを押していくその光景を呆然と眺めていたレフィーヤは、心が震えた。

一筋の『憧憬』の光が――教師が教えてくれたように――その胸の奥を震わせた。

そしてレフィーヤは、導かれるように、立ち上がっていた。

「【誇り高き戦士よ、森の射手隊よ】……！」

それは覚えたばかりの『魔法』。

当時のレフィーヤができた、ありったけの歌。

あの時、レフィーヤは確かに憧れた。

強くて豪快なアマゾネスの姉妹に。

何より、誰よりも壮烈な金髪金眼の剣士に。

『何かになりたい』という思いは、その時『こんな人達になりたい』という望みの輪郭を作った。

それが、アイズ達に、冒険者に憧れたレフィーヤ・ウィリディスの原点。

「――【ヒュゼレイド・ファラーリカ】！」

レフィーヤの意志の矢は、モンスター達を穿ち、アリサ達を救った。

広域に展開される火炎弾が宙に弧を描き、巨人を打ち倒すアイズの顔を、はっきりと照らし出した。

「すっごーい！　リヴェリアの魔法みたーい！」

「なによ、やるじゃない、あんた。もしその気があれば私達の【ファミリア】に来れば？　団長に推薦しといてあげるわよ？」

大量の火の粉が舞う中、やっぱりへたり込むレフィーヤに、ティオナとティオネは笑った。

「……できたね。すごかったよ」

目を潤ませ、しゃくり上げる私に、アイズは微笑んでくれた――。

（――忘れていた。あの時の想い）

自分は何者だったのかを。

自分は何を思って、どうして今の場所を目指そうとしたのかを。

「【――間もなく、焰は放たれる】」

当時の記憶より遥かに高度な魔力制御と圧倒的な呪文詠唱を行いながら、冒険者となった自分の『始まり』を思い出す。

あの時、初めての感情を抱いて、心と体を震わせた。

それから、いくら挫折を味わっても、膝を折ってしまったとしても、レフィーヤはあの時の感情を思い出せば、どんなに苦しくてもいつだって立ち上がることができた。

「【忍び寄る戦火、免れえぬ破滅。開戦の角笛は高らかに鳴り響き、暴虐なる争乱が全てを包み込む】」

先程呼びかけてくれた少年の眼差しを振り返る。

『鏡』に映った弱い自分を。

いつまで経っても憧れを捨てきれない惨めな自分を。

レフィーヤがレフィーヤたる所以を、取り戻す。

──私はレフィーヤ・ウィリディス。

──ウィーシェの森のエルフ。

──神ロキと契りを交わした、このオラリオで最も強く、誇り高い、偉大な眷族の一員。

里を飛び出し、『学区』で学び、彼女達のもとに辿り着いた。

その好奇心が、その意欲が、その憧憬が、全てが繋がって今のレフィーヤが在る。

大切なものを喪って、過去を嫌うようになっても。

レフィーヤが歩んできた軌跡は、レフィーヤ自身にも否定することはできないのだ。

「【至れ、紅蓮の炎、無慈悲の猛火。汝は業火の化身なり】」

フィルヴィスさん。

フィルヴィスさん。

やっぱり、私は駄目でした。

自分も守り、誰をも救う、そんな妖精になりたかったけど。

今もこうして、守られている。

守らせてしまっている。

私はやっぱり、『レフィーヤ・ウィリディス』のままでした。

周囲で戦う生徒達を見ながら、胸の内で懺悔の言葉を連ねる。

けれど——心の中の幻想は笑ってくれた——そんな気がした。

『オオオオオオオオオオオオオオオオオオオオオオオオオオオオオオオオオオオッ!!』

これまでにない魔力の高まりに、ゴライアスが焦燥を孕んだ咆哮を上げる。

知性を持つ巨人は何が何でもあの妖精を落とせと絶対の命令を下した。

「【そして縛れ。蛮族を戒めよ。ここは番人が守りし森の祠】——【シルヴァー・ヴァイン】!」

レフィーヤを一斉に呑み込まんとするモンスター達に、戦いながら設置点を仕掛けていたミリーリアが、最後の精神力をもって『魔法』を発動させた。

都合五ヵ所。レフィーヤを守るように花開いた新緑の魔法円から『魔力の蔦』が伸び、モンスターを縛り上げ、拘束し、その場に縫い止める。

『グウウッ⁉』

仕留められずとも、もつれて重なり合うモンスター達は『防壁』そのものとなった。レフィーヤを攻め落とそうと躍起になる後続を阻み、その肉壁に攻撃すれば怒りの声が上がり、たちまち同士討(どうしう)ちが巻き起こる。

「でかした、ミリー！」

詠唱完了までモンスターがレフィーヤに手を出すことはできない。

歓呼を揃えるルーク達の意識は、最後の巨人のみにそそがれた。

『――――――――――ッッ!!』

大号令とともに自らも前進していた隻腕(せきわん)のゴライアスに、ルークとコールが飛びかかり、ミリーリアが震える指で矢を番える。

Lv．4の階層主。冒険者ですらない生徒達にとどめられる道理はない。

それでも『第七小隊』はあらゆる知恵を、あらゆる機転を、あらゆる策を働かせて挑みかかった。

こちらを見向きもしないゴライアスの脚(あし)に――レフィーヤが刻み込んだ傷口に、ルークがLv．3全力の一撃を放ち。

動きが鈍(にぶ)った隙(すき)をつき、コールが少女(ナノ)の武装からもらい受けた鎖を、両の足に絡め。

隻腕の身で不安定な均衡(バランス)の、最後の一押しをするように、ミリーリアが怪物の眼を矢で射抜く。

悲鳴を上げるゴライアスは、地響きを立てて転倒した。

「【ことごとくを一掃し、大いなる戦乱に幕引きを】」

『ガアアアアアアアアアアアアアアアアアアアアアアア────ッッ!!』

髪が逆立つほどの怒号を上げ、鎖を引きちぎり、憤然と猛進する階層主に、ルーク達は飛びかかり、弾き飛ばされる。

詠唱完了まで僅か十秒。

それでも足りない。

ゴライアスの伸ばされた手がレフィーヤを掴み上げる方が速い。

「────」

──24階層の防衛戦。

──数多の食人花。

──あの時も守られていた自分。

転瞬、激しい既視感がレフィーヤを襲う。

レフィーヤを押し潰さんとするモンスターの突撃を最後に防いだのは、少女が唱えた白き盾だった。

どんなに綺麗事を並べたって、今はもう、彼女はいない。

レフィーヤの集中が途切れそうになった、その瞬間。

「うおおおおおおおおおおおおおおおおおおおおっ!」

頭から血を垂れ流すルーク達が、千切れた鎖に掴みかかり、手の皮が剝がれようが、渾身の力をこめて引いた。

そんなものでは巨人の突撃は止まらない。止まるわけがない。

けれど、本当に一瞬だけ、ゴライアスの動きが鈍った。

そして、『その一瞬』で十分だった。

「「ナノォオオオオオオオオオオオオオオオオオオオオオオ！」」

三人の声が、魔法円(マジックサークル)の内部、レフィーヤの目の前で詠唱し続けていた少女に届く。

閉じられていた瞼を勢いよく開き、ナノは、己の杖を急迫する巨人へと突き付ける。

「【ザルガ・アマルダァァアアアアアアアアアアアアア】‼」

十の雷条が束となり、重なり、一条の大雷となって瞠目するゴライアスに直撃する。

凄まじい稲光の砲撃は巨人の足を地から引き剥がし、耳を聾(ろう)する轟雷の音とともに、後方へと弾き飛ばした。

──大丈夫。

精神力(マインド)を使い果たしたナノが崩れ落ち、ルーク達も倒れ込む中。

目を見開くレフィーヤの背後で、確かに、彼女(だれか)の声が聞こえた。

静かに瞳へ滴(しずく)を溜めるレフィーヤは、あたかも手が置かれたように温もりを宿す己の肩に、透明な微笑を落とした。

「【──焼きつくせ、スルトの剣(けん)。我が名はアールヴ】！」

次には、眦(まなじり)を逆立てる。

水平に構える《双杖(そうじょう)のフェアリーダスト》から爆発的な『魔力』を解放させ、甲高い共鳴音とともに魔法円(マジックサークル)を広げる。

大広間全域を覆いつくす、最大展開。

巨人(ゴライアス)が、怪物(モンスター)が、足もとより立ち昇る『魔力』の息吹(いぶき)に時を止める中、レフィーヤはその大いなる『魔法』を唱えた。


「【レア・ラーヴァテイン】!!」


業火の咆哮を上げる、紅炎の輝き。

地面より射出される数えきれない炎の極柱がモンスター達を穿ち、焼きつくし、灰さえ残さず、唸る焔(ほむら)の道連れとする。それはゴライアスでさえ例外ではない。大巨軀を串刺しにされた側から燃やしつくされる階層主は、もがき苦しむ暇さえ与えられず消え去った。

焼滅(しょうめつ)の連続。

全てを消し去る炎界の雄叫び。

言葉を失くすルーク達だけは炎の柱に燃やされることなく、肺を焼かれぬよう息を止めながら、火の欠片が飛び交う頭上をただただ仰いだ。

都市最強魔導士(リヴェリア・リヨス・アールヴ)の『全方位殲滅魔法』。

その特性は『完全照準』。大展開される魔法円(マジックサークル)内の敵味方を瞬時に区別し、敵のみを葬(ほうむ)り去る必殺は、怪物達の咆哮を焼き払い、大広間を紅蓮(ぐれん)の領域へと変貌(へんぼう)させた。

「……ナノ」

「あ――」

仰向けに倒れ、紅炎の世界の輝きに見惚(みと)れていた少女に、手が差し出される。

傷付いたエルフの魔導士。

ナノが恐怖を抱いてしまった陰(かげ)を持つ、冒険者の先輩。

しかしそんな陰も消失させた彼女は、山吹色の髪を揺らし、微笑んだ。

「私を守ってくれて、ありがとうございます。……貴方達に心からの感謝を」

美しいエルフの笑みに、寝そべったままのナノは、ぶわっと涙を流した。

精神疲弊(マインド・ダウン)を起こしているにもかかわらず、小動物のように起き上がって、差し出された手を無視して抱き着く。

驚くレフィーヤを他所(よそ)に、その首筋へ顔を埋めて、泣き始めた。

「うえええええええええええええっ……！　レフィーヤせんぱぁぁ～い……!!」

「ナノ、ナノっ？　私は、大丈夫ですよ？　貴方の方が傷付いているんですから、無理をしないで……」

「い～～～やぁ～～～～！」

母親にかじりつく娘のように、駄々(だだ)をこね、泣き喚(わめ)き、しゃくり上げる。

よかった、よかったぁ、と嗚咽(おえつ)の奥で呟き、涙でレフィーヤの服を濡らす。

レフィーヤが困り果てる中、ボロボロになったルーク達も歩み寄り、穏やかな笑みで少女達を眺めた。我慢できなくなったミリーリアも涙をぽろぽろと流し、レフィーヤに抱き着いた。

――嗚呼(ああ)、こんなところも似なくていいのに。

憧憬(アイズたち)に助けられた過去の自分と、今のナノ達を重ね合わせ、レフィーヤは気付かぬうちに笑みを浮かべ、少しだけ、涙ぐんだ。

「17階層まで来ちゃったけどさぁ～！　良かったのかなぁ！　他の階層で助けを待ってたりとかしないかな！」

大双刃(ウルガ)を片手で持ちながら走るティオナの言葉に、先頭を駆けるティオネが言い返した。

「一つずつ階層を隈(くま)なく探してたらキリがないわ！　レフィーヤだってそれもわかってる！

なら、見つけてもらいやすい地帯(エリア)にいる筈よ！」

「うん……レフィーヤが選ぶなら、安全階層(こっち)だと思う……」

「わっ、私もそう思いますけどっ……み、みなさんやっぱり速過ぎます～！」

ティオネの斜め後ろでアイズが頷き、彼女達から遅れてエルフィが息も絶え絶えに叫ぶ。第一級冒険者に追い縋ることがやっとの彼女を、ティオナが「よっ」と抱き寄せて左肩に担ぎ、「うひゃあ⁉」と悲鳴が響いた。

アイズ達の装備は汚れていた。落盤した岩の撤去作業に長時間勤(いそ)しんでいたからだ。ガレス達の尽力により正規ルートの道が確保されるや否や、四人は飛び出し、この17階層まで駆け下りてきたのである。

「とにかく『嘆きの大壁(たいへき)』まで行って────っ！」

ティオネの言葉を遮(さえぎ)ったのは、凄まじい震動だった。

まるで図抜けた『魔法』が炸裂したかのような世界の揺れに、驚きをあらわにするアイズ達は顔を見合わせ、加速した。

モンスターとの遭遇(エンカウント)がちっとも発生しないことも手伝って、大通路を瞬く間に駆け抜ける。

そして階層最奥の大広間がいよいよ見えてきた時、

「！」

「えっ……あれ、誰？」

「私達より早く辿り着いていたっていうの？」

アイズ、ティオナ、ティオネは、背中を向けてたたずむ人物に、二度目の驚愕をもらった。

上半身を覆う白銀の鎧。身長は高く、手には大長剣を持っている。

固まるティオナの肩からエルフィがごそごそと下りる中、その獅子色の髪と、『騎士』を彷彿とさせる後ろ姿に、アイズははっと目を開いた。

「【ナイト・オブ・ナイト】……」

その呼び名が聞こえたのか、視線の先の男性――レオンはこちらを振り返る。

アイズ達に気付いた彼は、何故か笑みを漏らしたまま、すっと体を横にずらした。

道を開け、大広間の中の光景をアイズ達に見せる。

「あ……！」

「レフィーヤぁ！」

「一安心ね……生徒達もいるみたいだし」

「良かったぁ、無事で～！　でも同室者のエルフィちゃんを差し置いて他の子と仲良くするのはどうかと思いますね、私はー！」

アイズとティオナが喜び、ティオネが胸を撫でおろして、エルフィがいつもの調子で喋って涙を隠す。

レフィーヤは生徒達に囲まれ、そのうちの一人を抱き締めながら、背中を叩いていた。

「……レフィーヤ、笑えるように、なったね」

「うん……」

　太陽のように破顔するティオナに、アイズも目を細め、頷く。

　困った顔で──けれど『本物のレフィーヤの笑み』を見せている少女を、アイズ達はしばらく見守るのだった。

エピローグ

貴方にもらった私のありふれた答え

Гэта казка іншага сям'і.

ты даў мне мой мірскі адказ

ゴライアスとモンスターを倒し、散々ナノ達に泣きつかれた後。

レフィーヤは救助に来てくれたアイズ達とともに、塞がった連絡路を何とか開通させ、一度18階層へ下りた。

レフィーヤの消耗(しょうもう)も激しかったが、『第七小隊』の疲労はより深い。彼等(かれら)のためにも十分な休息(レスト)を挟(はさ)んで地上へ帰還(きかん)することとなり、『リヴィラの街』へ向かった。

『学区』の中では『第七小隊』の他に『第三小隊』の安否がわかっていないらしく、それだけが気がかりだったが――杞憂(きゆう)であった。

「で、なんで貴方(あなた)がココにいるんですか?」

「あ、あははは……」

辿り着いた宿場街(リヴィラ)で出くわしたヒューマンの少年――『学区』支給の戦闘服(バトル・ユニフォーム)をボロボロにしたベル・クラネルに、レフィーヤは半眼を向けた。

何でも諸事情があって学生になりすまし、『第三小隊(おちこぼれ)』に同伴していたらしい。

『ギルド本部』の前庭ですれ違った例の兎人(ヒュームバニー)、あれがベルだったのだ。

『第七小隊』より早くダンジョンへもぐっていた『第三小隊』は第一級冒険者(ベル)の判断でいち早く安全階層(セーフティポイント)へと避難し、事なきを得たのだそうだ（レフィーヤ達が倒した同じ個体(ゴライアス)にしっかり追いかけられたらしいが）。

変装までして『学区』に潜入していた理由には、どうやらバルドル達が一枚噛(か)んでいたようだが──そうじゃなかったらレフィーヤが『変態で最低で学生に欲情する全人類の敵』と罵って杖で撲殺していたが──レフィーヤ達が来る前に『冒険』でも繰り広げたのか、小隊のハーフエルフの少女がちらちらと頰を赤らめてベルを見ている光景に、やっぱり『イラァ』とした。

「『学区』の後輩に手を出さないでもらえますか！　この万年発情兎っ！」

「出してないっ出してないっ、出してないですからぁ⁉　だからアイズさん『万年発情兎ってなに？』ってティオナさん達に聞かないでくださぁい！」

「そもそも『ギルド』ですれ違った時、どうして私を見て悲鳴を漏らしたんですか‼　失礼極まりないです！　燃やしますすよ！」

「ひぃぃぃぃ⁉　ごめんなさいっ、でもそういうところがあるから反射的にぃ⁉」

詰め寄られては泣き喚く少女と少年の姿に、『第七小隊』と『第三小隊』の生徒達はぽかんとしていた。特に教導者として大人びたレフィーヤしか知らないルークやナノ達は、酷くうろたえていた。

一方で、二人のやり取りを外から眺めるティオナは、

「やっぱりアルゴノゥト君がいてくれると、レフィーヤも元気になってくれるからいいね〜」

とからから笑っていた。

アイズとティオネも、釣られて笑った。

レオンもまた、年相応の表情を見せるレフィーヤ達を、目を細めて眺めていた。

その後は予定通り宿場街(リヴィラ)で約一日休み、『第七小隊』と『第三小隊』を護送(ごそう)した。

ダンジョンに残ったガレスと【ガネーシャ・ファミリア】がほとんどの経路(ルート)を回復させ、地上への帰還はすぐだった。

レフィーヤ達の長い『小遠征』はようやく幕を閉じたのである。


「お帰りなさい、レフィーヤ」

『学区』に戻って報告を終えれば、バルドルは微笑(ほほえ)んでくれた。

ようやく本当の貴方(レフィーヤ)自身と再会できた。そんな言葉を添えて。

アリサにも何故か抱き着かれた。

それから、『第七小隊』の『特別実習(ダンジョン)』はつつがなく終了し、単位は全獲得(オール・コンプリート)。

それはレフィーヤの教導(インストラクト)の終了も意味していた。

『学区』での別れ際、『第七小隊』の面々は「必ず【ロキ・ファミリア】に入団する」と泣きながら約束してきた。ナノはレフィーヤに抱き着いてびぇんびぇん泣き、ミリーリアも手を繋いで涙ぐんだ。少し大袈裟(おおげさ)じゃあ、と苦笑する思いだったが、彼女達にものを教えた人間として胸に迫るものは確かにあった。

コールももらい泣きをして、目尻に涙を溜(た)めながら、笑ってお礼を告げてきた。

ルークは何かを言いたそうだったが、やっぱり無愛想な顔を浮かべ、

「あんたに絶対追いついてみせる。あんたより、すごい冒険者になってやる」

と宣言した。

「待ってます。でも、私も負けません」

レフィーヤは笑って、応援した。

そして。

レフィーヤは、【ロキ・ファミリア】に帰ってきた。


青空を見上げる。

大切なものを喪（うしな）った後、仰（あお）いでいた空と同じものの筈なのに、どこか澄（す）みきって見える理由を、レフィーヤは知らない。

ただ、寒くも透き通るような空と同じく心の澱（おり）が消えた、そんな気がした。

「ようやく帰ってきたか。腕は鈍（にぶ）ってねえだろうな」

「……ベートさん」

本拠（ホーム）の中庭で待っていたレフィーヤのもとに、ベートが姿を現す。

今日からまた鍛練の再開。『魔法剣士』としての動きを彼との実戦で培わせてもらう。

しかし、教導以前までの『焦燥』は消えていた。

張り詰めておらず、けれど気が抜けているわけでもない、憑き物が落ちたかのような表情を浮かべるレフィーヤの前で立ち止まったベートは、ハッと鼻を鳴らす。

「戻ったのか」

「……」

「別にお前がどっちを選んだって構いやしねぇ。どっちを選んだって、どうせ後悔しやがる。なら、うざってえ声で哭き喚かねえよう、叩きのめすだけだ」

ベートもわかっていたのだろう。

レフィーヤの危うさに。

そして気付いていた上で彼はレフィーヤの鍛練に付き合ってくれた。今しがた告げたように、これ以上喪わないための力を身に付けさせるために。

ロキがどうして『学区』に送り出したのか、ようやくわかった。

レフィーヤが、レフィーヤ・ウィリディスになるための旅。

彼女の幻影を追い求める私が、自分を思い出すための回り道。

そこまで思ったレフィーヤは、ふと思い立ったことを尋ねた。

「ベートさんも、誰かを喪って強くなったんですか？」

純粋な疑問。

目の前の狼人(ウェアウルフ)の過去をレフィーヤは知らない。

彼もまた自分と同じ道を辿(たど)ったのだろうか。

その問いに、ベートは無言を挟んだ後、あざ笑った。

「関係あるかよ。誰がくたばろうが、俺は俺だ」

きっとその通りなのだろう。そして彼はその身に『傷』を増やしていく。

そんなレフィーヤの透明の眼差しが気に食わなかったのか、ベートは嘲笑(ちょうしょう)を張りつけたまま、侮蔑(ぶべつ)の言葉を投げつけてきた。

「あの陰険(いんけん)エルフも惨めだなぁ。残ったてめぇはどっちつかずで中途半端、フラフラさまよいやがって」

「っ……！」

「挙句(あげく)、自分(てめえ)の得物を勝手に振り回されて、体(てい)のいい言い訳に使われやがる。とことん好かねえ女だったが、そこだけは同情してやるぜ」

容赦(ようしゃ)のない蔑(さげす)みに、レフィーヤの眉がきっと吊り上がった。

吊り上がった――かと思ったら、すぐに眉はくにゃりと曲がり、紺碧(こんぺき)の瞳に見る見るうちに涙を溜めた。

「……あァ？　なっ？　はぁぁ？」

その姿に、ベートは滑稽なまでに目を点にした。

「なんで、そんな意地悪な言い方するんですかぁぁ～～っ」

「ばっ、おまっ、そこは吠え返すところだろうが⁉」

「私だってフィルヴィスさんの剣、勝手に使って、気にしてるのに～～っ！」

何度も目もとを拭って泣き始めるレフィーヤに、ベートは盛大に取り乱した。

傍から見ればからかっていた女の子を泣かせてしまった子供と何も変わらなかった。

様々なことがあり過ぎて、レフィーヤは『変わろう』という一念に支配され、碌に悲しみに浸ることが——大いに慟哭はしたものの——できなかった。

それが『学区』の一件でいい意味で肩肘を張る必要がなくなり、ガチガチに固められていた鎧の金具が緩んだ。そしてそれを無遠慮の狼パンチがぽっきり破壊してしまい、不意に感情が漏れてしまったのだ。

慌てふためくのはベートである。

一皮剝けて、見込みがあると思って挑発したのにこのザマ。ここにガレスが居合わせたなら「だからひねくれるのは止めろと言っとるだろう」と大いに嘆かれただろう。

メソメソ泣き始めるレフィーヤに、目論見が見事に空振ったベートはしどろもどろになり、ましてや抱き締めたり頭ポンポンすることもできず、無様を晒した。

「……お、おい……」

「うぅ～っ……ベートさんのばかぁ～～！」

「…………」

「ばかぁ～……」

「…………あいつは、てめぇのそんなダセェところ、見たくねーと思うぞ……」

狼の耳と尻尾を弱り切ったように曲げたベートが言えたのは、そんなことぐらいだった。

嗚咽を漏らすレフィーヤが顔を上げ、瞳に涙を溜めたまま、変な顔付きのベートを見やると、

「レフィーヤを泣かせるなバカ狼──ッ!!」

「があああっ⁉」

「レフィーヤ、やっぱりこんなクソ狼と鍛練なんてやめましょう。女のことなんて何も理解できねえケダモノとおんなじなんだから！」

ティオナの鉄拳がベートを殴り飛ばし、レフィーヤに寄り添うティオネが背中をさすりながら無警見で蹴りを狼人の胴体に叩き込む。

以前のように空中回廊から見守っていて、嗚咽の声が聞こえるや否や駆け付けたのだ。

アイズもよしよしとレフィーヤの頭を撫でる。

「ざっけんな！　テメエ等も似たようなもんだろうが凶暴な野獣どもぉ！」

「ベートさん……最低です……」

「──がはぁぁ⁉」

すぐに立ち上がるベートだったが、アイズの本気(マジ)の氷点下の眼差しにヤられ、最大の痛撃(ダメージ)を受ける。

体をくの字に折って膝にキている狼人(ウェアウルフ)にティオナ達も今度ばかりは拳(こぶし)ではなくゴミカスを見る目を向ける中――レフィーヤはババッ！　と駆け出した。

「あ……レフィーヤ！」

アイズ達の声が背中に届くが、ぴょーん！　と館(やかた)の塀を大跳躍(ジャンプ)で越えてしまう。

あんぐりと口を開けた見張りの門衛に見送られながら、レフィーヤは逃走した。

理由は簡単だった。

赤く泣き腫(は)らした顔を、見られたくなかったのだ。

もうヤダ。

せっかく、しっかりしたエルフになったと思ったのに。

何も変わってない。

何も変わってない！

泣き虫のレフィーヤが帰ってきてしまった。惨めで情けなくて懐かしくて、レフィーヤは腕を振って街中を駆け抜けた。通りを行き交う人々が驚いては何が起こったかわからない顔を浮かべるくらい、走って走って、風になった。

目もとを何度も拭って。

行く宛てもなく。

でたらめに走り続けて。

そうして、見覚えのある高台に辿り着く。

誰かと『光冠』を見に行こうと約束した、訪れるのもつらい場所だった。

今の今までは。


「はぁ、はぁ…………う～～～～～～～～～～～～～～～～～～～～～～～～～～～～～～あ～～っっ!!」


上級冒険者のくせに盛大に息を切らすレフィーヤは、体を震わせ、一気に仰け反った。

「フィルヴィスさんのバカァ～～～～～～～～!!　嘘つきっ、人でなしっ、やっぱり大ウソつきぃ――――っっ!!　『光冠』を見に行こうって約束したのにぃ！」

誰もいないことをいいことに、目をぎゅっと閉じて、頭上の青空に向かって叫び散らす。

それは悲しい出来事の裏で溜め込んできた、レフィーヤの不満に違いなかった。

「辛いことがあったのはわかりますよ！　でも少しは相談してくれれば良かったじゃないですか！　そうしたら何か変えられたかもしれないのに!!」

「大体なんですか！　いつも何かありそうな暗い顔をして心配ばかりさせて！　フィルヴィスさんは構ってちゃんなんですか！」

「かと思ったら笑ったらすごく綺麗で、可愛いし！　そんなの放っておけるわけないじゃありませんかぁぁぁぁ!!」

「それに私を心配してるって言ってたくせに、結局ディオニュソス様のお願いばっかりホイホイ聞いて！　ロキが言ってたダメ男にひっかかる典型ですぅ！　フィルヴィスさんなんて最低です！　幻滅します！　——嘘ですっ、本当は大好きです！」

「でもフィルヴィスさんはやっぱり神様に付いていったんですもんねー！　女の友情より男を選んだんですもんねー！　いーですよーだっ！　ふーーーんっ!!」

途中からもはや謂れのない文句になっていたが、ずっと言ってやりたかったことを吐き出していく。

「フィルヴィスさんっ、フィルヴィスさぁん！　好きです！　大好きです！　ずっと、いつまでも貴方のことを忘れない！　忘れてなんか、あげませんからぁ!!」

天の向こうでフィルヴィスが聞いているなら慌てふためけばいいとそんな意地悪な気持ちで、叫んで、叫んで、叫んで、自分の想いを伝えた。

ずっと言いたかったことを、届けた。

そして、こぼれていた涙もつきる頃。

肩で息をしていたレフィーヤは……ゆっくりと、微笑んだ。

抜けるような青空を見上げて、告げる。

「だから……私、進んでいきますね」

もう昔の自分には戻らない。戻ったら自分を許せなくなる。

そう思っていた筈なのに、心はどうしてか、清々しかった。

泣き虫なレフィーヤは卒業して、少しは凛々しいエルフになって、それでもやはりどこかで涙を流して。

それを繰り返して、他の誰でもない、強い私になっていこう。

大切なものを喪って、でも顔を上げて、レフィーヤはそんなありふれた答えを見つける。

「ベートさんにも言われちゃいましたけど……フィルヴィスさんの剣と杖、貸してくださいね。私にもいっぱい嘘をついていたんだし、これくらいはいいでしょう？」

笑って尋ねれば、空は風の音を鳴らした。

青空を反射する泉のように、心は清く澄み渡っている。

季節はもう冬。この冷たいそよ風も、彼女を彷彿とさせる白い雪を運び、オラリオを彩ってレフィーヤの心にまた変化をもたらすだろう。

その時には後輩達が増えているだろうか？

ならレフィーヤは、もっと強くなっておかなくては。

「ずっと、一緒……そう言ってくれましたもんね」

目を瞑(つむ)れば、誰かが頷いてくれる気配を感じる。

温もりが宿る肩に、自分の手を重ねた。

もう誰かになることはない少女は、鞘(さや)に納めた短剣を胸に抱き、晴れやかな笑みを浮かべた。

Lefiye Viridis
レフィーヤ・ウィリディス
所属
ロキ・ファミリア
種族
エルフ
職業
冒険者
到達階層
59階層
武器
長杖　短杖　短剣
所持金
3400000ヴァリス

Status　Lv.4

力	H120	耐久	G221
器用	G199	敏捷	G217
魔力	E419	魔導	H
耐異常	I	魔防	I

魔法　アルクス・レイ

・単射魔法
・照準対象を自動追尾

魔法　ヒュゼレイド・ファラーリカ

・広域攻撃魔法
・炎属性

魔法　エルフ・リング

・召喚魔法（サモン・バースト）。
・エルフの魔法に限り発動可能
・行使条件は詠唱文及び対象魔法効果の完全把握
・召喚魔法、対象魔法分の精神力（マインド）を消費

スキル　妖精追奏（フェアリー・カノン）

・魔法効果増幅
・攻撃魔法のみ、強化補正倍加

スキル　二重追奏（ダブル・カノン）

・任意発動（アクティブトリガー）
・先行魔法の魔法円（マジックサークル）保持
・起動鍵【追奏解放（カノン）】

Гэта казка іншага сям'і.

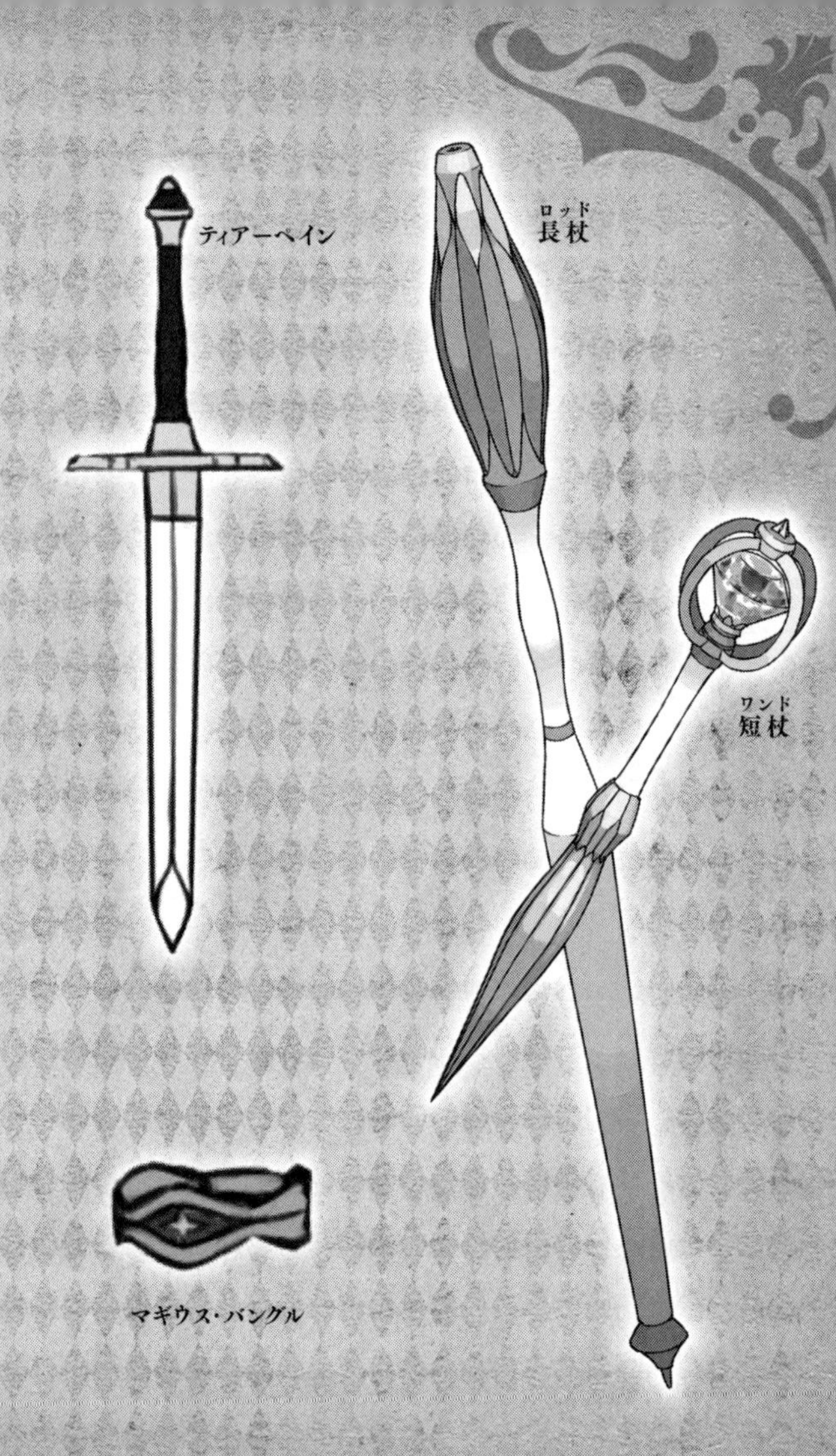
ティアーペイン
長杖（ロッド）
短杖（ワンド）
マギウス・バングル

Гэта казка іншага сям'і.

武器　ティアーペイン

・フィルヴィスの遺剣。

・ガレスに研ぎ方を教わって研ぎ直し、レフィーヤ自身が整備した。

・理由は定かではないが、不壊属性（デュランダル）に近い性質を併せ持つようになった。

・刃の表面には、うっすらと白い灰を浴びたような光粒の痕がある。

装備　光と炎の舞衣（コンチュルダート）

・白と赤を基調にした魔法衣。

・とある二つのエルフの里の大聖樹の繊維が編み込まれている。

・リヴェリアの《 妖精王の聖衣》には劣るものの強力な魔法耐性を秘め、戦闘衣（バトル・クロス）の柔軟性と防御力を兼ね備える。

装備　マギウス・バングル

・特殊な力を宿す冒険者用装身具（アクセサリ）。

・平時、レフィーヤの魔力を溜め込んでいる。

・主に結界などの利用時、起点媒体にすることで、レフィーヤが離れても魔法効果を維持できる。

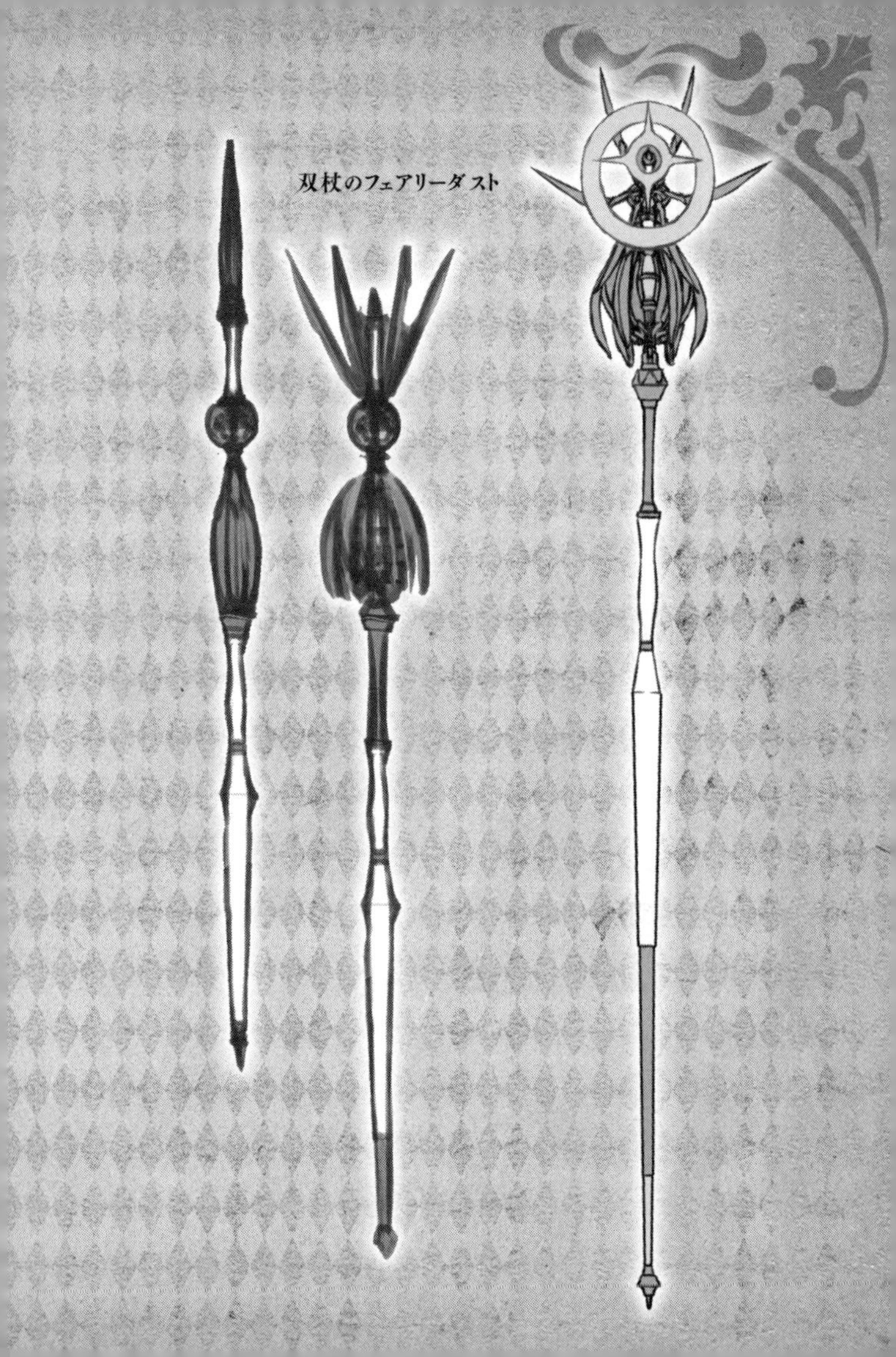
双杖のフェアリーダスト

Гэта казка іншага сям'і.

武器　双杖のフェアリーダスト

・短杖(ワンド)と長杖(ロッド)を合わせた一対の魔杖。

・オラリオ初といえる『可変』及び『連結』機構を備える。

・短杖(ワンド)は単体でも使用可能。長杖(ロッド)は短杖(ワンド)と連結して使用する。

・連結時、双方の杖の魔宝石が共鳴し、魔力を大きく増幅。魔法の威力がはね上がる。

・レフィーヤは『魔法剣士』として行動する際は短杖(ワンド)、『後衛魔導士』として砲撃を望まれる際は長杖(ロッド)と、状況において使い分けている。彼女自身が注文(オーダー)した『誰をも守り、誰をも救う杖』。

・短杖はフィルヴィスの遺品《護手のホワイトトーチ》をもとに作り直し、長杖(ロッド)はレフィーヤの杖《森のティアードロップ》の残骸を利用したもの。二つの杖の特性を受け継ぎ、エルフの魔力に高い融和性を示す。

・価格は素材代わりとなる前身の武器があったため、魔宝石を含め24000000ヴァリス。

・作成者の魔術師(メイジ)レノア曰く「なぜか小娘(レフィーヤ)の魔力が最も底上げされる」。事実上、レフィーヤの専用特殊武装(スペリオルズ・オーダーメイド)。

あとがき

お待たせしました。外伝十三巻お届けします。

ようやく本編と外伝の時系列が揃ったので、本編十九巻とこの外伝十三巻からは『表』と『裏』の関係になって進む予定です。二〇二三年二月現在、諸々の都合で『裏』に当たる外伝十三巻の方が先に世に出て、十九巻のネタバレが少々含まれていますが、どうかご容赦して頂けると幸いです。


前巻の予告通り、本巻から新章に突入させて頂きました。

外伝のもう一人の主人公、妖精ヒロインの覚醒ということで、外見も中身もがらりと一新させています。

外伝十二巻の結末を最初に考えた時、『彼女はきっと別人になる』と真っ先に思いました。

なので編集さんや、はいむらきよたか先生と沢山相談して、今の彼女が生まれました。

と言っても執筆中、別人を書いている気持ちには全くなりませんでした。昔の彼女とはびっくりするくらい変わったのに、不思議だな、とも思いましたが、エピローグまで辿り着けた後は納得できました。

変わっていくものは沢山あるけど、変わらないものもちゃんとあって、それは現実でも創作でも、人でもエルフでも変わらないんだなと。

本編十二巻で覚醒したあちらの主人公に負けないくらい、こちらの妖精ヒロインも成長していくと思います。きっと彼女も作者の手を離れて、想像を超えるくらいに。もしよろしければ、どうか見守ってあげてください。


そして新章突入ということで新たな舞台、『学区』も登場させてもらいました。情報だけはちょこちょこずっと出していたので、ようやく出せる！　なんて気持ちでいっぱいです。

はいむらさんが描いてくださったデザインがまたすごいんです。

どこかで読者の皆さんに見せたいくらいすごいんです！

最初に拝見した時、とても興奮しました。『学区』の生徒達や先生、神様も含めて、迷宮都市に負けないくらいワクワクが詰まっています。このワクワクを少しでも伝えていけるよう、外伝も本編も頑張りたいと思います。今回は割を食ってしまった剣姫ヒロイン達も等閑（なおざり）にはしないように！

それでは謝辞に映らせて頂きます。

担当の高橋様、北村編集長に代わって宇佐美さん、今回も大変お世話になりました。本編との兼ね合いで度々修正が発生してしまい、誠に申し訳ございません。『学区』という世界観をこれでもかと描いてくださったはいむらきよたか先生、この度は本当にありがとうございます。『学区』を始めとした沢山のイラストを見させて頂いて、はいむらさんにこの外伝を担当して頂いて良かったと、あらためて思いました。

ニューレフィーヤのデザインも最高でした。青薔薇を胸もとに添えてくださった時は膝を打つ思いでした！　そして過去最大と呼べるくらいキャラや設定のラフを用意して頂く羽目になってしまい、本当の本当にすいませんでした……！

そしてアニメやゲームでレフィーヤ役を担当してくださっている木村珠莉さん、ご相談に乗ってもらってありがとうございました。背中を押して頂いたおかげで、ショートヘアーの覚醒レフィーヤを爆誕させることができました。これからもレフィーヤのことをよろしくお願いいたします。

関係者の皆様にも深くお礼申し上げます。読者の皆様はひょっとしたらびっくりしてしまったかもしれませんが、これからも同胞の想いと一緒に戦っていく妖精の女の子を応援して頂けたら嬉しいです。

次の外伝十四巻ですが、『表』と『裏』の話をしておきながら、早速ちょっと脱線するかと思います。具体的にはファミリアを支えてきた古参の三人、団長達の過去話となります。

今回の妖精ヒロインの過去も合わせて、剣姫ヒロインを除いた主要登場人物の最後の昔話になると思いますので、手に取って頂けたら幸いです。
ここまで目を通して頂いて、ありがとうございました。
失礼します。

大森藤ノ

ファンレター、作品の
ご感想をお待ちしています

〈あて先〉

〒106－0032
東京都港区六本木2－4－5
SBクリエイティブ（株）
GA文庫編集部 気付

「大森藤ノ先生」係
「はいむらきよたか先生」係

**本書に関するご意見・ご感想は
右のQRコードよりお寄せください。**

※アクセスの際や登録時に発生する通信費等はご負担ください。

https://ga.sbcr.jp/

ダンジョンに出会いを求めるのは間違っているだろうか外伝 ソード・オラトリア 13

発　行　　2023年2月28日　初版第一刷発行

著　者　　大森藤ノ
発行人　　小川　淳

発行所　　SBクリエイティブ株式会社
〒106−0032
東京都港区六本木2−4−5
電話　03−5549−1201
　　　03−5549−1167（編集）

装　丁　　FILTH
印刷・製本　中央精版印刷株式会社

ISBN978-4-8156-0982-5
Printed in Japan　　GA文庫